Roman

Chantal Dupille

Et l' espérance jaillit du gang

Couverture réalisée par Jean-Claude 🗫blogueur🗫

sur une idée de Chantal Dupille

ed : c.d.

Chantal Dupille est née dans l'Oise, père bordelais et mère russe. Après avoir obtenu son diplôme de journaliste, puis sa licence de Lettres Modernes à la Sorbonne, elle se lance dans l'écriture d'un livre sur le mai 1468 des étudiants. Suivent trois autres ouvrages, publiés par Hachette Littérature et Balland.

Parallèlement, elle réalise à 20 ans son premier reportage en vivant parmi les Gitans d'Espagne. Puis elle devient journaliste, notamment à Noir et Blanc, aux Dernières Nouvelles d'Alsace (entre autres, Pages Jeunes) et à FR3 Alsace où elle produit aussi plusieurs documentaires, en particulier sur l'accessibilité des villes aux personnes handicapées ("Mulhouse, ville en pentes douces"), ou sur les motards ("Les croisés de la moto").

Son souci pour les plus démunis l'a conduite à accueillir chez elle des personnes en difficulté, à s'engager dans des associations humanitaires comme la Boutique Solidarité Fondation Abbé Pierre, à partager la vie des plus défavorisés (dans le cadre de reportages, de conférences ou de livres), à mettre en place et à animer un centre d'entraide à Marseille. Elle est mère de trois enfants, deux garçons et une fille. Aujourd'hui, Chantal Dupille administre plusieurs blogs (6.000.000 de visiteurs uniques au 15 mai 2014) contre "l'intolérable, la désinformation, les guerres, le choc de civilisations, les crises provoquées", etc, ou pour les seniors et les jeunes, et elle a enregistré plusieurs vidéos sur daily motion, sous le pseudo eva R-sistons. Un site centralise tout : http://chantaldupille.fr

Chantal Dupille a, par hasard, découvert la foi dans les milieux chrétiens charismatiques ; sa foi est vivante comme celle des premiers chrétiens, ouverte, tolérante, incarnée, prophétique, engagée aux côtés des plus faibles. Elle se considère comme citoyenne du monde et milite pour une société plus juste, plus humaine, plus fraternelle, où chacun trouverait sa place. Pour elle ce qui compte avant tout, c'est la liberté, la vérité, la justice et la paix. Elle a vécu parmi les gangs de rue au cœur des ghettos américains, surtout dans le Bronx à New York.

Mikael

le héros de

ce roman

A mes enfants chéris

Avant-Propos

Cet ouvrage a vu le jour voici quelques années, juste une maquette destinée à la mise en place d'une Maison d'Édition de livres engagés. D'autres sujets devaient suivre, dont un sur les gangs de rues américains mais cette fois sous forme de reportage, et mon autobiographie que Fayard voulait éditer lorsque j'avais trente ans. Finalement, le projet d'Édition était trop lourd pour moi, et mon roman sur les gangs n'a pas du tout été commercialisé.

L'actualité incertaine (bruits de guerre...) m'a donné envie de reprendre rapidement la publication, pour que cette histoire basée sur des faits authentiques puisse voir enfin le jour – mais avec un titre différent (d'ailleurs celui que j'avais prévu au départ), et sans illustration.

Dans l'urgence, j'ai décidé de l'auto-éditer, mais un Éditeur européen à diffusion internationale s'est intéressé à mes écrits et a voulu publier ce roman. Il m'a envoyé le contrat stipulant 12% de droits pour moi, mais aucun exemplaire d'auteur, ce qui était inacceptable car j'ai l'habitude d'offrir, de partager... Acheter mon ouvrage pour l'offrir ?

Impossible, je ne pouvais le concevoir. Donc j'ai proposé de renoncer à une partie de mes droits d'auteur en échange de quelques exemplaires, puis de renoncer à tous mes droits en échange d'une vingtaine de livres. Voici les courriers reçus à la suite de mes deux offres :

"J'ai longuement discuté avec la direction pour votre demande et nous ne pourrons malheureusement pas faire d'exception par rapport aux copies gratuites. Pour des raisons de "fair play" envers nos autres auteurs, nous ne pouvons changer les conditions existantes.

J'espère pouvoir compter sur votre compréhension sur ce sujet et je tiens également à vous dire que je reste à votre disposition si vous souhaitez poursuivre l'aventure avec nous".

"Après une nouvelle tentative du côté des responsables, il en ressort que nous ne pouvons toujours pas accepter l'offre que vous nous faites. Je suis vraiment désolée que cette collaboration ne puisse aller de l'avant. Votre ouvrage nous avait bien plu !

Malheureusement, les conditions ne peuvent être changées.

J'espère que vous pourrez aller de l'avant avec la publication de votre livre en auto-édition.

Tout de même, si vous changez d'avis, nous serons très certainement ravis de poursuivre cette aventure avec vous. N'hésitez pas à me contacter à cet effet".

L'argent ne m'intéresse pas, mais le partage, oui. Donc, je poursuis l'"aventure" seule. Pas tout-à-fait d'ailleurs, avec l'aide d'un Lecteur ami sur le plan technique et la diffusion, préférant comme moi la société de la gratuité à celle du profit. La version pdf du livre est gratuite, la version imprimée est à prix coûtant. Bref, j'aurai mes exemplaires d'auteur, et le prix de vente du livre ne sera pas un obstacle pour les Lecteurs et les Lectrices potentiels...

Bonne lecture, fraternellement,

Chantal Dupille

CHAPITRE 1

1980.

Angela sursauta. Elle venait de percevoir un bruit de pas dans le corridor, et plus il se rapprochait, plus elle était inquiète. Mais le bruit dépassa l'appartement, et la jeune femme se détendit. A côté d'elle, Juan, son dernier-né, dormait dans un tiroir de commode aménagé en berceau. Angela se pencha un instant pour l'observer ; le sommeil de l'enfant semblait profond. Pourtant, le petit corps s'agitait de temps à autre, au rythme des vibrations de la télévision.

– Miguel ! Vicente ! Anna ! Baissez le son, vous allez finir par réveiller votre petit frère.

Machinalement, Angela regarda la table de la cuisine, le vieux divan-lit, l'évier ébréché, le garde-manger vide, les chaises branlantes, le fourneau noirci par les années, l'unique fauteuil acheté à crédit et qu'il faudrait probablement restituer bientôt. A travers ces meubles, sa vie défilait, minable, lugubre, désespérée ; mais Angela était trop amère pour s'apitoyer sur elle-même.

Soudain, un nouveau bruit de pas se fit entendre, lourd, traînant, sinistre.

La jeune femme se leva en frémissant. Dans la pièce voisine, l'aîné, Miguel, regarda sa mère ; il avait compris ce qui se préparait. Son effroi se communiqua aussitôt à son frère Vicente et à sa sœur Anna qui regardaient la télévision à côté de lui.

– Maman, maman ! Ne dis rien ! Ne t'occupe pas de lui !

– Je sais ce que j'ai à faire. Allez, tous au lit ! Vite, les enfants, il arrive !

– Ne dis rien ! implora à son tour Vicente. Ne réponds pas !

– Arrêtez de discuter, bon sang, le voilà !

Le pas se rapprocha. A présent, Angela tremblait.

Soudain, la porte s'ouvrit. Il était là, oscillant sur ses jambes, le nez rouge, les yeux flambants.

– Oui, c'est moi, Pedro. Et vous allez me foutre la paix, ce soir !

– On t'a dit quelque chose ? Non ? Bon, alors tais-toi, et va te coucher. C'est tout ce qu'on te demande !

Pedro bouscula sa femme en bougonnant.

– Pourquoi vous dormez pas, d'abord ?

– Qu'est-ce que ça peut te faire ? Ah, tu es beau, tiens. Où tu as encore été traîner, hein ?

– Elle remet ça ! Ce soir, je supporterai pas les leçons de morale. Vous entendez, tous ?

– Tous ? Pourquoi tu nous mets dans le même sac, les enfants et moi ? Je ne te permets pas de me parler comme ça. Après, ils ne me respecteront pas ! Je suis leur mère, tu entends, leur mère !

Dans sa commode, Juan se mit à pleurer. Ses cris réveillèrent les autres petits, Andrès et Eugenia qui, dans l'unique pièce voisine, dormaient déjà.

Les enfants se blottirent instinctivement les uns contre les autres. Ils regardaient leur père gesticuler et crier, ils avaient peur, ils avaient honte.

– Allez, au lit, ivrogne, au moins on sera tranquille ! lança Angela, excédée. On en a tous marre !

– Elle va la fermer ? Tu ferais mieux de me servir, garce...

– Te servir ? Tu rêves ! Il n'y a rien à manger, tu as tout bu. C'est ta faute si on n'a pas d'argent ! Allez, va te coucher. Toi, au moins, tu as du liquide dans l'estomac ! Nous, on n'a rien.

– Y'en a marre ! s'emporta Miguel. Vous allez arrêter vos conneries, tous les deux, ou je me tire !

– De quoi il se mêle, celui-là, grommela Pedro ?

– On en a tous marre, reprit Angela, excédée. Je ne comprends pas pourquoi tu bois comme ça. Mais qu'est-ce que tu as dans le crâne ?

– T'as rien compris, tu comprends jamais rien. Les copains, eux, ils me comprennent, c'est pour ça que je préfère être avec eux. On rigole bien ensemble, ils me font pas la morale, ils m'acceptent comme je suis. Un p'tit verre ne déshonore personne ! Au contraire, quand tu bois tu es un homme...

Miguel coupa la parole à son père :

– Regarde-toi, t'es pas un homme, même pas un père. T'es rien, moins que rien. Ah, j'en ai marre !

– Tu crois qu'on aime vivre comme ça ? Tu es là, toi, quand le petit pleure quand il a faim ? Et le loyer, comment on va le payer ? On va encore déménager, peut-être ? Tout ça pour te payer tes sales tournées avec tes minables ! Ah, s'il n'y avait pas les enfants, je me serais barrée depuis longtemps! Tu nous fais mener une vie d'enfer !

– Tais-toi, sale garce, je vais te rentrer dans le lard. Je vais toute te défoncer ! Ah, tu vas voir !

– Il se croit fort en frappant sa femme ! Lâche, va ! Allez, fiche le camp une bonne fois, on ne te regrettera pas.

– Foutez-moi donc la paix, tous. Ils sont tous contre moi ! Ah je vais vous mettre en bouillie, il en restera pas un pour me narguer !

Joignant le geste à la menace, Pedro fonça sur sa femme. La rage décuplée par ses cris, il se ruait, tapait, se démenait, mais Angela se défendit vaillamment, griffant, frappant, mordant...

Décontenancé par la hardiesse de la riposte, Pedro recula. Voilà que sa femme lui rendait les coups, maintenant...

– Ça alors, qu'est-ce qui lui prend ? Ah, je vais te dompter, sale garce ! Tu sortiras pas d'ici vivante !

Les enfants regardaient, terrifiés. Juan hurlait plus que jamais.

– Papa, maman, arrêtez, je vous en supplie ! implora Anne la gorge serrée.

– Si les jupons se liguent contre moi, où va-t-on ? Tiens, friponne !

Pedro frappa l'adolescente, à son tour. Et plus elle criait, plus il tapait.

– De la mauvaise graine comme sa mère ! Ah, ça ne respecte pas son père, et ça n'a pas treize ans !

Pedro avait reporté sa rage impuissante sur sa fille. Angela était furieuse.

Le corsage ouvert, la poitrine fumante, elle s'interposa sauvagement entre le père et la fille :

– Il n'y a que les minables pour s'en prendre aux femmes ! Les pauvres types, c'est tout !

Miguel intervint à son tour.

– La prochaine fois que tu frappes ma frangine, je te démolis !

– C'est moi qui commande, ici ! C'est moi le patron !

C'étaient toujours les mêmes rengaines, jour après jour.

– Bon, ça suffit, tous les deux ! vociféra l'aîné, Miguel. Arrêtez, ou je me tire !

– Mais écoutez-le, celui-là ! Il se prend pour un vrai mec, à son âge ! Viens un peu là, et tu verras ce que c'est qu'un homme, un vrai !

– Tu parles d'un homme ! ricana Miguel. Un minable, oui ! Tu bois tout le temps, et tu frappes maman !

C'en était trop. Pedro voulut gifler son fils, mais Miguel arrêta la main de l'ivrogne, et d'un coup de pied bien placé, le fit tomber par terre.

Les enfants regardaient la scène, terrifiés. Miguel était dégoûté. Juan hurlait.

Angela se tourna vers eux.

– Ne restez pas plantés comme ça à nous regarder ! Allez vous coucher, pronto ! Je m'occupe de votre père.

Andrès et Eugenia s'exécutèrent les premiers ; ils réintégrèrent leur lit dans la chambre qu'ils partageaient avec leurs trois aînés. C'était une pièce d'environ onze mètres carrés sans air ni lumière, un réduit infâme qui, l'été, devenait une étuve. La seule fenêtre du logement se trouvait dans la grande pièce qui servait à la fois de cuisine et de chambre pour les parents et Juan ; elle donnait sur une cour, large de trois mètres seulement et noircie par les années.

Sur le petit matelas en mousse qui servait de lit, Eugenia se pelotonna contre Andrès. La gamine n'avait que trois ans, elle ne comprenait pas la situation, mais elle était effrayée par les cris, les coups, les injures. Son frère, un gros frisé qui semblait venir tout droit d'une île ensoleillée, prenait déjà des airs de macho protecteur, du haut de ses six ans. Il lui ordonna de dormir.

Les aînés reposaient sur un autre matelas, plus grand. Anna, encore meurtrie par les coups, se blottit contre son oreiller en pleurant ; Vicente se recroquevilla en tordant le drap ; Miguel s'allongea en grommelant.

A côté, dans son tiroir, Juan avait cessé de pleurer ; mais les yeux grand ouverts, il ne dormait pas. Angela s'approcha de lui et lui murmura dans le creux de l'oreille les mots que seule une mère sait prononcer, tendres, réconfortants.

– Calme-toi, c'est fini ! Pauvre chou... Allez, dors, ma puce...

Juan gratifia Angela d'un sourire qui, un court instant, lui fit oublier la rudesse de son existence ; puis il mit son pouce dans la bouche, comme un enfant qui ne va pas tarder à s'endormir.

Angela se dirigea ensuite vers les autres enfants et les abreuva de baisers, comme si elle voulait se faire pardonner les cris, la brutalité, toute cette misère contre laquelle elle trouvait encore la force de lutter, par dignité et par amour pour sa progéniture.

Dans la cuisine, on entendait le père bougonner en se servant à boire.

– Y'a rien à manger, alors je bois, il faut bien graisser les rouages !

13

Angela réapparut dans la cuisine ; elle grimaça en regardant son mari.

– Allez, tiens, je te prépare le lit. Va te coucher, animal !

Pedro s'écroula sur le divan-lit et s'endormit aussitôt. En écoutant ses ronflements, Angela poussa un soupir de soulagement ; elle allait être tranquille quelques heures...

Miguel, lui, ne parvenait pas à trouver le sommeil ; toutes sortes de pensées agitaient son esprit. Son père le dégoûtait, sa mère lui faisait de la peine, la vie lui pesait déjà. Et il avait beau réfléchir, il ne voyait aucune issue.

Que faire ?

Se suicider ? Il n'en avait pas le courage. Se shooter ? Il ne s'y résignait pas ; trop de problèmes ! Hurler sa révolte ? Oui, mais à quoi bon ? Décidément, il n'y avait aucune solution, aucun espoir, rien à quoi se raccrocher. Sans cesse et partout, l'existence lui crachait au visage.

Le jeune homme frissonna. Ce n'était pas le froid, mais la peur, le dégoût, une immense lassitude de vivre. Alors, pour la première fois, Miguel songea sérieusement à quitter sa famille.

Il s'endormit à son tour.

CHAPITRE 2

Angela venait à peine de s'endormir que, brusquement, des cris la réveillèrent ; elle tendit l'oreille pour voir d'où ils venaient. Ah, c'étaient les Jimenez, au-dessus, qui se battaient ! Le voisin avait sa cuite, lui aussi, et il envoyait tout valser... Sa concubine criait, les gosses hurlaient... Le cauchemar ne finirait donc jamais ?

Pedro, à son tour, ouvrit un œil, puis le deuxième ; il marmonna quelques mots. Aussitôt, Angela sentit tout son corps frémir.

– Ah non, ça ne va pas recommencer ! gémit-elle.

La pauvre femme guettait les moindres réactions de son mari ; elle vivait continuellement dans l'angoisse.

– Sainte Vierge, il sort du lit ! Non, ce n'est pas possible !

D'une voix pâteuse, Pedro dit :

– Je peux pas dormir, ils font la java là-haut. Et puis, j'ai pas assez d'huile dans la machine. Tu veux savoir, ma poule, je dors mieux quand on baise avant. Allez... approche, beauté, sois pas effarouchée.

– Ne me touche pas, tu pues ! Enlève tes sales pattes !

– Si on peut plus rigoler, maintenant, où va-t-on ? grommela Pedro.

– Va-tu me laisser, démon ?

– Je peux pas mignonne, ça me démange, c'est plus fort que moi. Je me frotte cinq minutes contre toi, pas plus, et après je dors bien, et tu es tranquille.

Angela se cabra avec dégoût :

– Enlève tes mains puantes, sale porc, je ne ris pas, moi. Tes baisers, on sait comment ça se termine, à l'hosto ! J'en ai assez des curetages ! Et j'ai six bouches à nourrir, ça suffit ! Ne me touche pas, crapaud, ou ça ira très mal !

Pedro, enflé de vin, n'entendait rien. Il s'approcha de sa femme, prêt à l'aspirer contre sa chair molle, épaisse, avachie par l'alcool.

Angela le repoussa violemment.

– Chaque fois que tu es bourré, tu te jettes sur moi. C'est toi qui avortes ? C'est toi qui portes les gosses ? C'est toi qui les élèves ? C'est toi qui les entends pleurer quand il n'y a rien à manger ? Non ? Alors, ça suffit... éloigne tes mains dégoûtantes.

– Allez, protesta Pedro, tu es une bonne fille, au fond... Tu me refuseras pas un baiser, hein, un seul !

– Lâche-moi, canaille ! Ne me touche pas !

Dans sa commode, Juan hurlait à nouveau. Et dans la chambre, on recommençait à s'agiter. Miguel, lui, se bouchait les oreilles en fulminant.

– Eh bien, gronda Pedro, si ça va pas avec toi, j'en enfourcherai une autre !

– C'est ça, bon débarras, et ne reviens plus, surtout ! Tu pues de partout !

– Eh bien, je t'aurai de force !

Alors la jeune femme perdit complètement la tête. Elle s'empara du couteau de cuisine qui traînait sur l'évier, mais malgré son état, Pedro réussit à lui faire lâcher prise.

Angela se rabattit sur le balai et, la poitrine soufflante, le visage cramoisi, elle se rua sur Pedro. Rien ne pouvait plus l'arrêter.

– Qu'est-ce qui lui prend ? Elle est enragée, aujourd'hui, la garce ! Ah, tu vas voir, je vais t'étrangler, oui, t'étrangler !

Angela reçut un coup en pleine figure qui lui fit perdre l'équilibre. Alors, Pedro s'acharna sur la malheureuse.

– Sainte Vierge ! Il va me tuer !

– Oui, je vais te tuer, et tu l'auras cherché !

– Eh bien, vas-y, qu'on en finisse une fois pour toutes ! Ce n'est pas une vie, ça, c'est l'enfer ! Je n'en peux plus ! Alors, vas-y, si tu as le courage ! Mais non, tu n'oseras pas ! Tu es bien trop lâche... Et tu as besoin de moi pour les enfants !

Angela connaissait parfaitement son homme.

– Et puis merde, lâcha Pedro. J'en ai marre de t'écouter ; si je peux pas avoir la mère, j'aurai la fille !

– Non, pas ça ! Pas Anna ...

– Si, et tu l'auras voulu ! Elle a treize ans, maintenant. Vous allez voir si je suis pas un homme, moi ! Je vais vous le prouver, et tout de suite, encore !

– Non, pas ça ! cria à nouveau, Angela, effondrée.

Pedro ne laissa pas à sa femme le temps de réagir ; il se précipita dans la pièce à côté et empoigna sa fille. Les petits criaient tandis qu'Anna, les yeux encore gorgés de sommeil, suivit machinalement son père.

– Je vais te montrer ce que je sais faire. Oui, je vais te montrer que je suis un homme, moi ! Allez, amène tes fesses !

Miguel s'était juré de ne plus intervenir, mais cette fois, son père avait dépassé les bornes ; alors, il s'interposa entre Pedro et Anna.

– Tu toucheras pas à ma frangine, jamais ! Ou alors, il faudra d'abord me tuer !

Pedro regarda son fils. Malgré ses seize ans, c'était un gars impressionnant,solide, musclé, bien bâti. Et surtout, il se rendit compte que Miguel était décidé à aller jusqu'au bout. D'ailleurs, l'adolescent s'était emparé du fusil à pompe accroché au mur, et froidement, méthodiquement, il le chargea devant toute la famille pétrifiée.

– Un pas de plus, et je te descends !

Spectacle effrayant ! Le père et le fils se guettaient mutuellement, chacun attendant que l'autre fasse un mouvement. Les petits, épouvantés, s'accrochaient à la chemise de nuit de leur mère. Juan pleurait, Vicente était figé, Anna tremblait. Sur le visage des deux adolescents, on pouvait déjà lire la résignation de ceux qui savent que leur existence ne sera qu'une longue tragédie.

– T'as compris ? répéta Miguel. Si tu touches à ma frangine, je te descends !

Pedro était de plus en plus impressionné par la détermination de son fils. Machinalement, il recula.

– Ah, ça respecte rien, même pas son père ; tu finiras en taule !

– C'est toi qui m'as appris. Je te traite comme tu nous traites, comme un chien ! N'avance pas, tu entends, ou je te descends !

Pedro fulminait intérieurement, mais il n'osait pas bouger ; le moindre mouvement pouvait lui être fatal.

– Bon, salut la compagnie ! Vous êtes tous contre moi, j'aime pas ça, je vais me coucher. Vous êtes contents, hein ? Vous avez gagné...

En un instant, la tension baissa. Miguel posa le fusil sur la table ; l'ivrogne contourna son fils en maugréant. Il voulut aller à droite, mais il se rabattit à gauche, d'un pas hésitant. Enfin il prononça, entre deux hoquets, une phrase incompréhensible.

Miguel regarda son père avec dégoût, puis sa mère, pétrifiée, les petits qui sanglotaient, Vicente et Anna livides, Juan dans son tiroir, enfin la pièce lugubre, le garde-manger vide, le fusil chargé, les bouteilles de vin sur l'étagère...

– Je me tire, dit-il brusquement.

– Où vas-tu ?

C'est tout ce qu'Angela, éperdue d'angoisse, trouva à dire.

– J'en sais rien ; je pars, voilà tout.

– Miguel !

Le garçon fit comme s'il n'avait pas entendu. Il regarda une dernière fois son père, avec mépris, puis il ouvrit la porte, la claqua violemment derrière lui et se perdit dans le long corridor troué de portes uniformes qui rappelaient étrangement l'univers carcéral.

Miguel n'appela même pas l'ascenseur ; il descendit un à un les dix-neuf étages sales et puants. Puis il sortit un mégot de sa poche et l'alluma.

Dehors, il faisait sombre. C'était l'heure où la rue appartenait aux dealers, aux prostituées, aux casseurs, aux gangs. Aux gangs, surtout.

L'adolescent contourna son immeuble. Il eut un étrange rictus en voyant sur un pan de mur le mot BLOOD s'étaler en lettres immenses, rouges, toutes fraîches ; puis il traversa la rue et longea le grillage sordide qui délimitait le périmètre d'un terrain de basket ; enfin, il franchit un ancien jardin public qui, maintenant, faisait office de décharge pour les riverains, atroce verrue à la face du grand ensemble utilisé par l'administration pour parquer les exclus, les éternels perdants, tous ceux qui lui faisaient honte et qu'elle assistait pour mieux les oublier.

Dans le lointain, le bruit d'une sirène se fit entendre, mais Miguel ne se retourna même pas. Cela faisait partie du quotidien – de son quotidien à lui, le fils de Portoricains échoués dans la cité sauvage pour avoir cru au miracle américain.

18

Il emprunta un boulevard sans fin aux trottoirs défoncés, percés de chancres béants d'où surgissaient parfois quelques brins d'herbe grise. Devant lui se dressaient, à perte de vue, des immeubles déchiquetés, tout un univers désarticulé de murs lépreux, crevés, à bout de souffle. Après avoir traversé un cimetière improvisé de voitures désossées et calcinées, Miguel vit se profiler à l'horizon une masse sombre, encore plus hideuse que les autres, surmontée d'un toit lézardé, défigurée par des myriades d'échelles extérieures à moitié pourries, parcourue de tuyaux éventrés et de fenêtres qui partaient en lambeaux, percée en son milieu par une gigantesque fissure qui, à elle seule, aurait dû rebuter le plus téméraire ; mais Miguel avait appris à dépasser les limites de la peur. Il voulut se glisser dans la fente monstrueuse, lorsqu'une silhouette surgie des ténèbres l'en empêcha.

– Halte ! Qui es-tu ? Ici c'est le quartier général des Fils de Satan.

La lame d'un cran d'arrêt brillait dans l'obscurité.

– Qui, moi ? Euh, je m'appelle Miguel et, heu, j'habite l'ensemble des Evergreen. Je veux devenir membre du gang.

Miguel vit enfin le visage de son interlocuteur, ou plus exactement deux yeux durs plantés dans une face sombre. Et ces yeux-là eurent tôt fait d'évaluer l'intrus : bâti comme un joueur de base-ball, un thorax développé, des épaules de colosse, la tête carrée, le front large, le nez osseux. Et brun comme un Indien.

Un deuxième garçon arriva bientôt, foncé comme le premier. Son visage zébré de cicatrices en disait long sur ses activités ; quelque chose de terrifiant se dégageait d'ailleurs de lui. Le nouveau venu observa Miguel de la tête aux pieds ; sa carrure lui plut, sa détermination l'impressionna.

– Salut, mec ! Je suis le Vice-Président des Fils de Satan. On m'appelle Killer parce que je sais tuer. Tu as du cran, tu es costaud, ça me plait. Si on t'accepte dans notre famille, on t'appellera Goliath. J'aime ce nom.

– Moi, fit l'autre, c'est Cobra. Qu'est-ce que tu fous sur notre territoire ?

Miguel réfléchit un instant. Il voulait une famille, son père et sa mère ne pensaient qu'à s'égorger ; il rêvait d'un toit décent, ils étaient entassés comme des bêtes ; il avait envie de réussir sa vie, on lui disait qu'il était un bon à rien, un raté, et qu'il finirait en prison...

– Alors ? T'as la langue enfoncée dans le cul, ou quoi ?

– Tu veux savoir ? J'ai envie d'une famille, d'une vraie famille où on se serre les coudes.

Miguel fronça le sourcil ; une expression très dure traversa son visage.

Puis, soudain :

– J'ai la haine ! Je veux me venger du mal qu'on m'a fait ! Je veux tuer ! Ma haine, je veux la vomir sur le quartier !

Killer hocha la tête. Il avait compris que les Fils de Satan, désormais, comptaient un membre de plus.

Un membre redoutable !

CHAPITRE 3

Le grand jour était arrivé. D'emblée, Miguel fut projeté dans un univers dantesque. Il était habitué à l'horreur, mais celle-là dépassait tout ce qu'il avait connu jusqu'alors.

Les Fils de Satan l'entraînèrent dans une enfilade de couloirs calcinés, jonchés d'excréments et de détritus que des dizaines de rats ne se lassaient pas d'explorer ; après avoir franchi une porte rouillée, Miguel se retrouva dans une sorte de cloaque où pourrissaient pêle-mêle des tuyaux percés, des carcasses de poutres, des débris de verre, des lambeaux de vêtements, des planches moisies – tout ce que la civilisation du Bronx vomissait chaque jour de ses entrailles.

A l'endroit où la salle s'étranglait, une flaque d'eau boueuse, nauséabonde, barrait le chemin ; il fallut la traverser. Miguel qui, pourtant, se croyait aguerri, ne put réprimer une grimace de dégoût. En face de lui, il y avait maintenant une porte en voie de décomposition qui grinça d'une façon sinistre ; elle donnait elle-même sur un amoncellement de vieilles bicyclettes, de matelas déchiquetés, de canapés brûlés que les araignées utilisaient inlassablement pour y tisser leurs toiles. Miguel essaya de se frayer un passage, mais il n'y parvint pas et, péniblement, il escalada les épaves rouillées qui obstruaient son chemin.

Derrière lui, une voix rauque se fit entendre :

– Alors, tu te dégonfles ? Il te plaît pas, notre palace ? Hein, tu avances, ou tu crèches ici ?

Après avoir emprunté un corridor aussi hideux que les autres, Miguel se sentit monter quelques marches. Une nouvelle salle s'ouvrit à lui, immense, lugubre, à peine éclairée de bougies qui projetaient sur les murs des ombres mobiles, ardentes, inquiétantes. Miguel avait vraiment l'impression d'être en enfer !

Soudain, une silhouette apparut. C'était Killer.

Le Vice-Président des Fils de Satan portait un blouson de cuir noir, émaillé d'étoiles, de clous brillants et de croix gammées. Autour du cou, il arborait un foulard rouge qui rehaussait sa farouche beauté.

Killer eut un étrange rictus. Les jambes écartées, les bras croisés, la lèvre et le regard insolent, il barra le passage à Miguel.

– On t'attendait, mec. Tu as réfléchi depuis l'autre nuit ? Tu es toujours d'accord ?

– Toujours, répondit Miguel en défiant son interlocuteur. Intérieurement, il tremblait.

Alors, une trentaine de visages jaillirent de la pénombre ; c'étaient des visages sombres, amers, provocants. Terriblement provocants !

Miguel eut envie de faire demi-tour, mais les Fils de Satan se rapprochèrent de lui au point de l'encercler ; il ne pouvait plus reculer, sous peine de perdre la face, et, peut-être, la vie.

– Tu as la trouille, Goliath ?

Killer ricana bruyamment ; il y eut de l'écho dans la salle. Miguel sentit le sol se dérober sous ses pieds ; son visage vira du brun au rouge.

– Moi ? J'ai peur de rien, même pas de la mort !

– Okay, baby, gronda Killer avec un sourire qui n'augurait rien de bon. Les mecs, vous êtes prêts ? La corrida va commencer !

Brusquement, le regard du Vice-Président se porta sur les filles du gang ; une expression méprisante apparut sur son visage.

– Dehors, les sauterelles ! On a pas besoin de vous pendant la mise à mort !

Il y eut quelques signes de protestation, aussitôt réprimés.

– Dehors, j'ai dit ! Pronto !

Le ton n'admettait pas de réplique. Il fallait s'exécuter, et vite ! C'est ce que firent les jeunes filles, de mauvaise grâce d'ailleurs, en bousculant au passage Miguel qui sortit enfin de sa torpeur. Fichtre ! Il y avait des demoiselles, dans le gang, et certaines étaient belles ! De vraies Portoricaines veloutées, grasses comme des oies bien gavées, la peau ensoleillée, la poitrine insolente, la bouche généreuse, les yeux hardis. Et déjà sûrement coquines ! Le jeune Sanchez avait seulement seize ans, pourtant il était fier de sa personne et il aimait les filles. Son cœur ne fit qu'un bond : il aurait bien passé un moment avec elles !

Mais non, ce n'était pas le moment, il devait d'abord faire ses preuves, montrer qu'il avait des tripes. Les gonzesses, on verrait plus tard !

22

– Hein ? Qu'est-ce qui se passe ? tonna brusquement Killer.

Sombrero, un garçon à la moustache luxuriante, se planta soudain en face du Vice-Président ; c'était lui, ce jour-là, qui faisait le guet sur le toit.

– Il y a un prêcheur dans notre repaire !

– Quoi ? Tu plaisantes ? Maintenant ? Et merde, on s'occupe de Goliath ! C'est pas le moment !

Killer s'étrangla de fureur.

– Ouais, poursuivit Sombrero, il y a un pasteur qui amène sa viande !

– Quoi ? Mais on va la rôtir, sa viande ! Eh, les gars, il y a du curé, ce soir, au menu !

Killer ne put s'empêcher de sourire ; mais il se ravisa aussitôt.

– C'est quoi, cette histoire ? Un prêcheur chez les Fils de Satan ? Ça, par exemple ! Il est gonflé, le mec !

La sentinelle propulsa l'intrus au milieu de la salle.

L'homme était grand, immense même, et il avait les yeux d'un bleu limpide. Avec son visage osseux, ses pommettes saillantes, son nez légèrement pointu, il n'était pas spécialement beau, mais il émanait de lui la force tranquille et la puissante séduction de celui qui est réellement rempli de la présence de Dieu.

C'était Alan Evans, un jeune pasteur baptiste qui avait quitté sa paroisse de Georgie pour s'occuper des gangs de rues. Il s'était installé dans un petit bâtiment baptisé pour l'occasion " Resurrection Center ", parce que ce nom représentait pour lui l'espoir d'une vie nouvelle, le symbole que tout est possible avec Dieu, qu'on peut tout recommencer, repartir à zéro, " naître de nouveau " par la puissance du Saint-Esprit (Evangile de Jean, 3) .

Le pasteur Evans avait choisi le quartier des Fils de Satan. Et comme il savait parfaitement que les garçons ne viendraient pas le voir, il avait décidé de leur rendre visite là où ils se trouvaient, c'est-à-dire dans leur repaire, un véritable coupe-gorge que même la police préférait éviter.

Il y eut un moment de flottement ; les garçons étaient médusés par l'audace du pasteur, presque pétrifiés. Alan Evans saisit l'occasion pour s'adresser à eux :

– Les gars...

Une voix l'interrompit :

– Ouais, les potes, je le reconnais, il vient de s'installer dans le coin. Hé, hé ! Il a l'intention de faire de nous des saints, le con !

A cette idée, les Fils de Satan ne purent s'empêcher de rire, mais le Vice-Président ne l'entendit pas de cette façon. Il lança à Sombrero un regard qu'il prit pour une gifle.

– Pourquoi tu l'as pas foutu à la porte, espèce de bâtard ? On n'aime pas les fouineurs, ici ! Allez, débarrasse-nous de sa carcasse. Pronto !

Sombrero fit la moue en regardant le pasteur qui conservait imperturbablement son calme en observant attentivement chaque garçon ; ce calme l'impressionnait et l'agaçait à la fois.

– Fous-le à la porte toi-même ! Le Bon Dieu, je m'y frotte pas, ça me flanque la trouille. Je sais pas quoi faire !

– Tu es embêté ? rugit une voix. Tu ne sais pas quoi faire ? Moi, je vais te dire. Tu lui flanques ton poing dans la gueule, ou tu lui envoies une décharge de plomb, ça lui apprendra à se mêler de nos affaires. On aime pas les mouchards, ici. Ah, il est gonflé, le corbeau !

Il y eut un instant de flottement. Miguel en profita pour observer celui qui venait de parler et que tout le monde semblait craindre. C'était une sorte de colosse au teint basané, nanti d'un regard sournois, dissimulé derrière des lunettes qui lui donnaient un air faussement intellectuel. Une longue balafre courait sur son visage de l'arcade sourcilière à la bouche.

– Qu'est-ce qui m'a foutu une bande de trouillards pareils ? poursuivit-il. Tas de dégonflés ! Moi, le Bon Dieu, il me fait pas peur. Et d'abord, j'ai peur de rien.

Les Fils de Satan observèrent le pasteur, son air déterminé, sa longue silhouette, son épaule droite légèrement plus basse que l'autre.

– Tu sais à quoi tu ressembles ? lança le colosse d'un air narquois. A une tige de fer ! Qu'est-ce qui t'a étiré comme ça ? Il est vraiment pas doué, ton patron ! Il a raté son coup.

Tout le monde se mit à rire, même Miguel qui, maintenant, se sentait plus à l'aise. Il n'était pas mécontent de la diversion !

– Eh, les gars ! Il est même pas droit, le sorcier, il est tordu ! s'écria le garçon au regard sournois, visiblement encouragé par les ricanements de ses amis. Il a une épaule qui dégringole, ma parole, si ça continue, elle va se casser la figure ! Et visez-moi ses jambes, les mecs, on dirait Gary Cooper ! Dis, prêcheur, les longues béquilles, c'est pour aller au ciel plus vite ?

Les rires reprirent de plus belle. Le pasteur, lui, regardait droit dans les yeux ses interlocuteurs et les laissait le dévisager. Son courage, sa détermination impressionnaient.

– Alors, crapaud de de bénitier, qu'est-ce que tu nous baves ? demanda Killer en regardant férocement le pasteur.

– Mes amis, je m'appelle Alan. Je suis venu vous dire que Jésus vous aime...

Killer l'interrompit :

– Tiens, par exemple, quelqu'un nous aime ? C'est bien la première fois que j'entends ça. Je vais te dire, moi : j'ai pas vraiment l'impression que ton Jésus se penche sur mon cas...

Alan voulut répondre, mais le colosse aux lunettes l'en empêcha.

– Ça va, remballe ton sermon, tu perds ton temps avec nous, tu t'es trompé d'adresse. On t'a assez écouté, c'est bidon ton truc, on va t'effacer le sourire...

Puis, se souvenant brusquement qu'ils étaient réunis pour l'initiation de Miguel :

– Tu veux voir notre paradis à nous, sale prêcheur ? Allez, vise donc, après ça tu n'auras plus envie de fourrer ton museau dans nos affaires !

Killer intervint à son tour :

– Aujourd'hui, c'est le jour de l'initiation de notre pote. Alors, regarde bien, c'est la première fois qu'un prêcheur voit ça, et ça, c'est pas de la frime !

Quand tu auras vu notre spectacle à nous, tu n'auras plus envie de revenir !

Seulement voilà, on te prévient, à la sortie, tu fais pas le mouchard, tu la fermes, compris ! Nous, on n'aime pas les rapporteurs, on les liquide. Et ça, tu te le fourres dans le crâne une fois pour toutes ! Tu entends, pasteur, tu la fermes ou je te bute ! Allez, pose ton cul et allume bien tes lanternes, comme ça tu comprendras qu'on n'est pas du même monde, et que t'as rien à faire chez nous !

Le Fils de Satan tendit une chaise au pasteur, branlante comme les fauteuils et les canapés qui se trouvaient dans la salle. Il s'agissait d'ailleurs plutôt d'une cave, spacieuse certes, mais noire, sale, humide, à peine éclairée.

Sur les murs, il y avait un grand drapeau portoricain, des posters, d'innombrables photos érotiques, les emblèmes du gang et de nombreuses vestes aux couleurs des bandes rivales, sinistres trophées destinés à commémorer les victoires sanglantes. Enfin, à l'autre bout de la salle, un bar et un billard trônaient au milieu de vieux cartons d'emballage et de matelas usés.

– Dis donc, prêcheur, j'ai oublié de me présenter, reprit le colosse au regard sournois. Je suis Graffiti, Président des Fils de Satan. Allume ta lucarne, pasteur, on va faire la fête à notre manière ! Dans quelques instants, il y aura du sang et un nouveau Fils de Satan ! Alors, allume bien tes lanternes, ça, c'est pas de la frime !

Graffiti empoigna vigoureusement Miguel et l'envoya rouler à l'autre bout de la salle.

– Baby, ça va être ta fête ! Debout, on va d'abord s'expliquer !

Miguel, les côtes endolories, se releva péniblement.

– Comment t'appelles-tu ?

– Miguel Sanchez.

– Dans notre famille, tu seras Goliath. Quel âge as-tu ?

– Seize ans.

– Tu aimes te battre ?

– Bien sûr !

– Et tu es prêt à tuer ?

– Ouais ! J'ai envie de tuer... j'ai besoin de tuer. Pour me venger du mal qu'on m'a fait !

La réponse plut au Président ; il se gratta le menton avec satisfaction.

A cet instant précis, Alan Evans fit une tentative pour prendre la parole :

– Écoutez, je suis venu vous dire...

Graffiti ne le laissa pas finir.

– Toi, je t'ai pas dit de la ramener. Compris ? Sinon, tu verras pas le spectacle, tu seras au cimetière avant.

Et il reprit l'interrogatoire :

– Tu appartiens à un gang ?

– Non.

– Tu veux faire partie de notre famille ?

– Oui, je veux une famille, et je veux tuer. Je veux les deux.

– Parfait, baby ! Tu auras les deux. Okay ! All down the line ! Tous en ligne ! Vise un peu, prêcheur, les potes vont se mettre face à face !

En un instant, deux rangées furent formées, des bâtons ferrés, des cannes, des chaînes, des coups de poing américains, des battes de base-ball et des crosses de fusil se dressèrent au-dessus d'une vingtaine de têtes haineuses, avides de sang.

Alan voulut s'interposer, mais d'un geste violent Graffiti le fit rasseoir.

– Tu l'as cherché, crapaud ! Il fallait pas fourrer ton sale museau dans nos affaires !

Puis, s'adressant à Miguel qui faisait un effort furieux pour maîtriser sa peur :

– Si tu veux faire partie de notre bande, montre tes tripes avant ! Tu as intérêt à galoper, ou tu finis en marmelade !

Miguel observa les deux rangées haineuses, les corps sauvages, les muscles gonflés ; il regarda les mains meurtrières, les yeux injectés de sang, les visages qui le narguaient en vociférant. La peur lui tordait de plus en plus les boyaux.

Comme dans un songe, il entendit une voix hurler :

– Brothers ! Let's dance ! Que la fête commence !

Alors, Miguel baissa la tête et fonça comme un bélier, renversant tout sur son passage. Avant même que les Fils de Satan eussent trouvé le temps de réagir, il avait déjà parcouru plus de la moitié de la rangée. Soudain, un coup cinglant s'abattit sur lui par derrière. Miguel s'effondra, mais pour se relever aussitôt et, d'un formidable coup de botte, il envoya valser la canne pointue et le bâton ferré qui étaient à sa portée. Surpris par tant d'audace, les Fils de Satan n'avaient même pas eu le temps de se ressaisir.

Le chemin était dégagé.

Provisoirement. Car il restait encore deux masses énormes, compactes, deux garçons menaçants, grimaçants, féroces. Une montagne à franchir ! Et une montagne qui voulait du sang...

Miguel prit son élan et, d'un violent coup de poing, il détourna la crosse de fusil pointée sur lui, puis il sauta à pieds joints contre le dernier garçon qui, en tombant, se cogna durement la tête contre le billard. Il avait passé la rangée. Brisé, mais vainqueur !

– Ça va, brother ? s'enquit Graffiti.

Il y avait de l'admiration dans les yeux du chef, et de l'enthousiasme dans sa voix.

– Tu as prouvé que tu avais des tripes. Maintenant, tu es un Fils de Satan. Miguel est mort, vive Goliath !

Puis, se tournant vers le pasteur :

– Ça t'en bouche un coin, hein ?

– Graffiti, vous vous comportez comme des sauvages, mais Dieu qui voit au fond des cœurs...

– Des sauvages ? Des héros, oui, des héros ! Tout le quartier est sous notre coupe, on fait la loi, on protège notre territoire, les ennemis tremblent quand on passe, on parle de nous dans les journaux.

Alan se tourna vers Miguel ; ses yeux bleus rencontrèrent les prunelles ardentes du Portoricain.

– Miguel, ne t'embarques pas là-dedans. Tu as mieux à faire ! Tu es un garçon courageux, tu as de la valeur !

Miguel regarda le pasteur avec intensité. Pour la première fois, quelqu'un semblait s'intéresser à lui, l'apprécier, l'encourager . D'ailleurs, il y avait dans le regard et dans la voix d'Alan tant d'amour que l'adolescent en fut troublé. C'était plus fort que lui !

– Hé, les gars, visez-moi ça ! tonna Killer. Le prêcheur a ensorcelé Goliath !

Un immense ricanement parcourut l'assemblée. En voyant les expressions méprisantes des garçons qui l'encerclaient, Miguel eut honte et il se ressaisit ; son expression changea aussitôt. On pouvait lire de la provocation dans son regard, et de l'insolence sur ses lèvres épaisses, sensuelles.

– Tu as entendu ? Miguel est mort, maintenant je suis Goliath, Fils de Satan. FILS DE SATAN !

Miguel se rapprocha d'Alan, sans doute pour mieux le narguer. Les Fils de Satan retinrent leur souffle.

– Le ciel, hurla le Portoricain, j'en ai rien à branler ! Dieu et moi, on est pas du même bord. Tu veux savoir ? Ma vie, c'est l'enfer ! Je connais que les coups, l'alcool, la faim, la haine... Dégage, pasteur, et la ramène plus jamais. Si je te trouve encore une fois sur mon chemin, je t'arrache les boyaux un à un !

– Miguel, arrête ! Dieu peut changer tout ça ; il a un plan...

Le garçon ne lui laissa pas le temps de continuer.

Enhardi par l'approbation silencieuse de l'assistance, il envoya un violent coup de poing dans l'estomac du pasteur. Il était Goliath, maintenant, Fils de Satan à part entière !

Alan avait mal, mais il ne le montra pas.

– Je refuse, Miguel, de répondre à la violence par la violence. Jésus m'a donné son amour pour toi et pour tes amis. Ok, je pars, mais on se retrouvera d'une façon ou d'une autre !

Et, fermement, il se fraya un passage à travers les kids médusés.

Graffiti était ravi d'être débarrassé du pasteur avec panache. En trois enjambées, il rejoignit Alan et, d'un geste moqueur, il lui montra la porte :

– Par ici, la sortie, sale prêcheur. Et bon vent ! Avec notre spectacle maison et la raclée qu'on t'a servie, j'espère que tu as compris qu'on n'est pas du même bord et que t'as rien à foutre chez nous.

La prochaine fois qu'on te trouve sur notre route, ou si tu racontes ce que tu as vu, tu peux compter tes abattis ! On décapite ta tronche, et on la promène au bout d'une pique dans tout le quartier ! C'est nous les maîtres, ici ! Et tu nous feras pas avaler ton Bon Dieu, sorcier, tu entends, jamais. JAMAIS ! Alors, viens plus nous emmerder avec tes discours !

CHAPITRE 4

La porte du repaire venait à peine de se refermer que Graffiti se tourna vers Miguel, en arborant un sourire hollywoodien qui laissa paraître de grandes dents blanches, régulières, bien formées.

– Tu es des nôtres, maintenant, tu peux être fier ! commenta le Président en donnant une tape amicale sur l'épaule de Miguel. Maintenant, tu es un Fils de Satan et tu vas fréquenter de vrais tueurs. Tu sais, mon pote, seul on ne peut rien faire ; ensemble, on est fort, tout est possible : boire, fumer, glander, détrousser un type, arnaquer, conduire à toute blinde, crocheter les serrures, s'approvisionner en armes, tagger, baiser, écouter de la musique à fond, faire chier les vieux, les zonards ou les pédés, piquer une voiture, la brûler, la désosser, faire la fête, jouer à la roulette russe, braquer, cogner, casser les cabines de téléphone, refroidir un gars ou simplement l'amocher... Ensemble, on s'éclate, c'est le pied ! On est les maîtres de la rue, les caïds du Bronx, les stars du ghetto, les Fils de Satan, les célèbres Fils de Satan ! Tout le monde a peur de nous.

Soudain, Graffiti prit un ton plus confidentiel :

– Écoute, Goliath, on a aussi nos lois. Si tu veux faire partie du gang, tu dois agir comme nous, tu es un frère, maintenant . On va te mettre au parfum !

Le Président fit signe à Sombrero :

– Hé, toi, va chercher les demoiselles. Pronto !

La salle, en un instant, ressembla à un poulailler en effervescence. Graffiti en fut irrité.

– Elles vont la fermer, les sauterelles ? Ou ça va barder !

Chacun savait que le chef ne plaisantait pas. On n'entendit plus une mouche voler. Alors Graffiti ordonna aux Fils de Satan de s'installer autour de lui, puis il se jucha sur le bar et, les jambes ballantes, les bras écartés, il prit la parole en se donnant un air important :

– Goliath, on est un gang. Un gang, c'est une famille, avec son territoire, ses lois, son organisation, ses chefs. Notre secteur, c'est tout le boulevard jusqu'au métro. Le super-marché nous appartient, l'école, les magasins, le drugstore, la casse, le parking, les décharges, le cinoche, le fast-food, le terrain de basket, les bistrots, les immeubles, et le parc en bordure de métro ; les Dragons disent qu'il est à eux, c'est bidon. Quand ils nous emmerdent trop, on les liquide... Tu connais bien le quartier, Goliath, tous ses recoins, tous ses trésors ?

– Ouais, fit machinalement Miguel.

– La ligne aérienne de métro, c'est la frontière, enchaîna Graffiti sans même écouter la réponse. D'un côté, il y a les Dragons, ces salopes de nègres. D'abord, je supporte pas les nègres .

Le Président cracha son dégoût par terre.

– Et de l'autre côté du métro, il y a les Immortels. Ceux-là sont réglos, ce sont des Irlandais et des Italiens. Mais les nègres ! Putains de nègres, je les déteste. Bon, passons. Plus au nord, le quartier appartient aux Iroquois, des frères ceux-là, des Portoricains comme nous. Derrière l'hôpital abandonné, le territoire est contrôlé par ces ordures de Lords, encore des nègres ; les nègres, je les déteste.

Graffiti cracha à nouveau par terre.

– Enfin, reprit-il sans transition, au-delà de la décharge, il y a les Ching-A-Ling, des Portoricains. Des croulants ! On s'ignore. On a rien de commun, à part la nationalité. Je sais pas ce qu'ils fabriquent, au juste, et j'essaie pas de fourrer mon nez dans leurs affaires... Ils veulent pas qu'on parle d'eux, alors on sait pas ce qu'ils trafiquent. Tu veux que je te dise, cousin ? C'est un gang comme les Hell's Angels, un gang à moto. Ah, ces machines, ces machines, si tu les voyais !

Graffiti siffla d'admiration :

– Des engins comme ça, c'est pas permis ; je me demande où ils les trouvent. Bon, ce sont pas mes oignons. Ils emmerdent personne, eux au moins, et en cas de coup dur on peut compter sur eux, ils sont Portoricains. Mais les négros, eux, je les déteste !

Miguel était fasciné par l'éloquence du Président ; il ne perdait aucun de ses propos.

– Sur notre territoire, poursuivit Graffiti, on est chez nous. Aucune rue, aucun passage, aucun toit, aucune cave n'a de secrets pour nous. C'est important, quand ça chauffe, et tu peux compter sur nous pour que ça chauffe souvent. On est les plus forts ! Les flics et les Dragons ne peuvent rien contre nous. Et personne ne peut traverser notre territoire sans notre permission.

Seulement, baby, il faut le protéger, notre secteur. Tu piges ? On est des frères, en cas de coup dur on ne laisse pas tomber un copain. Par exemple, si des salopards arrangent le portrait d'un pote, s'ils disent des trucs qui ne nous conviennent pas, c'est notre affaire à tous ; c'est ça, notre force ! Hein, baby, c'est chouette de savoir qu'on n'est pas tout seul, qu'il y a du monde derrière soi...

Brusquement, Graffiti plissa les yeux et une lueur mauvaise traversa son regard.

– Seulement voilà, il faut pas rompre le contrat, il faut la fermer quand tu te fais prendre, il faut pas dénoncer un pote, il faut pas chercher des crasses à un frère. Sinon, on te rate pas, tu piges ? Les conneries, chez nous, ça se paie au prix fort. Par exemple, on te balance en plein territoire Dragon avec les couleurs du gang sur le dos, ou on t'arrache les dents une à une. De toutes façons, t'es bon pour la boîte à dominos ! Il vaut mieux encore crever que perdre son honneur...

Compris ?

Miguel acquiesça de la tête ; il savait que Graffiti disait la vérité. On lui avait souvent raconté des histoires de garçons abattus par leurs propres frères, simplement parce qu'ils avaient essayé de quitter le gang ou qu'ils avaient dénoncé un de leurs compagnons. L'adolescent sentit son sang se glacer dans les veines ; mais il ne fallait surtout pas que les Fils de Satan s'en aperçoivent, et il prit un air détaché.

– Je vends jamais un pote, dit-il simplement. Je préfère crever !

– Bien, répondit Graffiti ; t'as tout pigé. Dans le gang, on veut pas de poules mouillées. Aimer la bande, haïr les autres, voilà notre loi. Et quand on n'a pas d'ennemis, on s'en trouve. Hein, un beau baston, ça pose ! Oui, baby, on perd jamais une occasion de se bagarrer. ça donne du piment à l'existence et on parle de nous dans le journal. Les vieux, ils comprennent rien, ils disent qu'on est des racailles. C'est bidon ! On prend notre pied, voilà tout ; chacun prend son pied comme il peut ...

Graffiti avala le contenu d'une canette de bière tout en observant Miguel du coin de l'œil, puis l'assemblée. Apparemment, on appréciait son discours, et il était enflé d'importance.

– Maintenant, écoute-moi bien, mec ; on doit aussi s'aider sur le plan matériel. Si tu as des problèmes, c'est notre affaire, on te laisse pas tomber. Quand tu te barres de chez toi ou que tes vieux te foutent à la porte, tu peux compter sur nous, on a notre gourbi, d'accord, c'est pas le Hilton, mais il y a quelques matelas, au premier, dans un coin pas trop crado... et que j'ai décoré moi-même !

Graffiti était fier de ses talents de peintre, et il ne manquait jamais une occasion d'en faire état.

– Et dans notre paradis à nous, il y a les filles. Au plumard, elles se débrouillent. Tu as compris, cousin ? On a pas seulement des devoirs, on a aussi des droits ; on est comme des frères ! Maintenant, je vais te présenter l'état-major, les barons, les chefs, les caïds... D'abord, euh, il y a moi. Moi, le Président des Fils de Satan.

Graffiti esquissa un sourire satisfait, laissant de nouveau apparaître sa superbe rangée de dents.

– Je suis le Président, le Pres, comme on dit entre nous. On m'appelle Graffiti parce que j'aime barioler les murs, laisser ma marque. Les graffitis, c'est ma spécialité, enfin, l'une de mes spécialités !

Les garçons se dépêchèrent d'approuver. De toutes façons, il valait mieux ne pas contrarier le Président. Mais une fille se permit de donner son avis :

– C'est comme ça, même, que tu es devenu Président ! Parce que tu dessines bien et que tu es sur tous les murs, dans le métro, partout...

– J'ai pas dit aux nanas de l'ouvrir ! interrompit sèchement Graffiti. C'est moi qui commande, ici. De quoi je me mêle ? Je tolère pas que les souris m'interrompent. Quand je parle, personne doit m'interrompre, personne. Okay ? Et surtout pas les souris, ça alors !

Il y eut un murmure d'approbation chez les garçons. Alors, le chef se gratta cérémonieusement le front.

– Bon. De quoi est-ce que je causais ? Ah, de moi. Goliath, tout le quartier connaît mon talent, et pas seulement le quartier... Chouette, hein ? Et comme je suis le Président, j'organise tout, les activités, les règlements, les objectifs, tout. Et c'est moi qui forme les nouveaux.

Sans transition, Graffiti se tourna vers le Vice-Président.

– Killer, tu connais, c'est le mec à ma droite. Il est toujours le premier à s'expliquer, les bastons, il adore, il a pas froid aux yeux ! Et il a pas peur de liquider un type, il sait le descendre vite fait et proprement. Il aime ça, tuer, pas vrai, Killer ?

– Ouais, grommela le Vice-Président en se forçant à sourire.

Miguel regarda Killer. Le garçon avait un visage hermétique, taillé dans le roc, l'oreille percée, un nez cassé, complètement tordu, des lèvres épaisses et, en travers de la joue, les énormes cicatrices qu'il avait remarquées le premier soir, cicatrices qui d'ailleurs rehaussaient sa beauté virile. La montagne à franchir, tout à l'heure, c'était lui, le guerrier unanimement apprécié ; et la crosse de fusil qui avait valsé, la sienne. Miguel était enflé d'importance. Un sacré coup ! Le Vice-Président, lui, ne l'avait pas digéré et, pour une fois, il n'en menait pas large.

– Killer, c'est le Vice-Président, poursuivit Graffiti, intarissable. Il me remplace quand je suis pas là, par exemple si je suis en taule, alors c'est lui le chef. Quand on se bat, il est en première ligne et il coordonne les opérations.

Bon, Big Man, amène ta viande. Lui, c'est le conseiller de guerre, il est responsable en cas de baston. C'est le stratège, le tac... tac... euh... tacticien. Il dit quand on doit attaquer, avec qui, où, comment. Et c'est lui, aussi, qui signe la paix. La paix, ça se fera jamais avec les négros. C'est des cannibales, hein, Big Man ?

Le conseiller de guerre approuva de la tête. C'était un grand gaillard, dépassant d'une demi-tête les autres membres, facile à repérer surtout avec sa coiffure afro et son éternel blouson d'un rouge flamboyant.

Miguel observa attentivement Big Man. Il avait des pommettes saillantes, un front et un menton proéminents, un sale regard qui déshabille jusqu'à la moelle, et surtout l'air de celui qui domine les autres et pas seulement sur le plan physique. Bref, un garçon sûr de lui et de sa supériorité.

– Sa spécialité, reprit Graffiti, c'est le cran d'arrêt. Il fend le squelette d'un ennemi en moins de temps qu'il faut pour le dire. Hein, Big Man ?

Le conseiller de guerre se dépêcha d'approuver.

– Enfin, voici Dollar, notre secrétaire-trésorier ; le pognon, c'est son affaire. Dis donc, Goliath, je t'ai pas encore dit qu'il faudra cracher dix dollars par semaine, vingt en temps de guerre; c'est pour les sorties, les munitions, l'essence, les boissons, les médicaments, et même l'avocat. Tu les as pas ? Alors tu les trouves. Comment ? En braquant, en arnaquant, en détroussant, en faisant les troncs... On te mettra au parfum ! Tu sais, avec une bonne lame, on obtient tout. Côté clients, choisis de préférence les poivrots, les pédés, les camés, les zonards... Tous les pauvres types, quoi ! Ils savent pas se défendre, ils sont bons à rien, ce sont des minables, des moins que rien. Surtout, évite les commerçants du coin ! Après, les vieilles râlent, parce qu'ils déménagent et qu'elles sont obligées d'aller faire leurs courses à l'autre bout du quartier .

Miguel dévisagea Dollar. Le garçon était plutôt petit, maigre, sec, nerveux, il portait des lunettes noires. Dollar passait son temps à mâchonner un chewing-gum qu'il adorait faire claquer bruyamment au nez de ses interlocuteurs.

– Okay, baby. On t'a présenté notre état-major. Tu vas obéir ?

– Ouais, répondit machinalement Miguel.

– Et tu acceptes nos lois, nos règlements, nos commandements ?

– Bien sûr.

– Tu jures de tuer sans faire de sentiment ?

– Évidemment !

– Okay, boy ! Maintenant, Goliath, tu choisis une poulette parmi les quatre qu'on va te présenter. Elles sont célibataires, ou veuves. Attention ! J'ai bien dit une à la fois, c'est la règle chez nous. Les souris, il est à vous...

Miguel frémit de plaisir. La perspective d'avoir à tuer l'enchantait, l'esprit de solidarité des Fils de Satan le comblait, et maintenant l'idée d'avoir une fille pour lui tout seul, bien à lui, le réjouissait. Décidément, le gang avait du bon !

Quatre filles s'avancèrent. La première ne devait guère avoir plus de quatorze ans ; pourtant, elle avait un ventre saillant et la poitrine tombante.

Miguel remarqua aussi son air dévergondé.

– Elle s'est fait arrondir le devant par Football, un pote qui est mort récemment dans un combat. Si tu l'épouses, on te donne le lardon en prime. ça marche ?

Miguel fit la moue. Les responsabilités, ce n'était pas son genre. On ne lui avait pas appris ! Alors, du regard, il chercha les trois autres candidates.

– Il y a aussi Carolina, poursuivit Graffiti.

Miguel évalua la jeune fille des pieds à la tête : peau sombre, un peu trop même, postérieur et nichons bien rembourrés, yeux hardis. Mais une expression si dure qu'il en fut lui-même troublé.

– Alors ?

– Et la troisième ? se contenta-t-il de répondre.

– Rosa ? Rosa, amène ton museau.

Celle-là, Miguel sut d'emblée qu'elle n'était pas pour lui. Un vrai garçon manqué ! Les cheveux coupés ras, l'œil autoritaire, le jean sale et déchiré. Les tigresses, ça ne lui disait rien.

Il ne restait plus que la quatrième. Elle était petite, gracieuse, féminine. Miguel admira le cou grêle de la jeune fille qui contrastait avec des rondeurs typiquement portoricaines, puis sa peau, bronzée à souhait. En plus, la dernière candidate avait des yeux qui respiraient une douce volupté, et une énorme poitrine qui, faute de soutien-gorge, frétillait en permanence sous le tee-shirt flamboyant.

– Alors, tu te décides ?

– Je choisis la quatrième, fit Miguel, l'œil allumé.

Et il prit un air de coq de village, satisfait, béat, repus.

– C'est Maria. Maria, la propriété de Goliath à partir d'aujourd'hui. Tope-là ! Marions-les sur le champ ! Le mariage avec une fille, chez nous, c'est comme une sorte de mariage avec la bande.

Aussitôt dit, aussitôt fait.

Graffiti prit Miguel et Maria par le bras, puis il leur ordonna de s'asseoir sur un canapé branlant. Autour d'eux, il y avait une trentaine de visages indiscrets.

– Tu veux prendre Goliath pour mari ? demanda Graffiti à Maria.

Des yeux veloutés se posèrent aussitôt sur Miguel. Il était musclé, viril, séduisant. Et en même temps, certainement câlin. Le rêve !

D'une petite voix toute émue – on ne se marie pas tous les jours, même dans un gang – elle répondit :

– Oui.

– Bien. Désormais, c'est ton homme.

Alors, Graffiti se tourna vers Miguel :

– Tu veux prendre Maria pour femme ?

– Ouais, répondit le garçon avec enthousiasme.

Miguel brûlait déjà de posséder la jeune fille ; il la mangeait des yeux en attendant de lui dévorer la peau, l'envie le chatouillait, lui gonflait les lèvres et lui enhardissait les mains. Il ne tenait plus en place. Les ressorts usagés du canapé vibraient au rythme de ses impatiences.

– Bon, dit Graffiti, je mélange vos sangs, alors vous serez mariés.

Et, joignant le geste à la parole, il s'empara de la main tremblante de Maria. Quand elle sentit la lame du couteau pénétrer dans sa chair, elle poussa un petit cri. Déjà, le sang jaillissait.

Graffiti prit la main de Miguel et en fit autant. Puis il unit les deux sangs.

– Maintenant, vous êtes mari et femme. Goliath, embrasse ta légitime. Elle t'appartient, tu peux batifoler avec elle.

Miguel ne se fit pas prier ; il avala goulûment la bouche de Maria.

Brusquement, une immense clameur salua les nouveaux mariés, une terrifiante explosion de joie secoua le bâtiment tout entier qui sembla sortir de sa léthargie. Dans l'ivresse de la liberté, les Fils de Satan firent circuler des bouteilles de coca-cola et des canettes de bière ; au milieu des jurons colorés, des propos obscènes et des rires sauvages, elles s'échangeaient, s'entrechoquaient, tourbillonnaient. Les filles passaient également de mains en mains ; débraillées jusqu'à la ceinture, elles se laissaient taquiner, caresser, explorer, en poussant des petits cris de joie.

Graffiti empoigna Miguel et Maria par le bras et, avant même qu'ils n'aient eu le temps de réagir, il les poussa dans un réduit contigu à la salle.

– C'est là que vous allez passer votre nuit de noces. Vingt-quatre heures d'amour ininterrompu pour faire connaissance, qu'est-ce que vous en dites, hein, les tourtereaux ?

Miguel examina la pièce. Elle était obscure et humide ; sur le sol bétonné, il y avait un matelas et, à côté, quelques sandwiches, de la bière et un récipient pour les besoins urgents.

Le jeune Sanchez ne perdit pas son temps. Il allongea Maria toute palpitante sur le matelas, la prit par la taille, plongea une main pleine de curiosité sous son tee-shirt, appliqua des baisers partout. Et plus il l'explorait, la taquinait, se frottait à elle, la chatouillait, la pinçait, la mordait, la testait, la goûtait, plus elle riait avec des mines gourmandes grasses de vice précoce.

Miguel n'en finissait pas de retourner Maria, de la palper, en s'enhardissant chaque fois davantage.

Alors, la gorge renversée, elle s'abandonna tout à fait.

CHAPITRE 5

Désormais, Miguel était un Fils de Satan à part entière. Il connaissait toutes les ressources de son secteur, les points stratégiques des zones limitrophes, la manière de passer inaperçu en territoire ennemi et bien sûr les mille et une ficelles de la misère, toutes les astuces qui permettent de survivre dans un monde hostile, sauvage, impitoyable. S'il voulait braver la mort le plus longtemps possible, l'adolescent savait qu'il devait avoir en toutes circonstances le pied rapide, des yeux partout, la main agile ; en plein Bronx, le simple fait de marcher dans la rue relève d'un art consommé comme d'un défi permanent.

En vrai Fils de Satan, Miguel était toujours sur ses gardes et, sans en avoir l'air, armé jusqu'aux dents. Sur lui, d'ailleurs, il portait en permanence un rasoir, soigneusement dissimulé dans sa ceinture cloutée et, au fond d'une chaussette, une lame bien aiguisée qu'il pouvait à tout moment convertir en instrument d'attaque ou de défense, sans tomber sous le coup de la loi.

Grâce à Graffiti, Miguel, désormais, savait fabriquer toutes sortes d'armes plus ou moins sophistiquées, plus ou moins meurtrières, notamment le zip gun, le revolver que les membres confectionnaient à partir d'antennes de radio et d'objets volés principalement dans les quincailleries. Mais s'il voulait acquérir ses lettres de noblesse dans le gang, il devait prouver qu'il était capable de commettre un braquage et même de tuer.

L'occasion lui en fut bientôt fournie.

Ce jour-là, Miguel traînait en compagnie de Graffiti et de deux autres Fils de Satan, Chino, un solide gaillard au physique oriental et au teint mat, et Little Boy, ainsi surnommé parce qu'il se déconsidérait sans cesse maladroitement aux yeux de tous. C'était l'éternel gaffeur, le geignard permanent qui agaçait tout le monde, redouté pour ses accès subits de rage, encombrant comme personne, l'esprit tortueux, l'œil sombre, les mains malhabiles sauf lorsqu'il s'agissait de pourfendre tous ceux qui avaient le tort de ne pas lui plaire. C'était d'ailleurs pour ça qu'on l'avait toléré dans le gang.

Les quatre garçons venaient à peine de dépasser le drugstore que Graffiti, soudain, se planta en face de Miguel.

– Dis donc, cousin, je parie que t'as pas encore fauché le fric ou la camelote dont tu as besoin. Il faut prouver que tu as de l'estomac si tu veux être un vrai Fils de Satan. Nous, on ratisse comme on respire, on se remplit le garde-manger sans se faire pincer, on a nos fringues à l'œil. On fauche aussi quand ça nous chante, comme ça, pour se fendre la gueule, parce qu'on s'emmerde ou pour voir la tronche des mecs quand on pique leur pognon. Et puis, hein, il faut bien sortir les meufs au cinoche ou au Mac Do, sans ça elles râlent. Entre nous, plus c'est casse-gueule, plus tu prends ton pied. Okay, baby ? Et plus c'est casse-gueule, plus on montre qu'on a des tripes. Gloire, man ! On parle de nous dans le journal, on est les vedettes du quartier. Qu'est-ce que vous en dites, les mecs ? On montre notre savoir-faire à Goliath ? On joue à " tu paies ou tu crèves " ?

Little Boy protesta pour la forme, comme on s'y attendait ; Graffiti fit la sourde oreille. Chino, quant à lui, trouva l'idée excellente ; il adorait les situations périlleuses dont il se tirait toujours avec panache. Son courage, d'ailleurs, lui valait l'admiration de tous : les Fils de Satan l'écoutaient, le suivaient, le respectaient ; des habitants du quartier appréciaient sa bravoure, et sa notoriété avait même franchi les limites du territoire. Les gangs ennemis le redoutaient particulièrement.

Graffiti écarta un instant les lunettes de ses yeux pour se gratter le lobe de l'oreille, puis il reprit son monologue en regardant Miguel droit dans les yeux.

– Voler, man, c'est tout un art ! Si tu veux pas avoir les flics aux trousses, il faut pas liquider tes clients, même s'ils te cherchent, même s'ils ont la langue un peu trop pendue. Pour pas se faire repérer, on opère généralement en équipe, c'est plus sûr. On passe la camelote au pote derrière, puis au zèbre qui suit, et le tour est joué, on se fait pas choper. Tu piges ?

Graffiti était satisfait de sa rhétorique. Miguel, lui, commençait à s'impatienter. Il brûlait de passer à l'action !

– Bon, qu'est-ce qu'on se tape ? Les parcmètres, les téléphones publics, les troncs ? Un poivrot, un croulant ?

Graffiti consulta Chino du regard.

– Quelque chose de plus difficile, conseilla le garçon.

– Et si on foutait le feu avant de faucher ? suggéra Little Boy qui adorait voir les bâtiments flamber.

Il n'en fallut pas plus pour que Graffiti se fâche.

– Ah, celui-là, par exemple, il faut toujours qu'il la ramène ! Tu vas la fermer, fils de pute ? Je vais t'arracher la langue, moi, pour t'apprendre à vivre...

Y'en a marre, à la fin ! Aujourd'hui, on crame pas, on fauche, compris ? Bon, Goliath, choisis : on pique une bagnole et on fait un tour ? Ou tu préfères l'arnaque à l'étal ? Un vol à l'arraché ou à la portière, peut-être ? Qu'est-ce qui te plaît ?

La réponse ne se fit pas attendre :

– Le gros truc. On se pointe dans un super-marché, on sème la panique. Le danger, j'adore !

Miguel avait, dans les yeux, une lueur de défi qui plut à Graffiti ; le Président esquissa un sourire puis il s'abîma dans ses pensées. Soudain, il prit un air triomphant.

– J'ai une idée, les gars ! Écoute, Little Boy, puisque ça te démange d'allumer un feu, tu vas l'avoir. Un petit feu, mais un feu quand même. Tu piges ?

On fauche le pognon dans un super-marché qui crame. Chouette, hein, les potes ? Tope-là !

– Tope-là, répondirent en chœur les trois garçons, tout excités à l'idée de vivre ensemble une grande aventure.

Graffiti était fier de lui, et ce n'était ni la première ni la dernière fois. Personne, d'ailleurs, ne mettait en doute ses talents d'orateur, l'originalité de ses idées, son sens de l'organisation, ses capacités artistiques, ses dons de formateur – bref, son génie. Il n'était pas chef d'un gang réputé pour rien ! Graffiti se sentait parfois plus qu'un Président, une sorte de superman... qui aurait eu la malchance de naître dans les immeubles calcinés du Bronx !

– Bon, les gars, il est quelle heure ? Six heures quinze ? Parfait. Le caissier du rayon vêtements de sports, je l'ai bien observé, il est cinglé, le mec ! Chaque jour, il tourne le dos à sa recette pendant trois secondes, le temps d'enfiler sa veste. Il pose le pognon sur son bureau, s'habille, met le fric dans le coffre. Les gars, j'ai un plan... Direction le super-marché ! Et que ça saute !

Les Fils de Satan ne se firent pas prier. Ils ne sautèrent pas, ils bondirent !

Enfin, le centre commercial apparut, massif, carré, lumineux ; il se dressait près d'un échangeur qui bourdonnait en permanence. Le super-marché, c'était à la fois le pôle d'attraction du quartier, le centre vital du territoire, le lieu de rendez-vous de tous les habitants, la caverne d'Ali-Baba. Instrument de consommation pour les uns, lieu d'évasion pour les autres, mirage pour tous, il fascinait, éblouissait, obsédait... et parfois, le piège se refermait sur ceux qui, en quête du nécessaire, se laissaient tenter par le superflu.

Au rayon sports, le groupe se scinda en deux. Graffiti et Little Boy se dirigèrent vers l'escalier, Miguel et Chino se rapprochèrent impercep-tiblement du caissier. Autour d'eux, il y avait des vestes de toutes les couleurs, de toutes les tailles, de toutes les marques. Les deux garçons en essayèrent quelques-unes, histoire de détourner l'attention et, au passage, ils s'amusèrent à intervertir les étiquettes. Dans le Bronx, tout peut devenir fun... magie du désespoir !

A l'heure habituelle, le caissier, avec une régularité mécanique, posa l'argent sur son bureau et décrocha sa veste suspendue à un portemanteau.

Soudain, un immense cri fendit l'espace :

– Au secours ! Au feu !

Alors, tout l'étage entra en effervescence ; les clients criaient, se précipitaient vers les ascenseurs,se ruaient sur les escaliers ; les employés accouraient pour éteindre les flammes naissantes. Le caissier, lui, instinc-tivement, lâcha sa veste et fonça vers l'extincteur juste à côté de lui ; dans l'affolement, il avait oublié la recette. Elle était là, grasse, alléchante, superbe.

Chino, d'une main leste, s'en empara aussitôt. Il n'avait pas plus tôt accompli son forfait, que le caissier songea à la liasse de billets et de chèques qu'il avait imprudemment abandonnée sur son bureau. Mû par un sombre pressentiment, il fit demi-tour.

Trop tard ! La recette avait disparu, et les kids également.

CHAPITRE 6

Lorsqu'ils furent hors de danger, les Fils de Satan cessèrent de courir.

Comme d'habitude, Graffiti s'octroya la parole :

– T'as vu, Goliath ? dit-il en reprenant son souffle. Facile, hein, brother ? C'est toujours comme ça. Les gens sont si bêtes, il suffit d'être malin et de faire vite.

Le Président marqua une pause ; il riait et haletait en même temps.

Chino, lui, comptait discrètement les billets après les avoir séparés des chèques.

– 935 dollars, les mecs ! On est vraiment très forts ! On a gagné notre journée, on va arroser ça avec les filles.

Graffiti freina l'ardeur de son compagnon.

– Fais gaffe, on va nous voir ! Planque le fric, imbécile !

Puis, se tournant vers Miguel :

– Dis donc, Goliath, la prochaine fois on trouvera un truc plus marrant.

Par exemple, on jouera à celui qui pique le plus de fric en un minimum de temps, ça amuse les demoiselles ; elles parient toujours sur leur mec. Ma copine, elle, pour l'exciter, il faut que je fauche au nez des vigiles, elle nique mieux après.

– Ouais, renchérit la nouvelle recrue. ça, au moins, c'est vivre, c'est pas de la frime, ça pose !

Soudain, Miguel se gratta la tête d'un air perplexe ; manifestement, quelque chose le gênait. Graffiti remarqua aussitôt l'embarras de son copain.

– Hé, mon pote, qu'est-ce que tu as ? s'enquit-il en posant un bras protecteur sur l'épaule du jeune Sanchez. ça va pas ?

– Euh, si, mais, euh... où est ta copine ? Tu me l'as pas encore présentée !

– Tu veux savoir, baby? Ses vieux l'ont envoyée prendre l'air à la campagne. T'étais pas au courant ? Je lui ai fait un moutard, vite fait et bien fait. Et puis...

– Et puis ?

Miguel avait hâte de connaître la suite.

– Euh, reprit le Président. Le polichinelle, on l'a retiré du tiroir avant qu'il devienne trop grand. Et... euh... ça a failli mal tourner ! Ma poulette s'est retrouvée à l'hosto. Maintenant, ses vieux sont en pétard contre moi. Alors, ils l'ont envoyée chez sa tante, dans le Missouri, histoire de lui changer les idées ; mais c'est moi qu'elle a dans la peau, alors un de ces jours te fais pas de bile, tu verras son joli petit cul...

– Elle est belle, au moins ?

– Ça alors, quelle question ! Si tu voyais ses nichons, et son bec, et sa chatte ! C'est la plus belle, c'est pour ça que je l'ai choisie ! Un Président doit avoir le meilleur. Toujours !

Graffiti prit soudain un ton plus confidentiel :

– Elle pense qu'à baiser ! Et elle sait faire, crois-moi !

Puis, se ravisant :

– Bon, les mecs, on a assez causé, maintenant on bosse. Goliath, tu vas nous prouver que t'as de l'estomac !

– Pas d'accord, protesta Little Boy. C'est mon tour d'aller au charbon...

Le garçon brûlait de montrer son savoir-faire au nouveau-venu.

– Je t'ai dit de la ramener ? Non ? Alors, ferme-la. C'est moi le chef.

Mais Little Boy ne l'entendit pas de cette façon. Il devint tout rouge, ses yeux se mirent à briller et son corps fut secoué de rage.

– Ah, tu piques ta crise ? gronda le Président. C'est le moment, hein ? Tu veux qu'on nous remarque, avec le pognon qu'on a piqué ? Alors, ferme-la, animal, ou je te réduis au silence.

Graffiti ne plaisantait pas, et Little Boy le savait. Il haussa les épaules et cracha par terre.

– Ça va, Pres, on a compris, allez, mets-la en veilleuse...

Little Boy sortit un mégot de sa poche, l'alluma avec désinvolture et tira ostensiblement quelques bouffées en direction du Chef. Pure provocation ! Mais Graffiti fit celui qui ne voyait rien, ne remarquait rien, n'entendait rien. Chino avait une belle liasse de billets dans sa poche, et ce n'était pas le moment d'attirer l'attention.

– Bon, Goliath, c'est ton tour. Tu l'as choisi, ton client ?

L'adolescent regarda autour de lui.

– Tiens, celui-là, par exemple, répondit-il tranquillement en montrant du doigt un homme qui sortait en zigzagant d'un bistrot.

– Il arrivera pas au bout du boulevard, le zèbre ! commenta Chino en riant. Les poivrots, c'est des sous-mecs ; il faut leur apprendre à marcher droit !

D'un geste autoritaire, Miguel fit signe à ses compagnons de rester en arrière. Puis il rattrapa l'ivrogne et le bouscula sans ménagement. L'homme marmonna un juron en Anglais et continua son chemin comme si rien ne s'était passé. Alors, Miguel sortit sa lame et l'appuya discrètement sur la nuque du malheureux. L'ivrogne se retourna, ouvrit des prunelles effarées et essaya d'appeler au secours, mais aucun son ne sortit de sa bouche.

L'argument était irrésistible.

– Pas un mot, pas un mouvement, bonhomme, ou je te descends, compris ? dit Miguel dans un mauvais Anglais. Allez, file-moi ton pognon si tu veux pas crever bêtement. Hein, ça serait dommage de crever si tôt, un poivrot comme toi, tu manquerais à ta famille !

C'était plus fort que lui, il fallait toujours qu'il plaisante, même hors de propos.

– Alors, papa, tu veux déjà mourir ?

L'ivrogne était paralysé par la peur.

– Ça va, bonhomme, j'ai compris ! Le tonifiant dans l'estomac, ça rend coopératif, hein ? Aboule le pèze.

Miguel fouilla les poches du malheureux. Dès qu'il eut trouvé ce qu'il cherchait, il partit en courant. Ses amis l'attendaient à l'angle du boulevard.

– Alors, tu as gagné le gros lot ? demanda Chino sans méchanceté.

– Filons, reprit Graffiti qui s'inquiétait pour la liasse de billets.

Lorsqu'ils furent en sécurité, les quatre kids ouvrirent le portefeuille volé.

Il contenait exactement... trois dollars !

– Bien joué, Goliath, ricana férocement Little Boy, ravi de prendre sa revanche. Il a tout bu, le mec ! Ça t'apprendra à bien choisir tes clients, la prochaine fois. Je vais te montrer, moi...

Graffiti ne laissa pas à Miguel le temps de répondre à la provocation.

– Ça va, mon vieux, tu as prouvé que tu as du cran. Tu sais, on tombe pas toujours du premier coup sur des richards. Une autre fois, tu feras mieux. Tu choisiras un banquier, hein, cousin ?

Puis, sans transition :

– Allez, maintenant c'est à toi, Little Boy, montre ton savoir-faire !

Le Fils de Satan lança à Miguel un regard chargé de haine.

– Allume bien tes lanternes, Goliath ! Tu vas voir un travail de pro. Moi, je m'intéresse pas aux minables. Je prends des risques !

– C'est quoi, ton coup ? questionna Chino, l'œil brillant de curiosité.

– Un braquage chez le confiseur sur le territoire des Ching-A-Ling. On a de bons rapports avec eux, ils nous laissent tranquilles. Et les vieilles sont contentes, on fait pas fuir les commerçants du coin... On y va, les mecs ?

Graffiti acquiesça en claquant bruyamment les doigts.

– Ouais, pour une fois que t'as des idées, on te suit !

Le confiseur était réputé pour son caractère irascible. En s'en prenant au vieux marchand, Little Boy, assurément, faisait preuve d'audace ; les kids étaient pantois d'admiration. Little Boy, lui, jubilait intérieurement ; il prenait sa revanche sur le nouveau venu. Enfoncé, Goliath ! Ah, il voulait jouer les caïds, à peine arrivé dans le gang ! Il allait voir, l'orgueilleux, qu'on ne s'improvise pas Fils de Satan !

Dès le départ, Little Boy avait conçu de l'aversion pour Miguel. Il lui semblait que le nouveau venu ferait tout pour accéder rapidement aux postes les plus importants du gang ; cette perspective ne l'enchantait guère, d'ailleurs le garçon était jaloux de tout le monde. Il rêvait d'estime, on le méprisait ; il quêtait inlassablement l'approbation des autres, on la lui refusait toujours. Son cœur était rempli d'amertume et le ressentiment, chez lui, se muait en haine.

Cette fois, Little Boy savait qu'on célèbrerait son courage, il était sûr que les Fils de Satan l'accueilleraient triomphalement en héros. Et il savourait d'avance sa victoire, une victoire chèrement acquise à la pointe de sa lame.

– On y va, déclara Graffiti satisfait.

– On y va, répondirent en chœur les Kids que l'aventure grisait déjà.

Les quatre garçons suivirent le boulevard jusqu'au terrain vague qui servait de principale décharge publique. Ils riaient, plaisantaient, s'amusaient, tout en gardant l'œil, l'oreille et la main aux aguets. Ils n'étaient pas à l'abri de l'incursion d'un gang ennemi !

Little Boy prit un air conquérant :

– Voilà la confiserie, les mecs. Goliath, toi tu vas en avant. Vise bien ! Le nom de Fils de Satan, ça se mérite. Il faut faire ses preuves, d'abord, et pas seulement avec les gonzesses !

Au fond de son cœur, Little Boy nourrissait de la jalousie pour tous ceux qui réussissaient, surtout auprès des filles. Emprunté comme il était, peu gâté par la nature, il parvenait difficilement à s'attirer les faveurs féminines. Et cela ne faisait que l'aigrir davantage !

Miguel pénétra dans la boutique avec l'assurance tranquille de celui qui n'a rien à se reprocher et qui veut se donner le temps de comparer avant d'acheter, avec l'insouciance, aussi, de celui qui ne risque rien. Derrière sa caisse, le vieux marchand l'observa un instant, puis il reprit la lecture de son journal.

A son tour, Little Boy entra dans la confiserie, en regardant de tous côtés.

Il n'y avait personne, hormis le patron de la boutique et Miguel. Alors, résolument, il s'avança vers le caissier. Celui-ci posa son journal et regarda Little Boy droit dans les yeux, comme s'il flairait quelque chose.

L'air inquisiteur du vieil homme stoppa net le garçon ; il sentit son corps se dérober sous lui. Brusquement, il eut follement envie de faire demi-tour. Mais non, c'était impossible ; un Fils de Satan ne recule jamais. Goliath l'observait et, à l'extérieur, Graffiti, discrètement, en faisait autant. Il fallait aller jusqu'au bout, sous peine de perdre la face.

Plus Little Boy tremblait intérieurement, plus le regard du marchand devenait menaçant. Que faire, fuir, et affronter ensuite la colère du Président, le mépris des Fils de Satan et les moqueries de Goliath ? C'était impossible.

Alors, lentement, comme un automate, il s'avança vers le caissier. Les quelques pas qui lui restaient à parcourir lui semblèrent une éternité.

Arrivé à la hauteur du vieux marchand, le Fils de Satan sortit un couteau à cran d'arrêt.

– Aboule ton pèze, ou je te descends. Pronto !

L'homme le regarda droit dans les yeux ; pas un muscle de son visage ne bougeait.

– Les gamins dans ton genre ne me font pas peur ! J'en ai vu d'autres. Fiche le camp, ou j'appelle la police.

Little Boy aurait tout donné pour quitter immédiatement les lieux, mais la tête haute :

– J'ai dit : aboule l'oseille. Pronto !

Sans quitter le Portoricain du regard, le marchand ouvrit le tiroir de sa caisse ; il prit des billets, et les tendit au garçon. Une main tremblante les saisit.

Little Boy fit demi-tour. Lentement, pour ne pas perdre la face devant ses amis. Soudain, comme dans un mauvais rêve, il entendit une voix lui dire :

– Arrête, ou je tire !

Le Fils de Satan se retourna, une lueur mauvaise dans les yeux. Il regarda le vieil homme, puis le revolver qu'il tenait en main.

– T'oseras pas, sale mec !

D'un bond, il se dirigea vers la sortie. Miguel, lui, avait déjà filé.

Trop tard. Une balle l'avait atteint en plein dos. Une seule, mais qui ne pardonne pas.

Little Boy tournoya sur lui-même, puis il s'effondra sur le sol qui devint tout rouge.

Alors, le vieux marchand s'approcha du garçon, pendant que Miguel et ses amis prenaient la fuite.

Il le regarda.

En face de lui, il y avait un enfant, un gamin comme tant d'autres dans le Bronx : avide de reconnaissance, paumé, haineux, désespéré. Et qui, maintenant, versait ses dernières larmes parce qu'il allait mourir bêtement, avant même d'avoir vécu et surtout sans jamais avoir aimé, sans avoir connu la moindre joie vraie, la moindre espérance. Little Boy, le mal aimé, avait risqué sa vie par défi, et l'avait perdue.

Nul ne regretta le garçon. Ce fut la dernière défaite de sa courte existence.

CHAPITRE 7

Sur le toit de l'immeuble qui servait de quartier général aux Fils de Satan, Miguel était heureux. Depuis qu'on l'avait chargé de surveiller le territoire du gang, de guetter tout mouvement suspect, pour la première fois de sa vie il se sentait apprécié, utile, respecté, puissant même. A portée de mains, d'ailleurs, il avait toujours un fusil à deux canons Browning 9 mm – appartenant au Président en personne –, des talkies-walkies et un récepteur radio à ondes courtes qu'il utilisait pour capter la fréquence de la police. Enfin, il portait sur le dos de son blouson le nom du gang, se détachant en gros caractères sur une tête de mort.

Une fierté de plus !

Au sommet du toit, le jeune Sanchez avait l'impression de dominer la ville. Sous lui, à ses pieds, s'étendait un univers qui lui était familier, du béton, des échelles d'incendie, les pylônes du métro aérien, des terrains vagues, des voitures désossées, des toitures béantes, des fenêtres condamnées, des magasins désaffectés, des bistrots, des bâtiments désarticulés, et puis du grillage à perte de vue, autour du terrain de basket, autour de l'école, autour des décharges, et de nouveau l'asphalte, le béton, l'interminable boulevard sous les rails. Partout, l'image de la destruction, un paysage sordide de désolation, un univers de fin du monde. L'horreur au ras du trottoir !

Mais, juché sur son toit, Miguel avait fini par s'habituer à l'horreur et même à y trouver un certain charme. Il s'enorgueillissait d'ailleurs de connaître tous les aspects du quartier, ses moindres méandres, les habitudes de chaque habitant. En fait, toute la vie était concentrée autour du supermarché et de l'entrée du métro. Il y avait là – pour combien de temps encore ? – un cinéma, un établissement de Pompes Funèbres, une banque, une station-service, quelques bistrots sordides, des magasins dont l'un, surtout, était fréquenté par les jeunes du quartier : une sorte de drugstore, avec son distributeur de soda, de glaces, de friandises, son présentoir à magazines, son juke-box, sa cabine téléphonique, son comptoir, des tabourets.

Miguel s'amusait à observer les personnages du quartier, tous plus pittoresques les uns que les autres ; il connaissait par cœur leurs habitudes, attribuant à chacun un nom, une identité, une histoire. Les jours de forte chaleur, tout ce petit monde s'échauffait, il y avait davantage d'animation dans les rues, les enfants jouaient avec les bouches à incendie ouvertes, provoquant de véritables geysers d'eau qui retombaient en cascades à la vue même des policiers qui préféraient les laisser patauger dans leurs inondations plutôt que de voir l'agressivité exploser sous l'action de la canicule.

A force d'observer les allées et venues des patrouilles, il connaissait le visage de chaque officier, ses habitudes, son emploi du temps. Il savait, par exemple, que la voiture bleue et blanche conduite par un policier qui ressemblait à John Wayne et s'ingéniait à cultiver cette ressemblance, s'arrêterait à treize heures précises devant l'entrée du métro, à quatorze heures le long des grands ensembles, à quinze heures en face de l'école, à seize heures près du supermarché, à dix-sept heures devant le drugstore, et ainsi de suite à chaque point stratégique. Miguel savait aussi que les officiers guettaient, inspectaient, passaient au peigne fin chaque bloc, chaque boulevard, chaque rue, chaque passage, chaque voie sans issue, comme lui, inlassablement. Mais leur travail était plus varié ; parfois, en effet, les policiers sortaient de leur véhicule pour discuter avec un habitant du quartier – Miguel avait repéré les indics – ou pour interpeller un individu dont le comportement leur paraissait suspect. Et les motifs d'interpellation ne manquaient pas ! Le garçon s'était amusé à les recenser : plaque d'immatriculation récente sur une vieille voiture, automobile fraîchement repeinte, manteau porté malgré la chaleur, sacs de super-marché trop grands pour de jeunes mains et qui pouvaient receler des armes...

Chaque jour, Miguel guettait son spectacle favori. Il se produisait lorsque, brusquement, les voitures de police, sirènes hurlantes, démarraient en trombe, brûlant les feux rouges, fonçant dans les carrefours, s'arrêtant en plein milieu de la rue, repartant en faisant des queues de poisson, évitant les voitures, virevoltant, zigzagant, tourbillonnant... Man ! Quelle maestria! L'adolescent était pantois d'admiration. Quand les courses-poursuites prenaient des allures de rodéos, Miguel se tortillait de joie comme au cinéma lorsqu'on donne un bon suspense. Mais celui-là était vivant, réel et gratuit, toutes choses que le kid du Bronx savait apprécier. Parfois, le spectacle se corsait ; les officiers arrêtaient l'un des protagonistes du rodéo, en direct, sous les yeux de Miguel ébloui. Des moments comme ceux-là donnaient du piment à l'existence !

Autre spectacle prisé par le jeune Sanchez, les balades improvisées à bord de voitures volées. Le garçon se délectait particulièrement lorsque c'étaient des gamins qui prenaient le volant et qu'il voyait le véhicule conduit par des mains inexpertes faire des embardées, partir brusquement d'un côté puis de l'autre, heurter des voitures en stationnement, démarrer en trombe, foncer au milieu d'un concert de klaxons et de crissements de freins, éviter de justesse les automobiles, provoquer des collisions en chaîne, emboutir d'autres véhicules et pour finir s'immobiliser en pleine rue, abandonné par les apprentis-sorciers qui, une fois leur forfait accompli, s'éparpillaient en riant avant que la police n'intervienne.

Dans l'ensemble, Miguel trouvait le temps long. Il devait sans cesse scruter, guetter, surveiller, épier, attendre encore et toujours. Il ne lui était jamais arrivé de voir les membres d'un gang rival franchir la frontière invisible marquée par le super-marché, l'école, la décharge publique, le métro aérien. En fait, l'adolescent redoutait surtout les raids-surprise, particulièrement en voiture, dont les pires ennemis des Fils de Satan, les Dragons, étaient friands. Les deux gangs se disputaient, s'arrachaient les décombres du quartier, ils s'entretuaient pour une parcelle supplémentaire de territoire. D'ailleurs, c'était à qui dominerait le secteur, des Noirs ou des Portoricains ; lutte sauvage, sournoise, sordide, pour un mètre de plus, un vestige calciné d'immeubles, un arrêt de bus incendié, un magasin désaffecté ou, surtout, un terrain de sport.

Le jour s'étiolait ; Miguel bailla en regardant la foule toujours pressée et jamais rassurée. Le trafic, à cette heure du soir, devenait très dense, les klaxons résonnaient, les conducteurs s'énervaient, les trains aériens se succédaient dans un fracas assourdissant ; l'air se remplissait d'odeurs de gaz, de vapeurs d'essence, d'aliments gras, indigestes ; les ordures s'entassaient sur les trottoirs ; les dernières éditions du soir, remplies de faits divers, s'arrachaient ; les rares commerçants descendaient les lourdes grilles de fer qui protégeaient les vitrines des attaques nocturnes... La routine, en somme !

Miguel s'engourdissait avec le jour qui s'achevait. Il s'étira, heureux d'être encore vivant. Personne ne l'avait délogé de son toit, aucun ennemi ne l'avait pris pour cible ; c'était une nouvelle victoire, pathétique, sur l'angoisse quotidienne.

Alors, machinalement, l'adolescent regarda une fois encore son quartier qui s'étendait à ses pieds. Rien, toujours rien à signaler, c'était d'une monotonie désespérante ; il finit par s'assoupir.

Soudain, un bruit de pas se fit entendre. Le Fils de Satan sursauta, s'affola, chercha son fusil et ne le trouva point.

Une main s'en était emparé avant lui.

– Imbécile, c'est comme ça que tu fais ton boulot ? Si Graffiti savait ça, qu'est-ce que tu dégusterais !

C'était Rock, un garçon jovial, féru de hard, traînant partout son transistor hyper-large. Rock, le musicien, le boute-en-train du gang !

Miguel poussa un soupir de soulagement ; Rock était un chic type, il ne le dénoncerait pas. Ouf, il l'avait échappé belle ! Afin de manifester sa joie, il se jeta sur son copain en lui donnant des tapes amicales.

Désormais, le jeune Sanchez savait qu'il n'était plus seul, qu'il faisait partie d'une famille, qu'on l'appréciait comme il était ; cela le remplissait de fierté et d'allégresse.

– Alors, reprit d'un air narquois Rock, on a bien roupillé, hein, cousin ?

– Te fous pas de ma gueule ! Ça arrive à tout le monde de s'endormir, non ? Dis donc, tu m'as amené à bouffer, au moins ? J'ai faim !

– Tu rêves ! Chez nous, y'a un seul plat au menu du jour : la débrouille. Hein, frère ? Tu veux que je demande à Cobra de t'apprendre ? C'est le roi !

– Merci, je sais faire ! répondit Miguel légèrement vexé.

Rock tendit des biscuits à son ami.

– Tiens, c'est ma réserve personnelle ; allez, en attendant, colle-toi ça dans l'estomac.

Soudain, il prit un air soucieux :

– Au fait, tu savais que les Dragons préparent un sale coup ? Il paraît qu'ils veulent le cinoche pour eux, hein, notre cinoche, tu te rends compte ?

– Ah ?

– J'en sais pas plus ! Fais gaffe, brother, ouvre l'œil, ici c'est un poste d'observation, pas un dortoir. Okay, baby ?

– Ouais, compte sur moi. Dis donc, je vais demander à Indio de me remplacer. Il sera ravi, car il adore les situations élevées.

La plaisanterie fit rire les deux garçons.

– Ça, tu peux le dire, renchérit Rock. Il passerait sa vie sur un toit, le mec, s'il pouvait ! Jamais le vertige ! Fameux, hein ?

– Bon , Rock, je descends ; j'en ai marre de faire le guet. D'ailleurs, j'ai pas mis le nez dans ma piaule depuis une éternité ; ma vieille doit se faire du souci.

Elle a déjà suffisamment d'emmerdes comme ça, je vais pas en rajouter trop !

– Ouais, va chercher Indio. S'il est pas d'accord, je te remplace.

Miguel ne se fit pas prier. Il ouvrit une trappe et, avec la souplesse d'un félin, il se laissa glisser le long de la corde qui reliait le toit à ce qui restait de la cage d'escalier.

CHAPITRE 8

En voyant se profiler, à l'horizon, la silhouette massive de son immeuble, Miguel eut un mouvement de recul : devait-il rendre visite à sa famille ?

Comment allait-il être accueilli ? Quels désordres s'étaient produits en son absence, quels drames peut-être ? En même temps, l'adolescent ne pouvait s'empêcher de songer à sa mère, à son courage, à sa persévérance, à ses souffrances, à son inquiétude ; tout cela ne cessait de tourbillonner dans sa tête.

Enfin, Miguel se décida. Il prit l'ascenseur, parcourut en quelques enjambées le corridor, donna un violent coup de poing dans la porte ; c'était sa manière de s'annoncer.

Aussitôt, des pas et une voix se firent entendre.

– C'est toi, Miguel ?

– Ouais !

Vicente ouvrit les verrous de sécurité, puis il ôta la chaîne qui glissa dans le loquet.

– Comment tu vas, frangin ? C'est chouette de te revoir. On a eu peur, tu sais, sans nouvelles...

– Salut, toi ! se contenta de répondre Miguel, en masquant son émotion.

Angela était dans la chambre des enfants, elle accourut pour accueillir son fils.

– Miguel, tu es là, mon garçon, enfin ! Je ne vivais plus. Où étais-tu ? Tu as mangé, au moins ? Tiens, voilà des patates et des haricots, je viens de les préparer pour nous. Mange bien, fiston, prends des forces !

Miguel ne se fit pas prier ; il se mit à table. Alors, et alors seulement, Angela laissa éclater son désarroi, avec une fougue toute latine. Elle avait tellement tremblé pour son fils !

– Où tu as été traîner, hein, pendant tout ce temps ? Tu ne pouvais pas donner de tes nouvelles, au moins ? J'étais morte de peur ! Ah, Sainte-Vierge ! Qu'est-ce qui m'a flanqué un garnement pareil ? Et ton père qui m'accuse toujours, hein, comme si c'était ma faute ! Tu crois que j'avais besoin de ça ? Je n'en supporte pas assez, peut-être ?

Heureusement, chez Angela les colères ne duraient pas ; elles s'apaisaient aussitôt commencées. Miguel le savait, et il ne prit pas la peine de répondre.

Entre deux bouchées, le jeune Sanchez observait sa famille, le corps grassouillet de sa mère, la silhouette nerveuse de son frère, la masse inerte de son père, vautré devant la télévision. Pedro ne semblait même pas avoir remarqué la présence de son fils. Il était trop égoïste, d'ailleurs, pour s'intéresser réellement à lui, il ne lui donnait aucune affection authentique, il ne lui apportait jamais rien qui pût l'aider à se construire, au contraire il se moquait toujours d'Angela lorsqu'elle éduquait ses enfants, quand par exemple elle leur apprenait le respect de l'autre. Pedro tournait tout en dérision !

– Quand est-ce qu'on bouffe ? demanda-t-il subitement.

– Tiens, voilà des patates, tu manges avant moi, tu es content ? fit Angela avec aigreur.

– Ouais, je préfère me servir en premier, comme ça je prends le meilleur. Les autres, je m'en fous !

– Bel exemple pour les enfants ! lança Angela, dégoûtée.

Miguel se contenta de hausser les épaules.

– Sale égoïste ! protesta Angela hors d'elle-même. Tu parles d'un père !

– Dans la vie, c'est chacun pour soi, renchérit Pedro comme s'il n'avait pas entendu.

Miguel ne tenait plus en place ; il était excédé par les disputes quotidiennes de sa famille.

– Toi, ferme ta gueule, dit-il à son père sans ménagement.; je suis pas rentré pour entendre tes salades. Avec mes copains, au moins, on se serre les coudes.

Pedro, trop occupé à finir le contenu de sa petite assiette, ne prit pas la peine de répondre à son fils.

Les petits, eux, ne comprenaient rien à la situation. Juan souriait jusqu'aux oreilles, il poussait des cris de joie, il battait la mesure avec sa cuillère. Et Eugenia ne cessait de tourner autour du grand frère retrouvé en faisant des mines, en se tortillant, en ouvrant de grands yeux ravis.

Miguel caressa du regard sa petite sœur. Comme elle était mignonne ! Il aimait surtout son rire, spontané, cristallin, mélodieux. Quand l'enfant souriait, Miguel oubliait, un instant, son existence tourmentée.

– Mange, Juan, mange donc !

Angela s'impatientait. Chaque jour, c'était la même comédie ; Juan faisait toutes sortes d'histoires pour ne pas avaler son repas, et Pedro laissait faire.

– Allez, Juan, regarde Miguel comme il mange bien !

La pauvre femme était à bout d'arguments.

Pedro, lui, avait fini de manger. Il crut bon d'intervenir.

– Et alors, s'il a pas envie ? Il mangera mieux demain !

– Tiens, tu te réveilles ? protesta Angela. Écoute, si tu n'as pas d'autorité, tais-toi, laisse-moi m'occuper seule des enfants, ça vaut mieux pour eux.

A son tour, Miguel donna son opinion.

– Tu vas pas faire comme avec moi, hein ? Je voulais pas manger, tu disais rien. Je séchais mes cours, tu laissais faire. Et voilà, maintenant, j'ai tout raté, même l'école ! Et mes frères, ça sera pareil.

Pedro était trop confortablement installé dans son fauteuil pour réagir comme il l'aurait souhaité.

– Quand les femelles et les lardons font la loi, maintenant, où va-t-on ? Ah, on veut prendre la place du patron...

Angela l'interrompit avec aigreur :

– Je vais te dire, moi. L'autorité, on est forcé de l'avoir à ta place. C'est pourtant le rôle du père ! Allez, fiche-nous la paix, regarde la télé et tais-toi, ça vaut mieux.

– Fous-nous la paix, renchérit Miguel. Ça suffit !

Pedro voulut répondre, mais son fils l'en empêcha.

– Ferme ta gueule ! C'est moi qui commande, maintenant. On a pas froid aux yeux quand on fait partie du gang le plus réputé...

– D'un quoi ? marmonna Pedro d'une voix pâteuse. Voilà qu'il va dans un gang, maintenant ! Il a le don de choisir les galeux, celui-là...

– Comme toi, railla Miguel, c'est toi qui m'a appris ! Tu fréquentes n'importe qui, alors t'as pas de leçons à donner... Et d'abord, les Fils de Satan, c'est pas des galeux, c'est des héros. Ils ont peur de rien ! Toi, tu te débines tout le temps ; alors, ferme-la une bonne fois.

– Je la fermerai si je veux ! Je fais ce que je veux, je suis maître à bord !

– C'est intelligent, comme réponse ! reprit Angela, dégoûtée. Tu es un vrai gosse !

– Avoir un père pareil pour un Fils de Satan, c'est la honte ! renchérit Miguel avec férocité.

C'en était trop. Pedro, qui ne supportait pas le mépris, devint rouge de colère, et comme il ne savait pas quoi répondre, il envoya son poing dans la mâchoire du garçon. Quand Miguel vit un mince filet de sang sortir de sa bouche, il explosa à son tour :

– Si tu veux pas que je te descende, file, et vite fait ! Allez, va au bistrot avec tes minables, c'est ta place, et pendant ce temps-là on aura la paix. Je suis pas rentré à la maison pour entendre tes salades ; je suis un Fils de Satan, moi.

Joignant le geste à la menace, Miguel empoigna son père par le bras et, avant même qu'il n'ait eu le temps de réaliser ce qui lui arrivait, il le mit à la porte sans ménagement.

Eugenia tremblait, Juan hurlait, Vicente était livide. Debout à côté de la porte d'entrée, Angela avait du mal à contenir ses larmes. Elle ne savait plus quoi dire, plus quoi faire, elle se sentait impuissante. Et pourtant, elle continuait à lutter pour ses enfants, par dignité aussi ; c'était sa grandeur.

– Je change d'air, dit brusquement Miguel. Je me plais pas ici, je suis mieux dans la rue avec mes copains. J'aurais jamais dû venir ! On est mieux dehors... Je sais, maman, tu n'y es pour rien, mais c'est comme ça, je pars, point.

Parfois, Miguel se demandait bien comment il pouvait aider sa mère ; mais il ne savait pas comment s'y prendre. Et chaque fois qu'il se sentait impuissant, chaque fois qu'il souffrait, il devenait violent. Cela le rendait encore plus malheureux et encore plus dur... c'était un cercle vicieux !

De temps à autre, Miguel songeait avec nostalgie aux premières années de son existence, lorsque sa famille vivait encore à Puerto-Rico, à l'ombre des arbres en fleurs et au bord du sable chaud. Angela se dépensait sans compter pour ses trois aînés, elle leur prodiguait mille caresses, elle leur chantait les mélodies riantes de l'île... Ils étaient pauvres, certes, mais ils étaient heureux, là-bas, soudés par le soleil, la famille, les amis, et loin du matérialisme américain.

Ici, on ne chantait plus, on n'attendait plus rien de la vie que la délivrance de la mort... Le Bronx avait tout détruit !

Miguel se mordit les lèvres et regarda sa mère ; elle essuyait ses larmes avec le rebord de son tablier. Tout ce qu'il trouva à dire, fut :

– T'en fais pas, va, je m'en sortirai toujours...

– Oh, fiston, je te comprends, tu sais ! Et pourtant, j'ai mal, mon gars, parce que maintenant tu fais comme ton père, tu fréquentes n'importe qui, et tu fuis, tu pars, comme si tu ne voulais pas affronter la vie ; ce n'est pas une conduite d'homme, ça ! Il faut voir le réel en face, savoir l'affronter courageusement !

Angela, subitement, regarda son fils bien droit dans les yeux.

– Oh, Miguel, je veux un homme à la maison, au moins un, tu entends ? Il ne faut pas que tu prennes la fuite dès que quelque chose ne va pas. Oh, mon fils, sois un homme !

Miguel savait bien, au fond, qu'il pouvait compter sur sa mère et qu'il devait faire comme elle disait ; mais il n'y arrivait pas. C'était comme si deux hommes se battaient en lui, un bon et un mauvais. Et c'était toujours le mauvais qui l'emportait !

– Bon, ça suffit, déclara brusquement Miguel. Assez discuté, je sors. La rue, c'est mieux ; il y a les copains, on cause pas, on agit. Et on se serre les coudes !

– Je ne t'empêche pas de sortir, mon garçon, mais fais attention à toi ! Les gangs, c'est dangereux, très dangereux, ils se battent tout le temps. Si tu as besoin de moi, tu peux compter sur moi, je suis ta mère ! Bon, attends-moi, je t'accompagne ; je vais voir ce que font Andrès et Anna. Ils sont encore dehors, je n'aime pas ça ; la rue, il n'en sort rien de bon. Vicente ?

– Ouais !

– Surveille les petits ! Je reviens dans un instant.

Angela et Miguel sortirent sans échanger un mot. Comme l'ascenseur était en panne, ils descendirent ensemble les longs escaliers de la misère.

Dans le hall d'entrée, des gamins couraient, chahutaient, se battaient, s'amusaient avec les boîtes à lettres branlantes, avec les poubelles, avec tout ce qui leur tombait sous la main. Ils s'occupaient à leur manière, dérisoire...

Après avoir cherché, en vain, les deux enfants, les Sanchez traversèrent la cour de l'immeuble et, toujours en silence, ils longèrent le sinistre boulevard qui s'offrait à eux...

Soudain, Angela changea de couleur. Pedro était là, dans le bistrot, debout, rivé au zinc. Elle ne put s'empêcher de coller le nez à la vitre ; ses yeux fixaient chaque homme à tour de rôle. Il y en avait qui braillaient et gesticulaient, d'autres qui riaient tout seuls, de vraies bêtes, avinées, vautrées, d'autres encore qui étaient prostrés, n'attendant sans doute plus rien de l'existence qu'un pauvre verre d'alcool où noyer leur détresse...

De sombres pensées tourbillonnaient dans la tête de la Portoricaine. Ah, ils étaient beaux, tiens ! Et ça osait s'appeler des hommes, ces animaux-là ! La jeune femme hurlait au fond d'elle-même. Elle se sentait remplie de haine contre le tenancier, contre celui qui osait s'engraisser sur le dos de la souffrance humaine en assassinant des familles entières, en les privant de toute dignité.

Bon, ce n'était pas le moment de s'énerver ! Pourtant, Angela ne pouvait s'empêcher de foudroyer son mari du regard, puis le tenancier, puis son mari à nouveau, puis ses copains...

Pedro paraissait beaucoup plus vieux que son âge, ses mains tremblaient quand il buvait. Parfois, d'ailleurs, l'ivrogne devait prendre son verre à deux mains afin de le porter à ses lèvres.

Angela avait envie de vomir, elle était pleine de ressentiment.

Brusquement, une voix jaillie du plus profond d'elle-même se mit à hurler dans un ultime sursaut de dignité.

– Bourreaux ! Ça ne peut plus continuer ! Vous allez y laisser votre peau, et celle de toute votre famille avec !

La jeune femme criait avec l'énergie du désespoir.

– Je ne veux pas m'enfoncer ! Je ne veux pas que les enfants s'enfoncent ! Non, je ne veux pas, je ne veux pas ! Assez ! Assez d'alcool, assez de souffrances, assez de misère, assez de gâchis ! Arrêtez vos folies !

A l'intérieur du bistrot, personne ne prêtait attention à elle, ou bien on se moquait de la pauvre femme, on rigolait, on plaisantait... Le cri de la malheureuse se perdit dans l'espace enfumé et l'indifférence hébétée. Tragédie quotidienne aux couleurs du Bronx, et d'une humanité déchue, sans espérance...

Et Miguel, une fois encore, avait pris la fuite.

CHAPITRE 9

Pour la première fois depuis que sa famille s'était installée dans le Bronx, Miguel rayonnait de joie. Graffiti lui avait enfin offert le calibre promis et, assis sur un tabouret, il s'amusait avec son Browning comme un enfant avec le jouet de sa vie. Tantôt il soulevait le canon et soufflait dedans, tantôt il appuyait sur la détente, visait, s'entraînait... Debout, les bras croisés, Chino regardait son copain explorer méthodiquement chaque partie de l'arme : canon, gâchette, percuteur, barillet, crosse et bien sûr toutes les parties en métal qu'il démontait et remontait sans cesse avec un plaisir renouvelé... Ah ! Combien Miguel rêvait de l'essayer sur une cible vivante ! Une belle peau noire, par exemple, qu'il aurait trouée comme une passoire !

Chino avait deviné les pensées de son ami :

– Je vois ça ! ricana-t-il gentiment. Tu veux t'exercer, hein ? Sur un Dragon, peut-être ?

Miguel fit semblant de viser Chino.

– Hé, imbécile, fais gaffe, dirige pas ton calibre contre moi, le coup pourrait partir !

Les deux garçons se mirent à rire ; mais les yeux du jeune Sanchez étaient gonflés de l'envie de tuer.

– Ouais, Chino, j'ai envie d'essayer mon Browning. On cherche une peau noire ? On fait un carton ?

– Tout de suite ? Il est tard !

– Tout de suite. Pourquoi attendre ? Y'a pas d'heure pour descendre un nègre !

– Chiche, on y va !

– Sur le territoire des Dragons ?

– Ouais ! On se paie une belle peau noire, et demain on fait la une des canards, répondit Chino avec autant d'enthousiasme que d'inconscience.

– Le quartier sera fier de nous, on est des héros ! renchérit Miguel. On débarrasse les rues des cannibales !

L'adolescent enfila aussitôt son blouson et se prépara à partir, sous l'œil narquois de Chino.

– Dis donc, mec, tu perds la tête, ou quoi ? T'es nouveau, d'accord, mais quand même ! Tu veux qu'on ait les Dragons au cul ? Quand ils voient nos couleurs, ils ont une poussée d'adrénaline, et ils pensent qu'à nous faire sauter la cervelle.

– Okay, brother ! Je change le blouson, et j'arrive.

Au-delà de la ligne aérienne du métro, comme partout dans le Bronx, on trouve des immeubles branlants, des toitures éventrées, des trottoirs défoncés, des fenêtres calcinées ou murées, des arbres rabougris par l'oxyde de carbone, une puanteur qui saisit le visiteur à la gorge comme nulle part ailleurs – sinistre mélange d'odeurs d'urine, de marijuana, de détritus, de cuisine bon marché –, une succession de rues désertes, sordides, inquiétantes, d'où s'élèvent parfois des pleurs d'enfants, des cris de femmes battues, des bruits de portes qui claquent, le son de radios à plein volume et, les jours de paie, les hurlements des disputes. Bref, l'univers brutal et sans espoir du Bronx...

Chino et Miguel venaient de franchir la frontière invisible qui sépare les deux territoires ; ils étaient en zone ennemie, sur la défensive, prêts à riposter. Pour éviter d'attirer l'attention, ils gardaient soigneusement leur distance ; les Dragons, d'ailleurs, ne connaissaient pas encore Miguel. Une chance dont le jeune Sanchez allait tirer parti...

Brusquement, au détour d'un immeuble désaffecté, Miguel trouva ce qu'il cherchait : une silhouette noire qui arborait sur son dos les couleurs des Dragons, un animal ailé crachant le feu.

L'heure était arrivée d'en découdre.

Miguel regarda autour de lui ; il n'y avait personne en dehors du jeune noir. Sans doute pour se rassurer, le Fils de Satan posa sa main sur le calibre qu'il avait dissimulé dans la poche de sa veste ; puis il se rapprocha imperceptiblement du Dragon.

– Hé, toi, on s'explique, sale nègre ? lança-t-il sans préambules.

Miguel avait lâché l'insulte qui ne pardonne pas ; le Dragon la prit pour une déclaration de guerre. Il se retourna aussitôt, une lueur mauvaise dans les yeux.

C'était un adolescent, peut-être même encore un enfant qui aurait grandi trop vite.

– Qu'est-ce que tu branles, fils de pute ?

Le Dragon était perplexe. D'un côté, il sentait bien que Miguel ne plaisantait pas. De l'autre, il se demandait où il avait pu rencontrer celui qui s'en prenait ainsi à lui. D'où sortait-il ? Il n'avait aucune marque distinctive, rien pour l'identifier, hormis une peau moins sombre que la sienne...

– Je laisse personne insulter ma race, répondit-il avec véhémence. Je suis noir, et fier de l'être. Tu piges, sale métis Portoricain ? Si tu me cherches, tu peux déjà compter tes os !

Miguel était sûr de sa force, sûr de la puissance de son arme ; il se contenta de toiser le garçon avec mépris.

– T'as rien à foutre sur notre territoire, reprit le Dragon complètement désorienté. Si tu traînes encore chez nous, tu es mort !

Miguel ricana sauvagement.

En voyant son arrogance, le noir redoubla de fureur. Lui aussi était sûr de lui, puisqu'il se trouvait sur son territoire et que ses copains ne devaient pas être loin.

– Sale Portoricain ! répéta-t-il en défiant son interlocuteur.

Le Dragon articula bien ces mots, provocants entre tous.

– Tu entends, sale Portoricain ? Si tu veux jouer au con avec moi, t'auras pas le dernier mot. Ici, c'est le secteur des Dragons. Je vais t'apprendre à vivre, espèce de foutu bâtard !

Et il lança son paquet de cigarettes à la figure de Miguel.

La rupture était consommée.

Alors, le Fils de Satan sortit son calibre et le braqua sur le garçon qui roula des yeux effarés.

– Tu n'oseras pas, fumier ! On se sert pas d'une arme comme ça sur le territoire des Dragons, à moins d'être fou.

Le jeune noir cherchait à gagner du temps pendant que sa main essayait d'attraper un poignard dissimulé dans la poche intérieure de sa veste.

Miguel fut plus rapide que lui.

Il appuya sur la détente une fois, deux fois, trois fois. Mais aucun coup ne partait !

Dans sa joie, dans sa fébrilité, il avait oublié de recharger son calibre ! Et dans sa hâte, il avait omis d'emmener le rasoir et le couteau dont il ne se séparait jamais quand il allait dans la rue ! Il n'avait rien, rien que des mains nues et une fureur gigantesque, contre lui-même, contre le destin, contre l'autre qui maintenant triomphait...

Avant même que Miguel n'ait eu le temps de reprendre ses esprits, il sentit une lame lui chatouiller la gorge, de l'acier tranchant qui ne laisse aucune chance. Ainsi, le jeu se muait en tragédie ! Dans quelques instants, tout serait fini !

Il y eut un cri, vite étouffé.

C'était le Dragon.

Une main puissante venait de l'agripper, par derrière. Il lâcha aussitôt la gorge de Miguel, trébucha, s'effondra et roula sur le macadam. Chino lui avait porté un magistral coup de poing !

– Vas-y, mon pote ! hurla Miguel avec une joie féroce, vengeresse. Il m'aurait pas raté, lui !

Chino ne laissa pas le Dragon se relever ; il bondit sur lui et, les forces décuplées par la haine raciste, il tapa comme un fou.

Le garçon avait son compte. Il n'était plus qu'un pantin disloqué, hagard, gémissant, haletant.

– Qu'est-ce qu'on fait, maintenant ? se risqua à dire Miguel, un peu dépassé par les événements.

– On le liquide. Il me connaît, il descendra ma frangine ou il me vendra aux flics.

Chino regarda autour de lui. Il faisait nuit, la rue était toujours déserte, les immeubles semblaient inhabités, c'était l'heure où les familles étaient toutes devant leur poste de télévision.

– On reste pas ici. On finit le boulot ailleurs, sans témoin.

Le Fils de Satan montra du doigt l'usine désaffectée qui longeait le trottoir. Le bâtiment, à moitié calciné, craquait de partout. C'était la cachette idéale !

– Aide-moi, pronto !

Miguel prit le Dragon par les bras, Chino le saisit par les pieds ; les deux complices atteignirent rapidement l'usine abandonnée, puis ils se frayèrent un passage à travers les détritus qui jonchaient l'escalier.

– Regarde ! fit Chino en enjambant les poutres brûlées, les plaques de fer rouillées et le bois mort. Regarde ! Une corde, juste ce qu'il faut ! Tu as déjà vu un pendu ? Non ? Alors, tu vas en voir un !

A ces mots, le noir émit un son. Lui, le puissant Dragon, n'était plus qu'un gosse suppliant, implorant, un môme apeuré, désarmé, vulnérable.

Miguel recula, effrayé.

– Non, pas ça !

– Je vais me gêner ! On bute ce salopard. Alors, Goliath, on se dégonfle ? T'aimes pas les pendus, peut-être ? Allez, imbécile, aide-moi à lui ligoter les mains. Il faut en finir avec ce zèbre, et rapidement !

Une voix plaintive se fit entendre :

– Hé, vous allez pas me tuer, vous allez pas faire ça, hein ? Je veux pas crever !

– Toi, ferme-la, on t'a assez entendu. Tu allais faire joujou avec mon pote, ou tu allais le descendre, hein ? Allez, fais ta prière, tu l'as cherché. Pas de pitié pour les nègres !

Puis, se tournant vers Miguel momifié :

– Bouge-toi, Goliath, tiens, aide-moi à lui bâillonner la bouche... Et puis merde, ça n'en finit pas ! Dépêchons-nous, sinon on retrouvera notre territoire dans un sac !

Chino sortit un couteau de son pantalon, une lame italienne plus acérée que n'importe quel cran d'arrêt. Et, sans la moindre hésitation, il l'enfonça dans la cage thoracique du Dragon.

– Inutile de le pendre ! Le bâtard a avalé son bulletin de naissance. Tiens, prends son blouson, c'est ton premier trophée. Allez, on a rentabilisé notre journée ! Maintenant, filons avant l'arrivée des flics. Pronto !

Chino regarda le long filet de sang qui s'échappait du Dragon ; il savoura un instant son œuvre. Bientôt, son exploit serait sur toutes les langues, on n'allait pas tarder à le célébrer comme un héros ! Chino exultait... Mais il ne s'attarda pas ; prenant Miguel par la manche, il l'entraîna hors du bâtiment.

Les deux garçons s'éloignèrent en courant.

Dans leur fuite, ils ne virent pas une lumière apparaître à la fenêtre d'un immeuble qu'ils croyaient abandonné.

CHAPITRE 10

Chino ouvrit un œil, puis le second. Il bâilla, s'étira et poussa une espèce de grognement. Il était de très mauvaise humeur. Toute la nuit, il avait fait des cauchemars. Miguel, à ses côtés, dormait à poings fermés. Machinalement, Chino regarda les murs de sa chambre couverts de posters de Hell's Angels. Puis il s'étira à nouveau et se recoucha sur le matelas posé à même le sol qu'il avait, cette nuit-là, partagé avec son copain. Après tout, il avait bien le temps de se lever. Il n'était que dix heures !

Soudain, le garçon entendit frapper à la porte et une voix l'appeler :

– Hé, Chino, tu vas ouvrir ?

– Non, je suis à poil !

– Et moi, je suis occupée ! Ah, on frappe encore ! C'est bon, j'y vais !

Mû par un sombre pressentiment, le Fils de Satan dressa l'oreille. Était-ce la police ? Mais non, ils ne pouvaient pas savoir, en tous cas pas si vite !

Chino, pourtant, n'avait pas la conscience tranquille. Et il se mit à trembler, lui, le dur à cuire, le valeureux guerrier, le courageux Fils de Satan !

Brusquement, la porte de la chambre s'ouvrit. C'était la mère de Chino.

– Dis donc, il paraît que tu as trempé dans une sale affaire. Un inspecteur de la Criminelle veut te parler !

Chino prit un air candide :

– Quoi, moi ? J'ai rien fait de mal ! D'abord, je fréquente pas les flics, je veux pas avoir affaire à eux.

– Tu n'as pas le choix, répondit sa mère d'un air agacé. Il vaut mieux tirer ça au clair tout de suite !

– Bon, j'arrive ! grommela Chino.

Il était très énervé.

A son tour, Miguel ouvrit un œil, puis l'oreille. Il frissonna. Quoi, la police était là ? Déjà !

L'adolescent regarda sa montre. Elle indiquait un peu plus de dix heures.

C'était tôt ! D'habitude, à cette heure là, il dormait profondément. Il cligna les yeux, pinça le nez, fronça les lèvres, et... tendit le cou.

Derrière la porte entr'ouverte, il y avait un détective qui dévisageait Chino de haut en bas et de bas en haut.

Miguel dressa l'oreille.

– Bonjour, je suis l'Inspecteur John Grant. Je viens te voir au sujet de la mort d'un jeune noir, hier soir.

– Je suis pas au courant ! s'empressa de répondre Chino.

La mère de Chino crut bon d'intervenir :

– Mon fils n'y est pour rien ! Je le connais, c'est un brave petit gars. Il ne ferait pas de mal à une mouche !

– Ouais, renchérit Chino, satisfait de l'intervention de sa mère. Moi, j'embête personne !

Intérieurement, il se demandait si l'entretien allait durer longtemps.

– Je connais les gars de ton calibre, fit l'Inspecteur. Tu as intérêt à collaborer !

Puis, montrant du doigt la pièce où se trouvait encore Miguel :

– C'est ta chambre ?

– Ouais, et alors ? répondit Chino avec aigreur.

– Et alors, on va causer, toi et moi, dans la pièce à côté.

L'Inspecteur entra dans la chambre de Chino. Il observa Miguel à moitié habillé, le torse nu, la mine déconfite, l'œil éteint ; puis, du regard, il fit le tour de la pièce en s'arrêtant sur chaque objet.

– Et toi, qui es-tu ? finit-il par dire à Miguel.

– Euh... je suis un copain de Chino.

– Quel est ton nom ?

– Goliath. Euh... Miguel. Miguel Sanchez.

– Que fais-tu ici ?

– Euh, je dormais avec Chino. J'ai le droit, non ? Mes vieux se battent tout le temps, alors je suis parti !

– Je ne te demande pas de te justifier, répondit le détective.

Puis il se tourna vers Chino et le regarda droit dans les yeux.

Le garçon était particulièrement gêné.

– Pourquoi vous venez chez moi ? dit-il. Votre truc, c'est bidon. On n'a rien fait, mon copain et moi. Et d'abord, j'aime pas qu'on me dévisage comme ça...

– Je ne suis pas là pour écouter tes états d'âme. Ici, c'est moi qui pose les questions. Hier soir, un Noir a été tué, il n'avait pas quinze ans, il faisait partie du gang des Dragons. On a retrouvé son corps dans une usine abandonnée.

– Bon, fit Chino de plus en plus agacé, et alors ?

– Ne m'interromps pas. Jeune homme, tu étais sur le lieu du crime hier soir...

– C'est faux ! protesta Chino. J'ai tué personne !

– On se calme ! Écoute-moi bien. Il y a eu un témoin, une femme qui prenait le frais à la fenêtre, juste en face de l'usine. Elle t'a vu sortir du bâtiment en compagnie d'un autre garçon, dont la description me fait penser à ton copain, justement.

L'inspecteur se tourna vers Miguel qui, instinctivement, baissa les yeux.

– C'est pas nous, dit Chino, je le jure ! Et d'abord, je connais pas cette dame...

– Mais la dame a donné une description très précise de ta personne. Et les Dragons que nous avons interrogés sont formels : il s'agit bien de toi. Ton copain, par contre, ils ne connaissent pas. Dis-moi, garçon, ta mère est Chinoise ?

Le détective regarda la mère de Chino, qui était blême.

– Ouais, et alors ? répondit le Fils de Satan. Vous aimez pas les Chinois, peut-être ? Mon père, d'abord, est un vrai Portoricain...

Chino marqua une courte pause.

– Vous voulez savoir ? Tout ça, c'est bidon. Ils délirent, les Dragons ! Ils peuvent pas m'encaisser, alors ils m'ont vendu...

– Et pourquoi ils ne peuvent pas t'encaisser ?

– Euh... j'ai corrigé certains de leurs gars, quand ils m'embêtaient, c'est pour ça qu'ils veulent ma peau ! D'accord, je suis pas parfait, mais j'ai tué personne, je le jure !

Le détective inspecta la pièce. Il y avait une table, une chaise, une commode et deux matelas, un petit et un grand.

Il ouvrit les tiroirs de la commode, puis il souleva les matelas.

– Et ça, qu'est-ce que c'est ?

Chino changea de couleur.

– Tu vois, reprit l'inspecteur, il y a un blouson aux couleurs des Dragons, taché de sang. Et puis, il y a là une belle lame italienne comme celle qui a tué le Dragon hier soir ! Cela intéressera beaucoup nos laboratoires. La prochaine fois, il faudra être plus conséquent, mon gaillard, il faudra veiller à ne pas laisser de traces, hein ?

Chino se mordit les lèvres. Il ne pouvait plus nier, les faits étaient contre lui.

– Et pourquoi tu as gardé tout ça chez toi, au lieu de t'en débarrasser ? reprit l'officier.

– On garde toujours les blousons, c'est un trophée ! La lame, je l'ai gardée parce qu'on m'a toujours dit qu'il faut avoir une épingle chez soi... Avec, on se sent plus fort, plus en sécurité ! D'abord, j'ai toujours vu mon père armé. Tout le monde est armé, ici. Comme à la télé ! On peut pas vivre sans armes. Et puis... euh... je pensais pas qu'on me tomberait dessus comme ça ! Et surtout pas si vite, de toutes façons !

Le policier se pencha vers Chino :

– Et dis-moi, pourquoi tu as tué le Dragon ?

Le garçon se mordit à nouveau les lèvres ; mais aucun son ne sortit de sa bouche. Lui, le Fils de Satan, était paralysé par la peur !

– Allons, réponds ! ordonna le détective.

Chino trouva la force d'obtempérer.

– Euh... j'avais pas l'intention de le tuer, je le jure ! Euh... j'étais ivre. Quand on a bu, on sait plus ce qu'on fait. Et d'abord, c'est ce sale nègre qui m'a attaqué, parce qu'il m'a reconnu. Alors, je me suis défendu, j'ai défendu ma peau. Normal, non ? On se laisse pas tuer, et surtout pas par un nègre ! Il faut comprendre, c'était lui ou moi ! Dans les gangs, y'a pas de prolongations...

Le détective l'interrompit :

– Et qu'est-ce que tu faisais chez les Dragons ? Du tourisme ? Ou tu t'étais égaré, peut-être ? Vous n'avez pas l'habitude de vous promener en territoire ennemi, hein ?

– Je vous ai déjà dit que j'étais ivre. Quand on a bu, on n'a plus sa tête, on sait pas où on va, on fait n'importe quoi...

– Vous les gangs, vous êtes ivres en permanence, mais pas de vin... de haine ! Et pourquoi tu avais bu, hier soir ? C'était ton anniversaire, peut-être ?

– C'était pas mon anniversaire ! Et d'abord, j'aime pas qu'on se foute de ma gueule...

Chino réfléchit un instant.

– Pourquoi je bois ? Mais je bois comme tout le monde, parce que j'ai rien d'autre à faire, parce que ça va pas dans ma tête, je sais pas, moi...

Le Fils de Satan marqua une nouvelle pause.

– Et puis merde, je bois parce que j'ai besoin d'oublier cette putain de vie... Faut comprendre ! Jamais on prend la peine de m'écouter, de discuter... En vrai, personne m'aime, je suis de trop ! Mon paternel disait toujours : " Je te hais, j'aurais voulu que tu sois jamais né, tu nous coûtes cher ! " Et quand il est parti, ma mère s'est mise en ménage. Mon beau-père, il me bat parce que ma tête lui plaît pas et aussi parce que je refuse de l'appeler papa. J'ai le droit, non ? C'est pas mon père ! Et d'abord, je le hais, ce type. Et ma vieille dit rien pour me défendre, alors je la hais aussi. Je sais pas pourquoi elle le laisse faire, elle est folle ! Elle prend un tas de pilules, pour se calmer, ou s'exciter, ou oublier.... On sait jamais d'avance comment elle va réagir, un jour blanc, un jour noir. C'est pas une vie, ça... L'enfer ! Je suis pas heureux, voilà, alors je bois pour oublier que ça va pas dans ma tête...

Le Fils de Satan tentait par tous les moyens de se disculper.

Dans son coin, la mère de Chino pleurait.

– Je suis pas un violent, moi ! poursuivit le garçon qui avait besoin de parler pour évacuer sa peur. Mais je vois la violence partout, à la maison, à l'école, à la télé, au cinoche, dans la rue... C'est simple ! Un jour, mon père m'a dit : " Si tu veux devenir un homme, tu dois être un dur ". Alors, voilà, je suis devenu un dur, comme tout le monde. Qu'est-ce que je peux faire d'autre ? Et d'abord, quand on m'attaque, je réponds... Je vais tout de même pas me laisser tuer, personne fait ça !

L'inspecteur de police était stupéfait.

– Ça alors ! D'habitude, on n'arrive pas à faire parler les gars, mais toi c'est l'inverse, on ne peut pas t'arrêter ! Bon, dis-moi, on t'a quand même appris que c'est mal de tuer ?

– Non, on m'a dit que c'est bien, que c'est comme ça qu'on devient un homme dans le quartier. Un homme, quand on l'attaque, il répond, sinon c'est pas un homme. C'est toujours comme ça, ici ; on tue ou on est tué. Alors, on tue, on a pas le choix ! De toutes façons, qu'est-ce qu'on perd ? La vie, c'est de la merde, on est là que pour en baver. D'abord, ces fumiers de Dragons, ils veulent nous piquer notre territoire. Ils ont plein d'espace, et ils veulent aussi le cinoche, notre cinoche ! On peut pas laisser faire ça, hein, il y a plein de super films de karaté, Bruce Lee et tous les autres... Alors, on défend notre cinoche, parce que bien sûr les Dragons et nous on va pas aller dans le même cinoche, la bagarre elle serait plus à l'écran, mais dans la salle...

L'inspecteur l'interrompit :

– La rue n'est pas à vous...

– Si, justement, elle est à nous ! Où voulez-vous qu'on aille, hein ? Il y a pas de place pour les mecs comme nous, on est chassés de partout, on trouve pas de boulot parce qu'on est Portoricains. On est nulle part chez nous. Le terrain de basket, personne s'en occupe, il pourrit. Le cinoche, avec son karaté, on se bat pour le garder. A la maison, on est pas bien, on est de trop ; à l'école, on nous comprend pas, on nous méprise ; y a pas de travail, rien... même le parc, c'est une poubelle ! On a envie de s'éclater, bon sang ! Alors, il reste la rue, le gang. Vous nous prenez pour des sauvages, hein ? Pourtant, on est pas pires que les autres. Les vieux, ils sont comme nous. Et puis les riches, c'est tous des pourris, sans en avoir l'air. Et ils vont pas en prison, eux, ils paient pour sortir, c'est dégoûtant ; nous, on a pas de pognon, alors on reste en taule. Vous trouvez ça juste, vous ?

Chino était rempli d'aigreur. Il fallait qu'il évacue sa révolte, même à la face de l'inspecteur médusé par tant d'éloquence.

– Moi, j'ai réfléchi, reprit-il. Un jour, on se retrouvera tous en enfer, avec ou sans fric ! Et là au moins, y'aura plus de riches et plus de pauvres, on cramera tous ensemble, les riches pourront pas payer pour sortir... Ah, on rigolera ! On aura notre revanche !

Le détective était assommé par le flot de paroles. Jamais il n'avait vu quelqu'un d'aussi volubile ! Quant à Miguel, il ne pouvait s'empêcher de frémir ; c'était toujours ainsi quand on parlait de l'enfer. A Puerto-Rico, le curé lui avait dit que Dieu jugerait tous les hommes, et que beaucoup iraient en enfer. Est–ce que c'était vrai ? Et si, après la mort, il existait une autre vie, pire que la première ?

– Pourquoi on nous donne jamais une chance ? reprit Chino, intarissable. Une seule chance, au moins !

Le garçon ne tenait plus en place. Il fulminait, il bouillonnait intérieurement, il écumait de rage.

– Bon, on se calme, fit l'inspecteur, excédé. Et puisque tu es si loquace, dis-moi ce que tu avais dans la tête quand tu as tué le Dragon.

– Je sais pas, moi ! Quelle question ! Ça va si vite, on a pas le temps de réfléchir, on se rend compte de rien... Il a essayé de m'avoir, je l'ai eu le premier, c'est tout !

– Vous ne savez jamais ce que vous faites, c'est ça le problème. Et vous faites n'importe quoi, n'importe où, n'importe comment, n'importe quand, sans réfléchir, sans mesurer les conséquences de vos actes... Vous entendez , hein?

– De toutes façons, poursuivit Chino, de plus en plus énervé, les Dragons, c'est nos ennemis, on se hait, on pense qu'à se tirer dessus dès qu'on se rencontre ; c'est comme ça, un point c'est tout !

– Et pourquoi les Dragons sont vos ennemis ?

– Mais parce qu'ils sont pas sur notre territoire et parce qu'ils sont noirs ! Nous, on est Portoricains. Les gens sont contre nous parce qu'on parle pas la même langue et qu'on a une couleur de peau différente. Alors, on se venge à notre façon ! On peut pas tout supporter sans rien dire, hein ?

– Donc, si je comprends bien, tu ne regrettes rien ?

La réponse, cinglante, ne se fit pas attendre.

– On m'a pas appris à regretter ! Et d'abord, regretter quoi, un nègre ? Ça, par exemple !

– Est-ce que tu réalises, quand même, que tu vas aller en prison, et pour longtemps certainement ?

Chino prit un air important :

– De toutes façons, ça finit toujours comme ça. En taule, ou au cimetière. ça fait partie de la règle du jeu ! Et je préfère la taule, le cimetière ça me dit rien. En tous cas, on parle de nous dans les journaux, on sait qu'on existe, on devient un héros ; tout le monde peut pas aller en taule, hein, il faut du cran ! Alors, quand on y va, on est une star, comme à la télé. Les copains sont fiers !

Chino se tourna vers Miguel qui, pour une fois, n'en menait pas large.

– Enfonce-toi ça dans le crâne, Goliath. On est refroidi, ou on refroidit, c'est l'un ou c'est l'autre ! Et il vaut mieux refroidir qu'être refroidi...

Miguel était livide. Le détective, lui, observait les deux garçons à tour de rôle. Il lisait dans leurs yeux comme dans un livre à gros caractères.

– Ça va mal se terminer, tout ça, les gars... Vous allez avoir de gros ennuis !

Puis, se tournant vers Miguel :

– Et toi, dis-moi quel rôle tu as joué dans cette affaire ?

Chino ne laissa pas l'inspecteur interroger son copain :

– Goliath, il y est pour rien ! Il fait partie de notre bande depuis quelques semaines et, hier, il était avec moi, ça c'est vrai ! Mais il m'a juste aidé à porter le Dragon, parce que je l'ai demandé. Pour le reste, il s'est dégonflé. C'est moi tout seul...

Le détective interrompit Chino :

– Non-assistance à personne en danger, Miguel, tu sais ce que ça signifie ?

Il ne put achever son interrogatoire ; on venait de sonner à la porte. La mère de Chino alla ouvrir. C'étaient deux policiers. Le plus âgé se présenta aussitôt :

– Sergent Ted William.

Puis, se tournant vers le détective :

– Alors ?

– C'est lui, répondit John Grant en montrant Chino.

Avant même qu'il ait eu le temps de réagir, les deux policiers s'étaient emparés du Portoricain et lui avaient passé les menottes.

Chino se débattit, en pure perte. Alors, il cracha au visage des policiers, puis il hurla toutes sortes d'injures colorées, toutes sortes d'insanités.

– On se calme, dit le sergent. Rassemble tes affaires, on t'emmène, tu ne crois tout de même pas qu'on va te laisser descendre les gens sans réagir ?

Chino devint blanc comme le linge des publicités. Il n'avait pas prévu ça, il n'avait pas pensé que l'aventure pourrait mal tourner !

– Et l'autre ? dit Ted William.

– Miguel Sanchez, répondit l'inspecteur. Il semble qu'il n'y soit pour rien, mais il n'a rien fait non plus pour empêcher le meurtre. D'ailleurs, il a aidé son copain à transporter le Dragon.

L'adolescent prit un air angélique qui contrastait avec son visage carré, dur, hermétique.

– J'ai rien fait de mal !

– On s'expliquera au poste, lança le deuxième policier. Allez, suis-nous, si tu as dit la vérité, tu seras bientôt libre.

Sans ménagement, il se saisit de Miguel et lui passa les menottes.

– Vous allez voir où ça vous mène, tout ça !

Puis, s'adressant à la mère de Chino :

– Il va payer, votre fils ! Sales garnements ! Avec leurs conneries, tout le quartier est en état de siège ! Si ça ne tenait qu'à moi, je les pendrais tous !

– Il n'est pas méchant, mon fils, vous savez, gémit la malheureuse. Il s'est défendu !

– Votre enfant finira sur la chaise électrique, si ça continue ! rétorqua le policier. Il n'y a pas d'autre avenir pour les gars comme ça, ou bien une balle dans la tête !

C'en était trop. La pauvre femme s'effondra en larmes, complètement anéantie, dépassée par les événements.

Quelques instants plus tard, on entendit le bruit d'une voiture qui démarrait en trombe.

Chino, alors, était loin d'imaginer qu'il s'agissait de son dernier voyage...

74

CHAPITRE 11

Le soir même, Miguel retrouva la rue, le gang et... le sourire radieux de Maria. Lorsque Sombrero aperçut la silhouette vigoureuse de son compagnon, il courut prévenir tout le monde.

– Goliath est de retour ! Il est libre ! Hourra !

Les Fils de Satan célébrèrent l'arrivée du jeune Sanchez comme on fête le retour d'un général victorieux : triomphalement. Miguel fut l'objet de toutes les sollicitudes, de toutes les curiosités ; on le pressait de questions, on le félicitait, on l'acclamait. Maria, ravie de retrouver si vite son époux, tournait autour de lui comme une petite fille qui vient de recevoir un cadeau et brûle de l'ouvrir. Au milieu des éclats de rire, les bouteilles de coca et de bière circulaient de mains en mains et Miguel buvait d'une traite pour prouver qu'il avait du cran.

Il ne manquait plus que Rock. Il arriva enfin, flanqué de son immense transistor et, après avoir choisi un air particulièrement entraînant, il fit danser tout le monde au milieu du trottoir. Lui-même accompagnait la musique de sa voix chaude, sonore, puissante. Rock était un garçon jovial ; tout le monde l'appréciait. Au fond de lui, il espérait qu'on lui demanderait un jour de monter sur les planches. C'était sa vocation, son avenir, son espoir.

– Hé, les gars, s'époumona brusquement Sombrero. J'ai composé un morceau, je vais demander à Rock de le chanter !

Dans le quartier, Sombrero était très aimé ; il pratiquait les arts martiaux depuis le plus jeune âge, il était chaleureux et, à ses heures, il était également penseur.

– Silence, les copains ! ordonna Rock aux membres présents. Je chante la dernière chanson de Sombrero !

Les Fils de Satan firent cercle autour de lui. Ils étaient curieux de connaître la toute nouvelle composition de leur ami :

" On boit pour être heureux et on devient malheureux

On boit pour être joyeux et on devient tristes

On boit pour avoir des copains et on devient querelleurs

On boit pour avoir des amis et on se fait des ennemis

On boit pour exister et on court à notre perte

On boit pour dormir et on se réveille fatigués

On boit pour être forts et on se sent faibles

On boit pour être en forme et on tombe malades

On boit pour s'amuser et on a le delirium tremens

On boit pour être courageux et on a peur

On boit pour avoir de l'assurance et on doute de nous

On boit pour parler plus facilement et on n'arrive plus à dire un mot

On boit pour trouver le paradis et on se retrouve en enfer

On boit pour oublier et on devient tourmentés

On boit pour être libres et on devient esclaves

On boit pour résoudre les problèmes et ils se multiplient

On boit pour vivre et on trouve la mort ! "

– Hourra ! s'écrièrent les Fils de Satan.

– Sombrero, on est fiers de toi ! s'exclama Graffiti en donnant une tape affectueuse à son ami.

Sombrero devait son nom au chapeau mexicain qu'il arborait parfois. C'était un garçon basané aux pommettes saillantes, au regard profond et à l'épaisse moustache qui, volontairement, rappelait celle de Pancho Villa. La mère de Sombrero, d'ailleurs, était Mexicaine, et pour arrondir ses fins de mois de femme seule, elle se prostituait.

Sous les compliments, Sombrero se rengorgea ; ses yeux se mirent à briller, ses lèvres s'épaissirent de joie. Des moments comme ceux-là donnaient un sacré piment à l'existence !

Soudain, une voix rauque se fit entendre :

– Et Chino ?

C'était le grand copain du garçon emprisonné, Gangster Brown, qui venait de prendre la parole, un Portoricain de vingt ans déjà, petit, maigre, au regard fuyant, insaisissable, hermétique. Il affectionnait particulièrement les bonnes blagues, les histoires drôles, les jeux de mots, les plaisanteries faciles, mais au fond de lui il était extrêmement malheureux. Et il faisait payer aux autres les souffrances qu'il endurait quotidiennement entre un père brutal et une mère qui se piquait à l'héroïne.

Gangster Brown avait une attirance particulière pour Chino, son opposé en tout : grand, affirmé, tonitruant, volubile, alors que lui-même était réservé, timide, emprunté, taciturne, peu loquace.

Les deux garçons aimaient bien boire et bien s'amuser ; c'était leur manière d'échapper, ensemble, à la réalité qu'ils ne supportaient pas. Mais les joyeuses beuveries se terminaient souvent par de copieuses engueulades, car Gangster Brown supportait mal le côté autoritaire, dominateur, de son compère.

Pour tenter de voir plus clair en lui, Gangster Brown, sous la houlette d'un oncle autodidacte, avait commencé à faire des recherches généalogiques sur sa famille. Mais il avait beau chercher, fouiller, se renseigner, il était toujours aussi malheureux, son cœur était toujours aussi vide et dépressif. Et parce qu'il n'avait pas la volonté réelle de s'en sortir, il sentait confusément que son destin était tracé d'avance : la fuite, le désespoir, la mort, l'enfer... Il n'y avait pas d'autre issue pour lui ! Cela le rendait encore plus amer, encore plus tourmenté, encore plus méchant. Le gang, pour lui, était l'exutoire parfait de toutes ses frustrations.

En tous cas, lorsqu'ils entendirent prononcer le nom de Chino, le sourire des Fils de Satan se figea, se crispa.

– Euh... répondit d'un air gêné Miguel. C'est mal barré ! Ils l'ont gardé, et il risque la perpète. Quand il a su ça, Chino s'est emporté, il a dit qu'il finirait pas ses jours en taule, qu'il préférait crever tout de suite.

– Pourtant, commenta Gangster Brown qui connaissait bien son copain, il a toujours dit qu'il préférait la taule au cimetière. Vraiment, je pige plus rien !

Miguel, lui, essayait de contenir l'émotion qu'il sentait monter en lui ; il y parvenait difficilement.

– Il est vachement sympa, Chino ! expliqua-t-il à ses compagnons réellement navrés. Il m'a pas balancé, pourtant tout est de ma faute ! Il paraît que s'il m'avait vendu, ça n'aurait pas changé sa situation, puisque c'est lui qui avait tué, alors...

La voix de Miguel s'étrangla :

– Il a pas voulu m'embarquer dans cette sale histoire ! Et pourtant, s'il est en prison, c'est à cause de moi, parce que je voulais m'offrir une peau de nègre !

Il y eut un long silence tout à fait exceptionnel chez les Fils de Satan. Chino, c'était quelqu'un ! Tout le monde appréciait sa vitalité, sa force, son courage.

Sans lui, plus rien ne serait comme avant.

– On laisse pas tomber notre pote, suggéra Graffiti en dissimulant mal sa peine. On laisse jamais tomber un frère, alors surtout pas Chino ! On lui trouvera un bon avocat, hein, Dollar ? S'il le faut, on fera le casse du siècle !

Puis, se tournant vers les demoiselles du gang :

– Les filles, il faudra lui écrire souvent. C'est un ordre ! Je veux pas que Chino ait un coup de cafard... On est là, on se serre les coudes comme dans une vraie famille !

– Ouais ! répondirent en chœur une douzaine de Portoricaines.

– Hé, les gars, il y a Big Man qui amène sa carcasse ! hurla brusquement Indio. Qu'est-ce qui se passe ?

Le conseiller de guerre arrivait en courant. C'était lui, ce jour-là, qui faisait office de sentinelle sur le toit.

– Goliath ! Goliath ! Y'a ton frangin qui débarque ! Il a l'air complètement retourné !

Vicente, en effet, ne tarda pas à apparaître.

– Miguel ! Miguel !

Le garçon était hors d'haleine ; il n'arrivait même plus à s'exprimer.

Miguel, comme d'habitude, ne put s'empêcher de plaisanter. C'était sa façon de masquer son angoisse.

– Ma parole ! Tu as les Dragons au cul ?

– Arrête de rigoler, dit Vicente. C'est pas le moment, imbécile !

Le garçon reprit son souffle.

– Miguel... papa est mort ! Il a avalé son bulletin de naissance ! Maman te cherche partout, elle a besoin de toi pour le Welfare, l'Assistance Publique !

Curieusement, Miguel ne savait pas trop s'il devait pleurer ou se réjouir. Il croyait avoir un peu d'attachement pour son père, parce qu'il était son père, mais maintenant, à l'heure de vérité, il s'apercevait qu'il n'en était rien. Pedro avait trop fait souffrir toute sa famille !

Alors, il s'entendit dire :

– Qu'est-ce qui lui a pris de crever comme ça, brutalement ? Il a bu un dernier coup, au moins, avant ?

Et il ajouta, avec férocité :

– Tout de même, ça fera un beau cadavre d'alcoolique pour les carabins !

La pirouette traduisait son profond désarroi.

Dans le fond, Miguel ne pardonnait pas à son père de ne pas avoir été un vrai père, l'aimant de façon désintéressée, se souciant réellement de lui, montrant l'exemple, l'aidant à avoir une image positive de lui et à réussir son existence. Et puis, jamais aucun dialogue n'était possible avec Pedro, trop centré sur lui-même ; père et fils vivaient chacun de leur côté comme si l'autre n'existait pas.

Pour Vicente, en tous cas, c'en était trop. Son frère avait dépassé les limites !

Alors, il explosa :

– Arrête de faire l'imbécile, c'est pas le moment ! Et si tu savais dans quel état maman se trouve ! Elle a peur, peur de manquer d'argent, peur d'être seule...

Et il ajouta, entre deux sanglots sincères :

– C'est arrivé si vite ! Maman s'y attendait pas !

Le visage de Miguel s'assombrit brusquement :

– Raconte, frangin... Qu'est-ce qui s'est passé ?

– Mais il y a rien à raconter, reprit son frère. Le toubib a dit que ça devait arriver, avec le foie qu'il avait. Allez, viens, mais viens donc... Maman t'attend ! Sans le Welfare, il faudra bientôt compter les étoiles !

Miguel salua rapidement ses copains et, en compagnie de Vicente surexcité, il prit la direction du grand immeuble locatif.

CHAPITRE 12

Manhattan. Acier et verre, verre et acier à perte de vue. Manhattan, c'est une jungle en béton jaillie du sol dans un formidable élan de puissance. Angela et Miguel étaient assommés par l'énormité des buildings qui se dressaient sur leur route comme autant de géants menaçants. Et ils ne cessaient de s'égarer dans le dédale de l'orgueil américain.

Enfin, le Welfare Center apparut, ultime bastion des perdants et des exclus, dernier refuge de ceux qui n'attendent plus rien de la vie qu'un peu de pitié et les miettes du grand festin des riches. Tous ceux qui avaient fait confiance au système américain, tous ceux qui s'étaient raccrochés aux folles chimères de la réussite à tout prix, tous ceux qui avaient misé sur le dollar-roi, se retrouvaient là, floués, hagards, suppliants, résignés à solliciter les bribes du grand rêve qui s'écroule.

En voyant la masse imposante du Welfare Center, les Sanchez pressèrent le pas. Il était temps ! A huit heures du matin, la queue n'en finissait pas, immense cortège de la misère, interminable rebut du mirage américain.

Quand les portes s'ouvrirent enfin, à neuf heures précises, ce fut la ruée ; la multitude de femmes et d'enfants se précipita. Et tout ce monde courait, se bousculait, s'accrochait, tombait, se relevait, avec l'énergie du malheur accumulé pendant des années. Le spectacle était vraiment pitoyable : on s'agitait, on s'empoignait pour avoir les places assises ; on s'énervait, on se lançait des injures colorées ; les enfants pleuraient, s'impatientaient ; les mères étaient tendues, constamment sur le qui-vive...

Angela et Miguel se virent enfin attribuer un numéro. Pour eux, l'attente commençait, inconfortable, incertaine, angoissée. A force de scruter les visages, sombres surtout, les Sanchez reconnurent des expressions familières, et des sourires crispés s'échangeaient. Au Welfare, il n'y avait plus d'amis, plus de familles, plus de solidarité ; c'était le chacun pour soi, la lutte pour la survie.

De temps à autre, on appelait un numéro, des gens se levaient et montaient aux étages supérieurs, où ils devaient à nouveau attendre. Pudique ou véhémente, la souffrance était identique, inscrite sur chaque visage. Tout, d'ailleurs, contribuait à rendre irrespirable l'atmosphère : la fumée, les sanglots, le vacarme, l'impatience, l'attente, l'incertitude, la peur... La peur, surtout. Et la peur rend agressif !

Un cri plus poignant que les autres se fit brusquement entendre :

– Assez, bandes de salopards ! Je suis pas née pour mendier ! J'ai ma dignité, moi !

Le cri émanait d'un visage noir, bouffi par l'alcool, ravagé par les privations, usé prématurément par la souffrance.

– Non, je suis pas née pour mendier ! Personne est né pour ça ! Si je mendie, c'est pour mes enfants, pas pour moi !

La malheureuse s'agitait sur sa chaise en vomissant son amertume.

– C'est pas ma faute si mon mari ne travaille pas ! C'est pas ma faute si on ne veut pas de lui ! C'est pas ma faute si on a la peau noire ! Ah, bande de salopards, vous nous tuez jour après jour !

Le cri se perdit dans l'indifférence bruyante. Chacun, après tout, reconnaissait sa propre histoire.

Et la ronde des numéros continuait, le ballet des misérables se poursuivait.

Miguel observa sa mère du coin de l'œil ; la pauvre femme avait le visage creusé de rides sans cesse plus profondes, des poches sous les yeux, le corps gonflé par le manque d'exercice, les luttes quotidiennes, la misère. Dans ses yeux, on pouvait aisément lire la détresse et l'angoisse.

L'adolescent se risqua à poser une question :

– Tu as quand même du chagrin, hein ?

– Je ne sais pas ! C'est vrai que j'ai connu un autre homme, à Puerto-Rico ; mais le Bronx l'a changé. Ces dernières années, il m'a fait tellement souffrir, que je ne pouvais plus le supporter...

Angela pencha la tête.

– J'ai peur ! Si le Welfare ne nous aide pas, c'est fichu, on n'aura plus qu'à crever dehors !

– Ça marchera, tu verras !

Miguel n'en n'était pas sûr, mais il fallait dire quelque chose ; c'était lui, l'homme de la famille, à présent, et il avait l'impression d'avoir vieilli de plusieurs années en quelques heures. Il était loin de l'insouciance du gang et, d'une certaine manière, cela lui pesait. Il n'était quand même pas préparé à assumer des responsabilités, son père ne lui avait pas appris ! Heureusement, il y avait sa mère pour lui inculquer certaines choses de la vie ; sans cela, il ne serait sans doute même pas venu au Welfare !

– N° 108 ? entendit-on appeler.

– C'est nous ! répondit aussitôt Miguel en bondissant de sa chaise. Lui, au moins, il comprenait l'Anglais !

Un employé fit entrer Angela et Miguel dans une petite cage vitrée, puis il s'absenta. Des bribes d'entretien parvinrent aux oreilles du jeune Sanchez.

– Mme Moreno, nous savons qu'il y a un homme chez vous. La dernière fois que je vous ai rendu visite, je l'ai entendu sortir précipitamment par l'escalier de secours.

– Sainte Vierge ! Je ne mens pas !

– Si, vous mentez ! Et puisqu'il y a un homme chez vous, vous ne pouvez plus prétendre aux allocations.

– Mme Peter, je vous dis que vous avez une voiture. Vous avez une voiture, je vous ai vue !

– Non, je le jure, c'était celle d'une voisine, elle me l'avait prêtée ; on n'a pas d'argent pour une voiture !

– Si, vous avez une voiture ; je vous retire vos allocations.

L'employé du Welfare réapparut enfin dans la cage de verre. Il demanda à Angela de remplir un formulaire.

– Je ne comprends rien, dit Angela, j'ai emmené mon fils pour traduire. Je suis née à Puerto-Rico et...

– Votre vie ne m'intéresse pas, répondit sèchement l'employé. Je la connais par cœur ! C'est toujours la même rengaine. Vous avez quitté l'île croyant faire fortune ici...

– Pardon, pour fuir la misère !

– Ne m'interrompez pas. Donc, votre mari n'a pas trouvé de travail parce qu'il ne parlait pas la langue et qu'il n'était pas qualifié pour en obtenir un, ou bien il noie sa paie dans l'alcool parce qu'il a le mal du pays. Et un jour, vous vous êtes retrouvée seule... Je connais tout ça par cœur. Au fait, il vous a quittée, ou il est mort ?

– Je suis veuve depuis quelques jours, murmura Angela.

– Je vois. Vous êtes veuve, vous êtes sans travail et vous voulez toucher vos allocations. Vous avez six enfants, je crois ? Et aucune ressource. Aucune ressource ?

– Aucune.

– Bon. Votre fils aîné ne travaille pas ?

– Non. Il a seize ans et demi.

– Il fait plus grand que son âge. Bon, je vois. Je vais vous donner un numéro et il faudra revenir dans trois jours, avec les papiers remplis. Voici la liste des documents dont nous avons besoin pour votre dossier. Est-ce qu'il vous faut des vêtements, des draps ? Oui ? Cochez ici. Remplissez le questionnaire soigneusement. C'est tout pour aujourd'hui. Ah, n'oubliez pas ! Si votre situation change, si vous vous mettez en ménage, il faudra nous prévenir.

Angela acquiesça, puis elle se leva.

Une rapide poignée de mains, et les Sanchez se retrouvèrent dans la salle d'attente au moment précis où une femme se plaignait à haute voix :

– L'enfer, ça existe ! Je le vis. Et je ne partirai pas tant qu'on ne m'aidera pas ! S'il le faut, je passerai la nuit ici, avec mes enfants, mais je toucherai mes allocations !

La voix s'éloigna.

Et les Sanchez se perdirent à nouveau dans la jungle dorée de Manhattan.

CHAPITRE 13

Les Fils de Satan redoutaient moins les Dragons que l'ennui. Graffiti avait beau s'ingénier à aménager le mieux possible le temps d'inactivité forcée de sa bande, il lui arrivait d'être à court d'inspiration. Quand les kids ne s'inventaient pas eux-mêmes une occupation, ils attendaient que les heures passent, sur les trottoirs, au pied des immeubles, devant les drugstores, sur les toits.

Ce jour-là, les Fils de Satan mouraient d'ennui, la mine lourde, la jambe molle, l'œil éteint. Sombrero était le seul à s'activer ; il écrivait fébrilement sur un bout de papier. Soudain, il se dressa triomphalement au milieu de ses compagnons :

- Hé, les potes ! J'ai terminé ma dernière œuvre ; c'est un poème en l'honneur de Chino. Je vais vous le lire...

Les garçons sortirent de leur torpeur.

- Vous êtes prêts ? Alors, j'y vais. Écoutez bien :

" Souviens-toi, mon gars,

Souviens-toi du temps où tu étais avec nous

Souviens-toi du temps où tu as ri avec nous

Souviens-toi du temps où tu as pleuré avec nous

Souviens-toi du temps où on se serrait la main

Souviens-toi des choses agréables si tu peux

Souviens-toi qu'on est toujours seul

Souviens-toi du jour où elle t'a dit je t'aime

Souviens-toi du jour où tu es devenu notre copain

Souviens-toi de tes copains

Souviens-toi qu'ils t'ont apprécié

Souviens-toi des jours qui passaient trop vite

Souviens-toi des jours qui passaient trop lentement

Souviens-toi du passé

Souviens-toi que tu as promis de ne jamais nous quitter

Souviens-toi qu'on se souvient de toi

Souviens-toi, souviens-toi... "

– Bravo, s'écrièrent les kids admiratifs.

Ils savaient, au fond d'eux, que le talent de Sombrero les dépassait.

Et l'ennui reprit. Les heures s'écoulaient, monotones, interminables, insupportables. La nervosité gagnait peu à peu les garçons.

Soudain, Graffiti explosa :

– Y'en a marre, les mecs ! J'ai pas la forme, je sens que je vais tout casser...

– On casse quoi ? interrogea Rock aussitôt.

– Je sais pas, moi. Les panneaux de signalisation, les cabines téléphoniques, les troncs d'église... n'importe quoi, je m'en fous ! Mais on casse.

– Et si on s'amusait à faire cramer l'école qu'on vient de construire sur le territoire des Lords ? proposa soudain Big Man.

– Pas d'accord, répondit Graffiti. Je veux bien qu'on casse, je veux bien qu'on crame, mais sans se mettre à dos les potes des Dragons. On a assez d'ennuis comme ça.

– Alors, on fout la merde dans notre école, suggéra Killer. On menace de liquider tous ceux qui nous donnent pas dix cents pour traverser les corridors.

– Non, c'est pas le moment d'avoir les poulets au cul ! On a refroidi le Dragon, ça suffit, commenta sèchement le Président.

– Alors, on casse les vitres des immeubles pour voir la gueule des mecs furieux ? suggéra Rock en s'étirant.

Miguel interrompit son copain :

– Pas d'accord ! On a fait ça la semaine dernière ; il faut changer. Je propose qu'on déclenche les signaux d'alarme... Et puis non, j'ai une autre idée, une super idée !

Le visage et la voix de Miguel étaient enflammés.

85

– Ouais ! Une super idée... On s'occupe des bagnoles arrêtées aux feux rouges ; avec des marteaux, on casse les pare-brises si on nous donne pas de pognon...

L'idée de Miguel enthousiasma les kids ; ils voulurent l'appliquer sur le champ. Mais Graffiti avait une autre opinion et, en Président qui se respecte, il l'imposa aussitôt aux autres membres.

– Je sais ! fit-il. On barbouille les wagons de métro ; ça fait une éternité qu'on a pas touché à la peinture. Et je vais vous avouer : ça me démange les doigts !

– O.K., les gars, on y va ! On prend les bombes de peinture qu'on a volées l'autre jour, et direction les gares de triage. Qui vient ?

Killer était sûr d'être choisi.

Parmi les mains levées, Graffiti en choisit quatre :

– Killer, parce que tu es fort, ça peut servir ; Cobra, parce que tu es souple ; Niño, parce que tu es petit ; et Goliath, pour qu'il apprenne. Et naturellement, on oublie pas les bières ; le talent, ça donne soif !

Cobra ne se fit pas prier pour aller les chercher. La bière, c'était sa spécialité !

Les Fils de Satan savaient qu'il allaient passer plusieurs heures sous terre ; ils se partagèrent l'équipement.

– Killer, tu prends les bombes, ordonna Graffiti ; toi, Goliath, les lampes électriques et des bières ; j'amène les vêtements de rechange et la mixture puante ; Cobra, voici les autres bières, bois pas tout ! Et toi, Niño, prends donc les sandwiches !

Maria, dans un coin, observait les préparatifs.

Au moment où les garçons allaient partir, la gracieuse Portoricaine attrapa Miguel par la manche :

– Je peux t'accompagner ? demanda-t-elle, toute excitée à l'idée de suivre son époux dans le métro.

Miguel voulut répondre, mais Graffiti l'en empêcha.

– Et quoi encore ? Pas de femelles au charbon ! Leur place, c'est le fourneau et le plumard !

Le Président donna une tape à Maria.

– A la tambouille pour les copains, et que ça saute !

86

– Ça va ! gloussa rageusement la jeune fille.

Les Debs prirent l'attitude de Graffiti pour une provocation ; elles étaient à la fois vexées et furieuses, et le démontrèrent aussitôt bruyamment. Quant à Maria, elle mitrailla le chef du regard, elle plissa ses lèvres irritées, et elle marmonna entre les dents quelques insultes pittoresques. Puis elle s'éloigna d'un air rageur, bientôt imitée par ses compagnes qui, ce soir-là, firent la grève des fourneaux et des plumards.

CHAPITRE 14

Comme le sang gicle partout sur les trottoirs du Bronx, les graffitis jaillissent sur les murs de la ville, à chaque point stratégique, sur chaque wagon de métro : inscriptions énormes, slogans accrocheurs, dessins figuratifs ou apocalyptiques, mots obscènes, phrases incompréhensibles, dédicaces hâtives, plaisanteries grossières, initiales gigantesques, commentaires vengeurs, messages politiques, sociaux, amoureux ou écologiques, tout cela fait partie du paysage newyorkais au même titre que les immeubles éventrés, les cimetières de voitures, les églises pentecôtistes.

Les graffitis, c'est la violence et l'imagination étalées sur chaque mur, une débauche de couleurs et de talents éphémères. Il s'agit d'ailleurs moins de décorer les murs, que de délimiter un territoire âprement disputé et de matérialiser son désir d'exister.

Graffiti adorait voir son nom s'étaler en lettres gigantesques, et il n'avait pas son pareil pour dénicher l'emplacement idéal pour exalter sa personne.

Mais, par dessus tout, il affectionnait les wagons de métro qui traversaient la ville de part en part. Ainsi, sa réputation dépassait largement les limites du quartier, du moins le croyait-il.

Les Fils de Satan parcoururent à grandes enjambées la distance qui les séparait de l'entrée du métro, cette case noire qui se dresse à intervalles réguliers dans l'échiquier du Bronx. Comme ils s'y attendaient, l'accès était gardé par un policier qui tripotait machinalement sa matraque et son colt pendu à la ceinture.

Les cinq garçons passèrent avec insolence devant le sergent, et Miguel, volontiers farceur, s'amusa même à lui envoyer un pied de nez alors qu'il regardait dans une autre direction.

– Hé, qu'est-ce que vous fichez ici, sales garnement ?

Visiblement, le policier n'appréciait ni l'allure des kids ni les grands sacs beiges de super-marché qu'ils tenaient en mains. Il voulut les interpeller mais, déjà, les adolescents avaient disparu.

– Sales Portoricains ! grommela l'officier.

Les Fils de Satan gravirent l'escalier quatre à quatre, et ils franchirent les tourniquets encore plus vite.

– Hé, là-bas !

Derrière son guichet, le préposé haussa les épaules. Il n'allait pas risquer sa peau pour quelques resquilleurs !

Les cinq kids arrivèrent sur le quai juste au moment où les portes du métro se fermaient en grinçant.

– Raté ! commenta Graffiti d'une voix rageuse. Au suivant !

Quelques instants plus tard, on entendit un grondement de roues d'acier et une nouvelle rame, longue et bariolée, fit son entrée. Les Portoricains montèrent dans un wagon à demi plein qui, à leur apparition, se vida aussitôt. En descendant, d'ailleurs, quelques voyageurs reçurent au passage, sur la tête, une mixture puante soigneusement élaborée par les kids eux-mêmes. Ils étaient furieux ! Les garçons, eux, savouraient leur plaisanterie ; joie de terroriser, joie de régner en maîtres, joie, aussi, de voir bientôt la ville défiler à leurs pieds.

Dans le wagon, chacun s'occupa à sa façon. Cobra avala une première canette de bière, Niño et Killer s'amusèrent à dévisser les ampoules et à les jeter par terre, Graffiti immortalisa son nom sur les parois du train, Miguel se remplit le cerveau d'images nouvelles ; c'était la troisième fois qu'il quittait son territoire !

– Les potes, on arrive !

Graffiti rayonnait ; il était dans son élément. Cobra, lui, se réjouissait en songeant aux escalades aventureuses qu'il affectionnait particulièrement.

A peine descendus du train, les garçons s'engagèrent dans le labyrinthe souterrain. Au bout d'environ deux cents mètres, ils empruntèrent un couloir qui débouchait sur un petit centre commercial. Ils firent un instant du lèche-vitrines, puis ils gagnèrent le niveau inférieur du métro. Un quai gris et crasseux s'ouvrit à eux, véritable cour des miracles où campaient pêle-mêle des clochards, des drogués, des hippies, des mendiants... Graffiti, en les voyant, eut un rire féroce :

– Ils peuvent pas coucher ailleurs, ces mecs puants !

Killer approuva. Et pour marquer son dégoût, il cracha sur un homme endormi à côté d'une bouteille vide.

– Ils savent pas se débrouiller ! Pauvres cons ! Nous, on sait faire ! renchérit Miguel en haussant les épaules d'un air méprisant.

A l'extrémité du quai, Graffiti se dirigea vers une grille surmontée d'une pancarte " Interdit à toute personne étrangère au service ". Juste derrière, il y avait un trottoir étroit qui longeait les rails. Le Président s'assura que personne ne regardait dans leur direction, puis il ouvrit promptement la grille et fit passer ses compagnons dans le tunnel obscur.

En file indienne, prudemment, les garçons suivirent le mince trottoir. Graffiti alluma une lampe de poche. Soudain, quelque chose craqua dans la pénombre.

– Hein, quoi, qu'est-ce que c'est ? dit Niño d'une voix tremblante.

Son cœur battait à se rompre.

– Stop ! Silence ! ordonna Graffiti en éteignant la lumière.

Les kids écarquillèrent les yeux et ouvrirent toutes grandes leurs oreilles pour tenter de repérer le bruit.

– J'ai peur ! murmura Niño. Je veux rentrer, j'ai changé d'avis. Les trous noirs, c'est pas mon genre !

Niño était le plus jeune membre du gang et le plus petit, d'où son surnom. Une belle cicatrice lui barrait le front, séquelle de sa première altercation avec les Dragons.

– On se dégonfle, maintenant ? Allez, tu regretteras pas la balade... Bon, je vais voir ce qui se passe !

– Ça va, patron ! bougonna le gamin en essayant de réprimer son angoisse.

Les garçons retinrent leur souffle. Quelques secondes passèrent, lourdes d'incertitude, puis le bruit recommença. Alors, le Président rompit triomphalement le silence :

– Je sais ! Qu'on est bêtes ! Pas de quoi paniquer, les mecs ! C'est les rats !

– Hourra ! commenta joyeusement Niño, enfin soulagé.

En un instant, la tension baissa.

– Allez, les gars, on continue ! ordonna Graffiti. On a assez rigolé ! Un peu plus loin, il y a le parking qui nous intéresse. Le nouveau train doit y être, blanc comme la Vierge ; il part à 6 h 43 le matin, il rentre à 9 h 35 le soir, je l'ai suivi toute la journée. On va s'en charger !

Cobra se servit une nouvelle canette de bière. C'était plus fort que lui !

– Arrête, imbécile ! dit le Président. Après, t'auras plus les bras droits, tu pourras plus dessiner, et t'auras plus les jambes droites, tu pourras plus courir si on en a besoin. C'est pas le moment !

– Ouais ! fit Cobra en maugréant.

Et il termina d'une traite sa bière.

Miguel, lui, se réjouissait à l'idée de se lancer dans une nouvelle aventure.

Ça, c'était vivre ! Là, on ne pense plus à ses problèmes !

Plus les garçons avançaient dans le tunnel, plus il leur paraissait sombre. Pourtant, ils s'habituaient peu à peu à l'obscurité. Toujours en file indienne, ils suivirent la courbe du souterrain jusqu'au moment où Graffiti leur ordonna d'enjamber le troisième rail électrique qui tue instantanément.

La progression était lente, incertaine. Chaque fois que les adolescents entendaient l'avertisseur d'un train ou qu'ils voyaient des phares arriver, ils se plaquaient contre le ciment humide.

Brusquement, le Président demanda à ses compagnons de s'arrêter.

– Regardez, les gars ! Il y a ici un petit escalier que je vous recommande en cas de pépin. Il peut vous sauver la vie ! Il conduit à la liberté, à l'air libre...

Bon, maintenant, on attend que le dernier train soit rentré.

– Qu'est-ce qu'on fait ? s'enquit Miguel avec curiosité.

– Les mecs, vous voyez les trous le long du tunnel ? C'est des abris pour les ouvriers. Graffiti braqua la lumière de sa lampe de poche sur des fentes aménagées dans la paroi du mur.

– On s'y planque ! poursuivit le Président avec l'aisance de celui qui connaît par cœur les ressources du métro. Dans vingt-cinq minutes, il sera 9 h 35.

On pourra y aller !

Les Fils de Satan s'exécutèrent aussitôt, en prenant soin d'avancer un par un et de raser les murs, puis ils se réfugièrent dans les niches conçues pourabriter les employés du métro. Lorsqu'un train les dépassait, ils s'aplatissaient prudemment contre la paroi.

Tapis dans l'obscurité, les garçons attendaient le signal convenu. Le temps leur paraissait bien long ! Ils avaient hâte de passer à l'action...

Lorsqu'enfin Graffiti siffla dans ses doigts, ils sortirent de leurs abris respectifs. La voie était libre, les kids l'empruntèrent sans hésiter, le cœur battant, tout excités à l'idée de barbouiller une rame vierge.

– C'est notre train, le voilà, c'est lui, hourra ! cria Graffiti en bondissant comme un gamin, au point d'en oublier les bienséances de sa fonction.

Miguel, sans le vouloir, les lui rappela :

– Et maintenant, Pres, qu'est-ce qu'on fait ?

– Euh ?

Graffiti s'essuya le front, puis il souffla comme un taureau prêt à charger.

– Euh... bon, les mecs, on y va ! Je prends le wagon de queue et le suivant, vous vous répartissez les autres. Euh... Killer ?

– Ouais, patron ! marmonna le Vice-Président.

– Tu fais le guet sur le toit du wagon de tête, on te relaiera.

– Okay, j'y vais.

Graffiti était bien décidé à prendre son temps et à réaliser, ce soir-là, le chef-d'œuvre de sa vie : une gigantesque tête de mort surmontée du nom de son gang et précédée de sa signature. Et s'il en avait le loisir, il inscrirait sur le wagon suivant : Bienvenue en enfer !

Chacun dessina au gré de sa fantaisie. Miguel n'avait pas de projet précis, et il se contenta de graver en lettres géantes le nom de Maria. Niño, le benjamin de la bande, s'amusa à tracer la silhouette de Mickey, personnage qu'il affectionnait particulièrement ; finalement, il ne regrettait pas d'être venu !

Quant à Cobra, qui avait bien profité des bières, il commençait à ne plus tenir droit ; la bombe zigzaguait entre ses mains. Qu'importe, puisqu'il avait décidé d'illustrer son surnom en représentant un serpent !

A quatre heures du matin, les kids œuvraient toujours, sauf Cobra qui s'était assoupi dans un wagon au milieu des canettes vides. Recroquevillé sur lui-même, il ressemblait plus aux vagabonds décriés par les Fils de Satan qu'à un membre de gang. Et son serpent n'avait toujours pas de queue.

Soudain, un cri fendit l'obscurité :

– Les flics ! Sauve qui peut !

Niño, la sentinelle du moment, avait aperçu des torches. Et les torches ne cessaient de se rapprocher.

– Filons, pronto ! ordonna le Président en lâchant son matériel. On finira une autre fois !

Puis, se tournant vers Killer :

– Vite ! Va donner un coup de pied à cet imbécile de Cobra !

Secoué sans ménagement, le garçon ouvrit des yeux vaseux.

– Hein, quoi ? Je pionce, foutez-moi la paix !

– Les flics, tu entends, connard ? Ils arrivent, ça va chauffer ! Bouge-toi, on sauve notre peau, compris ?

Alors, ce fut la ruée, d'un wagon à l'autre, d'un toit à l'autre, le long des voies, partout... Les Fils de Satan couraient à perdre haleine, grimpaient, escaladaient, sautaient, rebondissaient, traversaient, se faufilaient, bravaient tous les dangers...

– Si un flic s'en prend à moi, je le bute ! bougonna Cobra en chancelant d'un toit à l'autre.

Le garçon était furieux d'avoir été tiré de son sommeil. Il en voulait à ses copains, il en voulait aux policiers, il en voulait à la terre entière !

Graffiti, lui, courait toujours. Il connaissait les ressources du métro pour les avoir souvent exploitées, et il repéra bientôt ce qu'il cherchait.

– Ouais ! Super ! C'est pas encore aujourd'hui que les flics vont me coffrer ! pensa-t-il en lui-même.

Aidé d'une petite pince-monseigneur qu'il avait dans sa poche, il souleva une plaque de fonte, se faufila, et remit la plaque en place.

Quant à Miguel, Niño et Killer, ils avisèrent enfin le petit escalier du service d'entretien que Graffiti leur avait conseillé d'utiliser en cas de pépin. Ils s'y engouffrèrent promptement.

– Hé, attendez ! cria Niño. Voilà Cobra !

Au moment où le garçon allait enfin rejoindre ses trois amis, il perdit pied, roula sur lui-même et, du toit du wagon, bascula dans le vide avant de s'écraser lourdement sur le troisième rail.

Ce fut la dernière cabriole de sa courte existence.

CHAPITRE 15

Il faisait une chaleur torride. Les kids s'acharnaient sur une borne d'incendie afin d'improviser une piscine dans la rue. Enfin, la vanne céda. Il y eut un jaillissement formidable, et l'atmosphère se rafraîchit en un instant. Les garçons étaient trempés jusqu'aux os, mais détendus.

Alan était là. Il regardait ces grands gosses jouer au milieu de la rue ; depuis longtemps, il attendait une occasion comme celle-là. L'ambiance était franchement joviale, et le pasteur voulait en profiter pour discuter avec les garçons, mieux les connaître, partager leurs joies et leurs peines, tenter de leur apporter une espérance vivante.

Le premier, Dollar reconnut la longue silhouette d'Alan.

– Hé, prêcheur, tu viens pour le baptême ? Tu vois, c'est déjà fait !

Le pasteur sourit. Il était vraiment heureux de retrouver les jeunes qu'il portait dans son cœur et dans la prière, surtout Miguel, d'ailleurs, depuis qu'il avait assisté à son initiation dans le gang.

– Quel est ton nom ? demanda-t-il à son interlocuteur.

– Dollar, trésorier du club, rétorqua fièrement le garçon. Et je suis aussi le penseur de la bande, avec Sombrero. Pas mal, hein, pour un seul mec ! Trésorier et penseur ! Tu veux voir ma prose ? Elle vaut largement celle de Sombrero !

Dollar n'attendit pas la réponse. Il sortit une feuille de sa poche et l'exhiba triomphalement sous le nez du pasteur.

– Écoute ! Voilà ce que j'ai écrit ; c'est le club qui m'a inspiré ça. Si un jour, par malheur, les Fils de Satan devaient être rayés du quartier, il restera toujours ma prose pour rappeler leur existence... et bien sûr les graffitis du Président ! Ah, on saura qui on est ! Les rois du Bronx !

Le Portoricain fit claquer son éternel chewing-gum en direction d'Alan, plus par habitude que par provocation d'ailleurs, et il se mit à lire ce qu'il avait pompeusement intitulé " les pensées d'un soldat de gang " :

– " Nous sommes les Fils de Satan, les vaillants soldats du Bronx. On déambule ensemble, la nuit, dans les rues, armés jusqu'aux dents, parfois on se demande si on est une famille ou quoi, et parfois on se demande si les rues sont notre maison ou notre tombe. On est dans le gang pour devenir des durs et chaque jour on défie la mort. On est des caïds mais au fond on a peur, très peur du cimetière. On devient méchant, mais c'est parce qu'on peut pas faire autrement, on nous a pas appris à être gentils. Si un jour je suis tué et porté sous terre, dites aux gens que je suis mort en brave et que j'ai fait de mon mieux dans un monde pourri ". Signé Dollar, Fils de Satan. Qu'est-ce que tu en dis, prêcheur ? Génial, hein ?

– C'est assez profond, Dollar, mais...

Alan ne put achever sa phrase. Sombrero arrivait en courant.

– Hé, les gars ! cria-t-il. Il y a Dollar qui se laisse embobiner par le sorcier. Dis donc, prêcheur, on a passé l'âge des contes de fées !

Avant de répondre, Alan tendit sa main que Sombrero repoussa par défi.

– Moi, je serre pas la main des prêcheurs. Les prêcheurs et les flics, je les supporte pas. Ils veulent notre bien, tu parles !

– Écoute, mon gaillard, moi aussi j'ai passé l'âge des contes de fées. Et pourtant, je t'affirme que Dieu existe comme toi et moi, même si tu ne le vois pas. Tu sais, un aveugle ne voit pas la lumière, pour lui elle n'existe pas. Or, elle existe bel et bien ! Dieu c'est pareil, on ne Le voit pas, pourtant Il est vivant, je l'ai expérimenté comme plein de gens dans le monde qui ne sont pas fous du tout. Et toi aussi, Sombrero, si tu le veux, tu peux connaître personnellement Jésus, Il peut devenir ton ami, ton meilleur ami, ton plus fidèle ami. Et Lui te protègera chaque jour, Il ne te conduira pas au cimetière comme ceux que tu appelles tes copains ! Tu n'as pas envie de mourir jeune, hein, tu n'as pas envie de crever bêtement !

Le pasteur se rapprocha de Dollar et de Sombrero qui l'écoutaient parce qu'ils n'avaient rien d'autre à faire.

– Et en plus, Jésus donne la vie éternelle, vous entendez, les gars, une éternité de joies avec Lui là-Haut ! Oui, vous avez tout à gagner, TOUT !

Sombrero eut un petit rire sec, presque forcé. Dollar mâchonnait son chewing-gum.

– On te rappelle que tu t'es trompé d'adresse, mecton, répondit le garçon à la moustache luxuriante. Ta vie éternelle, si tu savais comme on s'en fout ! La vie, c'est de la merde, alors avoir une éternité de merde, c'est pas mon truc, c'est trop, ça suffit comme ça, j'ai ma dose. Je te répète que tu t'es gouré d'adresse. Alors, file avant que ça chauffe.

Dollar intervint à son tour pour donner son opinion :

– Dieu, il est pas de notre côté, sinon ça se saurait. Nous, on a tiré un sale billet sur cette terre, alors on est devenu les Fils de Satan, on connaît que la guerre totale. Viens pas nous embêter avec tes discours ! De toutes façons, tu nous feras pas avaler ton Bon Dieu, et ses sornettes. Ton zèbre là-haut, c'est pour les croulants, ou pour les gonzesses, ou pour les moutards, ou pour les tarés, pas pour nous. Nous, on est des hommes, des vrais, des guerriers ! Tu entends, tu nous feras pas avaler le coup du Père Noël qui descend du ciel pour nous sauver ! On te l'a déjà dit, je te le répète. Compris ?

– Et tu crois que je ne suis pas un homme, moi ? Et pourtant, vois-tu...

Alan ne put achever sa phrase. Sombrero lui coupa la parole :

– Je préfère être transformé en bouillie tout de suite plutôt que de vivre à perpète avec ton Père Noël là-haut ! D'abord, si ton Dieu existait, il nous laisserait pas dans un tel pétrin...

– Il ne tient qu'à toi de Lui demander de t'en sortir. Si tu laisses Dieu entrer dans ta vie, Il la redressera. Il faut Lui faire confiance ! Il faut croire en Sa Puissance !

Graffiti arriva sur ces entrefaites.

– Tiens, mais c'est le maboule de l'autre jour ? La leçon lui a pas suffi ? Venez voir, les gars, le grand sorcier blanc vient faire de nous des saints, nous les Fils de Satan, des saints ! Ah, on va l'envoyer au fond d'une tombe !

– Ne fais pas le malin, Graffiti, répondit le pasteur. Ah, vous jouez aux héros, hein, vous vous prenez pour des Rambo, des superman, mais en réalité vous avez peur, oui, vous avez la trouille, la trouille de vivre, la trouille de mourir ! Dieu est le seul qui connaisse le fond de vos pensées, le fond de votre cœur. Il voit à travers vous ! Et Il vous aime comme vous êtes, avec vos amertumes, vos rancœurs, vos haines, votre agressivité, vos bagarres... Oui, comme vous êtes ! Quel que soit votre passé, quel que soit votre présent. Jouer les gros bras, c'est une façade, oui, une façade. Au fond, vous êtes avides d'amour, d'amour vrai, sincère ! Jésus sait que vous voulez être heureux. Ça vous épate, hein ?

– Oui, ça nous épate, répondit Graffiti avec aigreur. Personne nous comprend, personne nous aime, personne s'intéresse à nous, et surtout pas ton Jésus ! Alors, remballe ton sermon, tu perds ton temps. D'abord, on t'a rien demandé.

A cet instant précis, le Président songea aux mots terribles que sa mère, un jour, lui avait dit : " Je ne t'aime pas, Luis, je ne t'ai jamais aimé, je ne voulais pas d'enfant, je ne voulais pas de toi, alors plus vite tu déguerpiras, plus vite je serai débarrassée ! ". Lorsqu'il entendit ces mots sans appel, Graffiti n'avait pas douze ans. Ce jour-là, il comprit qu'il ne retournerait plus chez lui et que la rue serait sa nouvelle vie. Et finalement, le garçon s'adapta si bien au pavé qu'il le trouva moins dur que le cœur de sa mère.

Mais, pour Graffiti, il n'était pas question de laisser transparaître la moindre émotion ; cela pouvait lui coûter le respect de son gang ! Pourtant, au fond de lui, sa conscience lui disait que son interlocuteur était sincère et lui voulait du bien.

Le Président regarda les Fils de Satan qui, maintenant, s'étaient rassemblés autour de lui et d'Alan. Tout le monde riait, sauf le pasteur, grave et concentré, et Miguel, qui semblait absorbé dans ses pensées. Avait-il été touché, lui aussi, le mal aimé ?

Alan ne laissa pas aux garçons le temps d'intervenir ; il reprit la parole en s'adressant plus spécialement au chef du gang :

– Graffiti, Dieu vous connaît personnellement. Il sait que quand vous êtes violents, c'est que vous cherchez, à votre façon, la vérité. Au fond, vous sentez le vide de votre vie, le vide de votre cœur ! Et vous le remplissez comme vous pouvez, avec les copains, bien sûr, mais aussi en buvant, en fumant, en vous étourdissant de musique, et ce qui est plus grave, en haïssant, en vous battant, en tuant... C'est votre manière de fuir la réalité qui vous fait si mal ! Et si je vous disais qu'en agissant ainsi, vous cherchez Dieu sans le savoir ?

Comme le Président était plongé dans ses pensées et ne répondait pas, Alan se rapprocha de lui et le regarda bien en face, droit dans les yeux, avec aplomb.

– Si ton cœur est rempli d'amertume et de haine, Graffiti, c'est parce que personne ne t'a appris à aimer, c'est parce que tu ne connais pas l'amour de Christ pour toi. Oui, Graffiti, Jésus peut te donner son Amour à lui afin qu'il déborde en toi et autour de toi. Alors, toute ta vie sera changée. Tu auras le cœur rempli de joie, et tu verras tout, les êtres, les choses, la vie, autrement.

Fais–lui confiance ! Essaie, une fois, je te promets que tu ne seras pas déçu ! Essaie, une fois au moins ! Jésus veut ton bien, ton bonheur, ton vrai bonheur !

Quelque chose bougea dans le cœur du leader, qu'il camoufla aussitôt en pirouette :

– L'amour, pasteur, je connais, avec les "debs", les filles du gang ! Et là, crois-moi, je suis un expert !

Graffiti illustra ses propos en pinçant la deb qui se trouvait à côté de lui ; puis il ricana bruyamment.

Au fond de lui, c'était comme si deux personnes se battaient furieusement, celle qui rêvait de reconnaissance et d'amour vrai, et celle qui refusait de le voir. Mais parce que le pasteur avait mis son cœur à nu, soudain il explosa :

– Tu veux savoir, sorcier ? Notre religion à nous, c'est la haine, la guerre, la mort ! Nous sommes des guerriers ! Et tu peux me dire ce que tu veux, en dehors du gang, je pige rien !

– La haine, la guerre, la mort, l'enfer ! renchérit Dollar, tout fier de son intervention. Nous, on est les fils de Satan !

– Justement, avez-vous souhaité que cela change un jour ? reprit Alan sans se départir de sa calme détermination. Ce n'est pas en haïssant ou en faisant la guerre que vous donnerez un sens à votre vie, que vous serez heureux, vraiment heureux.

Le ton résolu du jeune pasteur exaspérait de plus en plus Graffiti. Aussi répondit-il avec colère :

– Ouais, prêcheur, je souhaite que cela change. Je souhaite que les types dans ton genre retournent dans leur paradis et nous laissent notre enfer à nous !

– Tu ne penses pas vraiment ce que tu dis, rétorqua Alan. Et...

Miguel interrompit le pasteur ; la question de l'enfer et du paradis l'obsédait. A Puerto-Rico, le curé en parlait souvent...

– Au fait, le paradis, c'est quoi ? On connaît pas ça, dans le coin. Explique un peu, hein, on veut savoir...

Graffiti ne laissa pas à Alan le temps de répondre :

– Dis donc, sorcier, tu veux savoir ? Si quelque chose doit changer, c'est le Système. Il est pourri. Les riches sont de plus en plus riches, et les pauvres de plus en plus pauvres. Moi, un jour, je veux voir les riches devenir pauvres, et les pauvres devenir riches. On a tiré un sale numéro, il est temps que ça change...

Les Fils de Satan approuvèrent bruyamment leur chef.

– Avec Dieu, justement, tout peut changer, répondit le pasteur. Il n'aime pas l'injustice. Et Il a le pouvoir de changer les choses, parce qu'Il a le pouvoir de changer les cœurs... Et alors, on peut vivre à New York et être heureux, un riche peut partager avec joie ce qu'il a, et un pauvre accéder à une vie plus digne, et aussi devenir riche d'amour, de joie, de bonheur, en mettant Christ dans sa vie.

En plus, Il pourvoit à tous nos besoins, Il ne veut pas que nous manquions de ce qui est nécessaire. Avec Lui on a tout, TOUT, voilà la vérité !

– Ouais, intervint Big Man. On connaît la rengaine, ça prend plus. Si tu es là pour nous faire avaler ton Père Noël qui apporte plein de cadeaux, fiche le camp. On veut pas connaître ton copain, c'est pas le nôtre, il est pas de notre côté, on a d'autres fréquentations. Alors, le type qui descend du ciel pour porter sur sa croix nos péchés et tout le bazar, on n'y croit pas. Tu remballes ton sermon vite fait, et tu déguerpis. Tu piges ?

Big Man n'avait pas envie de plaisanter, et les autres non plus, maintenant. Ils avaient assez discuté, ils commençaient à avoir chaud, et ils voulaient retourner dans leur piscine improvisée.

Niño, à son tour, prit la parole :

– Tu veux nous aider ? Alors, donne ton fric, on préfère ça à ton sermon.

Alan répondit à sa façon :

– Vous faites comme si vous n'aviez besoin de personne, comme si vous ne croyez en rien, qu'à l'argent. Mais je sais qu'au fond de vous, vous avez envie d'autre chose. Vous voulez que ça change, vous en avez assez de foutre en l'air votre vie. Vous souhaitez qu'on vous respecte, qu'on vous aime. Et d'abord, vous avez envie d'un père, d'un vrai père qui vous comprenne et vous aide. Dieu est le Père parfait, qui ne déçoit jamais ! Par Jésus, on peut L'atteindre, oui, c'est possible, je vous le certifie ! Et alors, quand on est réconcilié avec le Père par la foi en Jésus, on est réconcilié avec soi-même, avec les autres, avec la vie. Oui, vous désirez que cela change ! Oui, vous désirez être réconciliés avec la vie !

– Faux, rétorqua Big Man, archi-faux. Le gang, c'est notre vie, notre père, notre famille, notre boulot, notre métier ; on veut pas que ça change, on a nos habitudes. On a grandi dans la haine, on connaît que ça, on a fini par s'habituer et, euh, on a fini par l'aimer. Tu piges, hein ?

– Je veux vous aider, ne refusez pas cette chance ! reprit le révérend.

Hein, pourquoi vous n'essayez pas Jésus, une fois, une seule, pour voir ? Je ne connais personne qui ait été déçu ! C'est vrai, Jésus est la réponse à toutes vos questions, à tous vos problèmes, Il est LA solution. Alors, vous me direz : On ne Le voit pas ! Certes, mais ça ne veut pas dire qu'Il n'existe pas, qu'Il n'agit pas. Oui mes amis, Il est vivant, Il est ressuscité, Il est actif, Il est puissant, Il a même vaincu la mort ! Grâce à Lui vous pouvez être réconciliés avec vous–mêmes, avec les autres, avec la vie !

Ayez le courage de regarder une fois les choses en face : Votre haine, vos combats ne mènent nulle part sinon à de nouvelles haines, à de nouveaux combats, à de nouveaux morts, à de nouvelles tragédies. Basta ! Jésus veut vous apprendre à aimer, car vivre, ce n'est pas haïr, faire le mal, casser, détruire, se venger, chercher des boucs émissaires, taper, cogner, menacer, attaquer, tuer ! Non, vivre c'est aimer, aider, partager, pardonner, se battre pourla vérité, la paix, la justice, oui, lutter pour que chacun ait sa place et puisse vivre dignement, en vraie créature de Dieu ! Ça, c'est un beau programme de vie, et croyez-moi, ça donne de la joie ! Vous entendez ?

Cette fois, le pasteur parlait avec véhémence, un ton qui contrastait avec son calme habituel. Et cette passion plaisait aux Fils de Satan, qui aimaient bien vibrer d'une façon ou d'une autre.

– Moi, poursuivit-il, je veux vous aider à construire votre vie, une vie qui vaut la peine d'être vécue ! Vous savez, Dieu veut votre bonheur, Il veut vous donner une vie qui comble vos aspirations les plus belles, les plus profondes, et croyez-moi, ce n'est pas du bricolage, c'est une renaissance de l'être tout entier par la puissance du Saint-Esprit, comme si vous naissiez de nouveau , on appelle d'ailleurs çà "la nouvelle naissance en Christ" ; oui, avec Lui, tout est possible, même ce qui semble impossible ! Je l'ai expérimenté, et bien d'autres avant moi, et nous ne sommes pas fous ! Jésus veut devenir le trésor de votre existence !

Hein, les gars, vous n'avez jamais rêvé de trouver un trésor ? Eh bien oui, Jésus a un beau programme de vie pour vous si vous Lui faites confiance ; essayez, vous ne serez pas déçus, Jésus n'est pas comme les hommes, il ne déçoit pas, Lui ! Vous voulez savoir ? Tous ceux qui ont essayé ont seulement regretté de ne pas l'avoir fait plus tôt !

Graffiti n'en pouvait plus, lui, le Président, mais il ne voulait surtout pas l'avouer devant ses copains. Il n'était pas question qu'il montre ses sentiments ! Alors, comme toujours en pareil cas, il fut brusquement saisi d'une rage inouïe :

– Basta, sale prêcheur, ça suffit, on a été trop patients ! Tes salades, on en veut plus jamais ! Jésus, c'est pas notre pote, on se connaît pas, on se fréquente pas, on est pas du même monde ! Alors, si tu continues à faire de la publicité pour ton type là-haut, tu vas recevoir ton compte !

Graffiti sortit son couteau à cran d'arrêt et le planta en face de la gorge d'Alan. Mais celui-ci ne broncha pas.

– Écoute, Graffiti, vous êtes des animaux sauvages, mais je n'ai pas peur de vous, et je n'ai pas peur de la mort ! Je n'ai pas peur, vous entendez, tous ? Je peux me battre, moi aussi, je suis costaud, mais je ne suis pas là pour ça. Je suis là pour vous aider à être heureux, vous entendez, HEUREUX ! Écoute bien, Graffiti, ton couteau ne me fait pas peur, parce que Jésus m'a donné son amour pour toi et pour tes copains, comme vous êtes, et l'amour est plus fort que la haine !

Alors, tu peux m'enfoncer ta lame dans la gorge, j'aurai toujours autant d'amour pour toi !

Le courage d'Alan impressionna Graffiti. Il avait envie de rentrer le couteau à cran d'arrêt dans sa poche, mais il n'osa pas ; on l'observait. Il n'était pas question qu'il recule, lui, le Président !

Au moment où il sortait sa lame, Miguel le tira d'affaire :

– Hé, les gars, visez-moi ça, il y a un nègre qui amène sa viande !

Tous les regards se tournèrent en même temps dans la direction que le jeune Sanchez indiquait.

A l'autre bout de la rue, en effet, un jeune Noir traversait sans se rendre compte du danger qu'il courait.

– Il a du culot ! gronda Killer qui brûlait de passer à l'action. Qu'est-ce qu'il fiche sur notre territoire, et en plus devant notre base ? Ça, par exemple ! Hé, les gars, vous le connaissez ?

– Non, répondirent en chœur plusieurs voix.

– Ça va lui coûter cher, menaça Graffiti qui avait trouvé un nouveau bouc émissaire. J'aime pas la couleur de sa peau ! Les gars, on va lui donner une leçon dont il se relèvera pas !

– On va lui arranger le portrait, renchérit Miguel en voyant ses compagnons s'enflammer. Ah, il va avaler ses dents, et vite fait !

Alan intervint :

– Si vous voulez des ennuis avec la police, si vous voulez aller en prison, vous savez ce qui vous reste à faire !

– Toi, ferme-la, on t'a rien demandé. T'es pas notre conseiller de guerre, on t'a pas consulté !

Dollar envoya son éternel chewing-gum à la face du pasteur puis, ostensiblement, il commença à se diriger vers le jeune Noir. Ses compagnons voulurent l'imiter, mais Alan les en empêcha.

– N'y allez pas ! Ça va très mal se terminer, les flics vont vous arrêter !

– On écoute pas, rugit Killer. On liquide la canaille, le territoire est à nous, pas aux nègres et aux prêcheurs !

Alors, Alan se mit en travers de la route des Fils de Satan ; puis, avec force, il saisit Killer par le bras :

– Ce garçon ne vous a rien fait ! Je vous ordonne de le laisser, sinon...

Il n'eut pas le temps d'achever sa phrase. Du toit, un cri retentit :

– Les Dragons ! Planquez-vous !

C'était la sentinelle du jour, Gangster Brown, qui s'époumonait.

A ce moment précis, une vieille Mustang surgit en trombe, vitres baissées et remplies de garçons à la peau noire armés de fusils à canons sciés braqués vers l'extérieur.

On entendit une rafale de plombs, puis des hurlements.

– Les bandits, les salauds, ils ont descendu des potes !

La Mustang disparut aussi vite qu'elle était arrivée.

Graffiti se releva le premier, en écumant de rage. A ses côtés, il y avait deux corps étendus par terre. Samson, un garçon à la tignasse abondante, gisait au milieu d'une mare de sang. Il avait cessé de vivre.

– Dillinger ! hurla Graffiti en se précipitant vers l'autre corps.

L'adolescent respirait avec peine. Sa main était crispée sur le fétiche dont il ne se séparait jamais.

– Je veux pas crever ! Je veux pas ! Les potes, vous me venge...

Le malheureux n'eut pas la force d'achever sa phrase.

– On te vengera, je le jure ! hurla Killer en regardant le corps criblé de balles. On te vengera jusqu'au dernier, s'il le faut !

Et il tendit un poing menaçant en direction du territoire des Dragons.

– On les exterminera tous ! renchérit Miguel. Il en restera pas un !

– Ouais ! répondirent en chœur les Fils de Satan, Graffiti en tête.

Soudain, on entendit, au loin, les sirènes de la police.

Alors, les Fils de Satan poussèrent leur cri de guerre, et ils s'éparpillèrent dans toutes les directions.

Seul restait Alan, penché sur le corps encore palpitant de Dillinger...

CHAPITRE 16

La fureur des Fils de Satan était à son comble. Cette fois, les Dragons avaient dépassé les limites. Il fallait réagir, et vite.

Graffiti convoqua tous les membres en session extraordinaire, à l'exception des filles, qui n'avaient pas droit à la parole. Vexées, les debs se mirent à bouder, comme chaque fois en pareil cas. Graffiti s'en moquait éperdument ; il savait que les Portoricaines avaient le sang chaud, et une fierté toute latine !

La réunion eut lieu autour de Big Man et de Killer qui devenaient, en temps de guerre, les principaux personnages du gang : Big Man en tant que cerveau des opérations, Killer en tant que coordonnateur sur le terrain.

Les jours de session, il régnait une animation extraordinaire dans le quartier général. Les membres étaient réunis au grand complet, et Big Man convoquait tous les amis du gang. Chacun parlait en même temps et ne s'écoutait pas.

Ce jour-là, l'excitation était telle que le conseiller de guerre se décida à imposer le silence :

– Fermez vos gueules, les mecs. Ça suffit ! Maintenant, c'est moi qui cause. Et je vais vous dire : avec les Dragons, ça peut plus continuer, il faut en finir une fois pour toutes. Comment, où et quand, voilà la question. Ton opinion, Graffiti.

– S'ils nous cherchent, on est prêt. Si un pote tombe, on tue deux Dragons, n'importe où. La rue est à nous, pas aux nègres.

– Et toi, Killer ?

– Moi, je dis que c'est à nous de faire la loi. On est les plus durs, on mérite notre réputation, point. C'est simple : on descend tous nos ennemis !

A son tour, Miguel fut autorisé à donner son avis :

– On leur montre qui on est ! On les refroidit tous, on cause plus, maintenant on liquide...

– Et toi, Tattoo ?

Le garçon auquel venait de s'adresser Big Man était bariolé des pieds à la tête, d'où son nom.

– Il faut pas les rater, ouais ! On les extermine tous !

– Et toi, Sombrero ?

– On leur apprend à vivre en les tuant tous !

– Moi, renchérit Dollar, je dis qu'il faut rayer tous les Dragons de la carte ; on y va maintenant !

– Non, pas tout de suite, imbécile ! ordonna sèchement Carlos, un ami du gang un peu plus âgé que les Fils de Satan. Ça se prépare, une expédition punitive, ça ne s'improvise pas ! Pour le reste, je suis d'accord. Il n'y a plus de place, dans le quartier, pour les Portoricains et les Noirs en même temps. C'est eux, ou c'est nous. Donc, il faut les exterminer jusqu'au dernier !

Pendant deux années, Carlos avait été dans l'Armée, et il se résignait mal à l'inaction.

Big Man appréciait beaucoup le garçon. Ses soi-disant exploits guerriers le captivaient, sa connaissance des armes et des techniques de combat le fascinait, et le conseiller de guerre ne manquait jamais une occasion d'associer aux projets de son gang l'ancien militaire qui s'était reconverti dans le trafic plus juteux de la drogue.

L'histoire de Carlos était rocambolesque. Très jeune, il avait été, par une décision inique de la Justice, séparé de sa mère, privé de son amour, de ses soins, de ses valeurs positives. Son père, Ricardo, avait tout pour être heureux, en famille comme au travail – il devait d'ailleurs sa situation à sa femme, Linda, qui s'était beaucoup investie pour que les qualités de son mari soient reconnues –, mais il se croyait malheureux. Bien que Linda ait eu pour lui un amour authentiquement chrétien, Ricardo rendait sa femme responsable de ses souffrances qui, en réalité, plongeaient leurs racines dans une enfance mal vécue entre une mère effacée et un père-copain qui ne savait ni aimer son fils, ni l'éduquer, ni lui donner confiance.

Un jour, Ricardo rencontra, lors d'un accident de la circulation, une avocate qui se proposa comme témoin et lui tendit sa carte de visite. Il l'utilisa aussitôt pour divorcer, croyant ainsi pouvoir trouver enfin le bonheur, et il obtint la garde de son fils Carlos en faisant passer son épouse pour une dangereuse mystique grâce à l'appui d'une femme méchante et jalouse, Claudia.

Linda, finalement, avait tout enduré : une vie de couple qu'elle n'avait pas méritée ; la souffrance du divorce ; les affres d'une justice expéditive et sans le moindre discernement ; la privation de l'enfant qu'elle avait tant désiré ; le dépouillement complet, tant affectif que matériel ; toutes sortes d'humiliations consécutives à la situation, perte de considération, moqueries – on la prenait pour une mère indigne, du fait de la décision de la Justice – ; une grave maladie de peau, due à ses souffrances ; l'obligation de dépendre des Aides publiques sociales et médicales, puisqu'elle avait sacrifié sa carrière à sa famille ; enfin, l'impossibilité pour elle de mener une vie normale. Mais, en femme de foi, Linda avait compris qu'elle n'avait rien à attendre de la Justice des hommes, et tout de la Justice de Dieu qui, pour elle, triompherait tôt ou tard ; elle savait que Ricardo avait besoin d'une authentique guérison intérieure comme seul Dieu peut la donner à ceux qui Lui font réellement confiance.

Bref, on en était là. Ricardo avait obtenu tout ce qu'il désirait, et pourtant il n'était pas plus heureux, puisqu'il multipliait à l'infini les activités et les copains qui, en réalité, masquaient le vide de son cœur et de son existence ; Linda avait tout perdu sauf l'essentiel, c'est-à-dire la foi en un Dieu puissant, capable de retourner les situations les plus inextricables. Au milieu des pires tempêtes, elle avait tenu bon en expérimentant la fidélité de Dieu et ses bénédictions au quotidien ; et elle gardait au fond d'elle-même l'espérance vivante qui ne trompe pas. Enfin, Carlos : il avait grandi seul, et il recherchait auprès des Fils de Satan la considération et l'affection dont il avait tant besoin.

Carlos, donc, était devenu le conseiller préféré des Fils de Satan ; il ne manquait jamais une occasion de donner son avis.

Pour l'heure, il s'agissait de savoir comment on pouvait se venger des Dragons.

Tout le monde, apparemment, était d'accord. On devait agir une fois pour toutes, vite, sans préambules inutiles.

Carlos avait donné son aval, on pouvait passer à l'action.

– Bon, conclut Big Man, les nègres vont payer. Maintenant, il faut décider quand, où, comment, et avec quelles armes.

Miguel demanda la parole, Big Man la lui donna.

– J'ai une idée, les mecs. Avant de buter les Dragons, on leur fait un sale coup. On prend une de leurs filles, et gang bang [1] ! Ouais, une danse d'enfer !

Carlos et les Fils de Satan trouvèrent la proposition excellente.

Big Man se gratta la tête en signe de satisfaction, puis il prit la parole :

– Okay, les gars, c'est une chouette idée ! On rigole avant d'expédier les cannibales en enfer. Bon, j'organise le coup, hein, brothers ?

– Ouais, répondirent en chœur les Fils de Satan, l'œil et les membres allumés.

– Et Goliath fait le coup, renchérit Carlos. C'est son idée, alors il l'exécute !

– Ouais ! répondit Miguel avec enthousiasme, ravi de cette promotion inattendue.

Et les Fils de Satan se séparèrent en poussant une nouvelle fois leur cri de guerre.

[1] " Gang bang " est le terme utilisé par les gangs de rues pour désigner un viol en réunion.

CHAPITRE 17

Miguel n'avait pas vu sa famille depuis plusieurs semaines. Que devenait sa mère, seule à présent ? Le garçon se sentait un peu coupable, lui, l'aîné, l'homme de la famille, de se désintéresser du sort d'Angela au moment où elle avait tant besoin d'une présence masculine, forte, réconfortante, sécurisante.

Dans le fond, Miguel appréciait sa mère, il la respectait, même s'il ne voulait pas l'avouer.

Bref, il décida de lui rendre visite.

Juste au moment où il apercevait, de loin, l'imposante silhouette de l'immeuble des Evergreen, il se retrouva face à Alan Evans. Le pasteur, ce jour-là, était accompagné d'un autre homme, une sorte de Rambo à la carrure impressionnante.

Miguel, en connaisseur, avait évalué la silhouette nouvelle, qu'il aurait bien recrutée pour son gang. En plus, l'homme avait une belle moustache qui rappelait celle de Pancho Villa, ou tout au moins celle de Sombrero. Bref, il était mieux disposé que d'habitude envers le pasteur géorgien.

– Salut, Miguel, dit Alan. Content de te voir ! Comment vas-tu ?

– Te mêle pas de mes affaires. D'abord, moi j'ai pas envie de te voir ; j'en ai assez de voir ta carcasse se promener sur notre territoire !

– Écoute, Miguel, je te présente quelqu'un qui te plaira. Quelqu'un de ton milieu ! Sauf que René est Français, et que maintenant il est missionnaire. Il est de passage à New York, et je le raccompagne à l'aéroport. Tu sais, avant d'être missionnaire, René était comme toi, dans des bandes, il foutait sa vie en l'air, il buvait, il se droguait, il se battait et même il séjournait en prison. Pas mal, hein, pour un seul homme ?

– Pas mal, dit machinalement Miguel en observant attentivement le Français.

Puis, brusquement :

– Il est plus à sa place dans notre quartier que toi, voilà !

René saisit la balle au vol :

– Eh bien oui, tu as raison, j'en ai vécu, des choses ! J'ai volé, j'ai bu, j'ai fumé, je me suis battu, j'ai vécu dans le péché, la convoitise, la haine, le ressentiment... Pas mal, hein ! Seulement voilà, ce qui compte, ce n'est pas le point de départ, c'est le point d'arrivée. J'ai confié ma vie à Dieu, et Il l'a retournée complètement ! Oui, Miguel, je L'ai vu agir dans tous les domaine, c'est vrai, je ne raconte pas des bobards !

René regarda Miguel avec intensité ; Le Fils de Satan en fut troublé.

– Tu sais, reprit-il, à seize ans j'en ai eu marre, j'ai fait ma valise et je suis parti. Et là, les mauvaises fréquentations ont commencé. J'ai mené une vie de débauche, une vie de péché, une vie qui me conduisait tout droit en enfer.

A ces mots, Miguel frémit ; décidément, il détestait qu'on parle de l'enfer !

– Ce qui m'intéressait, vois-tu, poursuivit René, c'était de brûler la vie par tous les bouts, de bien rigoler avec les copains, de bien boire, de bien me divertir. Seulement voilà, dans mon cœur, je me demandais toujours à quoi ça servait, je me disais : Pourquoi est-ce que je suis sur terre ? Qui suis-je réellement ? Quelle est mon identité véritable ? En réalité, ma vie n'avait pas de sens, je la remplissais seulement comme je pouvais, avec mes pauvres moyens, et bien sûr j'étais toujours aussi insatisfait. Et sais-tu ce qui est arrivé ?

Miguel prit un air indifférent pour répondre :

– M'en fous.

René fit comme s'il n'avait pas entendu :

– Eh bien moi, je vais te dire ; on m'a invité à un repas des Hommes d'Affaires du Plein Evangile. Ces hommes-là ont fait de l'Evangile, du plein évangile, la grande affaire de leur vie. Ils sont de tous les milieux, de toutes origines, mais laïcs, catholiques et protestants. Au cours de leurs réunion, ils racontent comment leur vie a été changée quand ils l'ont confiée à Jésus-Christ...

Miguel l'interrompit avec arrogance :

– Je vois le genre : des salauds qui deviennent brusquement des petits saints. C'est ça, hein ?

– Ah, tu veux des exemples ? En voici. Un ancien proxénète est aujourd'hui prof dans un lycée ; un type qui se shootait est aujourd'hui éducateur de rues ; un membre de gang dirige un centre d'accueil à Chicago...

En fait, je pourrais te donner plein d'exemples ! Moi, les Hommes d'Affaires du Plein Évangile m'ont dit : Jésus t'aime, Il peut transformer ta vie. Je L'ai cru, et Il l'a fait ! Il m'a délivré de l'alcool, du tabac, de la drogue, des crises d'épilepsie, de la violence, du péché.

Le ton se fit soudain plus confidentiel :

– Tu sais, Miguel, il fallait vraiment un Dieu vivant, un Dieu puissant, pour me libérer instantanément de tout ce qui détruisait ma vie, de tout ce qui la tirait vers le bas. Parce que tu sais, j'étais franchement mauvais !

Miguel était plongé dans ses pensées. Le missionnaire reprit :

– J'ai vécu des expériences formidables, avec Jésus ! Et ces expériences-là, crois-moi, ce n'est pas comme la drogue, elle font du bien ! Tu sais, Miguel, Jésus se révèle à toi, tu sens Sa présence, tu sens Son amour, et ça te remplit de joie ; ça, ce n'est pas de la frime, c'est du vrai, du beau, du solide ! Mais il n'y a pas que les expériences ; Jésus m'a tout réappris, comme si j'étais une personne nouvelle, Il a refait toute mon éducation ! Il m'a appris à aimer, et d'ailleurs Il m'a donné une femme formidable, elle s'appelle Christine ; juste la femme qu'il me fallait, j'étais comblé ! Et ce n'est pas tout : maintenant, je ne me pose plus de questions sur la vie, je sais qui je suis, d'où je viens et où je vais, finies les angoisses !

Désormais, c'est la joie qui habite mon cœur, et cette joie-là ne dépend pas des circonstances, elle est enracinée en moi, elle est bien installée ! Et en plus, j'ai la grande joie de servir Dieu, moi l'ancien mauvais garçon ! Et maintenant, Miguel, n'oublie jamais : Jésus peut aussi changer ta vie, de fond en comble, pour ton bonheur et celui des autres. Quel enjeu !

René tendit sa main au garçon :

– Je dois te quitter, Miguel, sinon je vais rater mon avion. Excuse-moi, et que Dieu te bénisse !

Miguel refusa la poignée de main. Même si le témoignage du missionnaire l'avait intéressé, il ne voulait surtout pas le montrer ; finalement, il était vexé de l'avoir écouté jusqu'au bout. Alors, faute de mieux, il reporta son dépit sur Alan Evans :

– Tu veux savoir ce que je pense, sale sorcier ? Eh bien, tu m'énerves, j'ai envie de t'éclater la cervelle ; je suis un guerrier, et ton mec sur la croix, ça me dit rien ! Tu piges ? Alors, dégage, et vite...

– Ça va, Miguel, on s'en va, on est pressés. Mais on se retrouvera ! En attendant, pense à ce que René t'a dit !

– Je penserai qu'à ça, compte sur moi, persifla le jeune Sanchez. Et tu peux compter tes abattis si je te vois encore sur ma route !

Puis il tourna les talons et se dirigea vers l'ensemble des Evergreen.

Quand il arriva devant son immeuble, il aperçut sa petite sœur qui jouait dans la décharge publique jouxtant sa résidence ; elle était fréquentée par les enfants du quartier à l'affût d'hypothétiques trésors. C'était une gigantesque poubelle, sauvage, sans cesse fouillée par les chiens faméliques, les chats errants et les rats qui pullulaient dans les parages, un vrai paysage de cauchemar. Juste à côté, d'ailleurs, deux immeubles éventrés, à moitié calcinés, semblaient s'épauler mutuellement, comme s'ils voulaient éviter de rendre l'âme.

Eugenia se riait des détritus, escaladant, sautant, glissant, enjambant tout ce qui jonchait le sol ; à ses côtés, il y avait un chien galeux, squelettique, à la recherche lui aussi d'un peu de tendresse. A force de traîner ensemble parmi les restes de la misère, ils s'étaient pris d'amitié l'un pour l'autre ; compagnons d'un même dénuement, ils partageaient les chagrins et les joies de l'existence, et cela leur donnait chaud au cœur. C'était comme si une petite lumière s'était allumée pour eux au milieu d'un monde tourmenté, sans âme, apocalyptique.

Miguel donna une tape affectueuse sur l'épaule d'Eugenia ; elle regarda son grand frère avec des yeux ravis et admiratifs. Le Fils de Satan n'avait pas appris à s'émouvoir, mais tout de même il était touché par ce vivant petit bout de tendresse.

– Je vais voir maman, je reviens ! lui dit-il.

– Hé, frangin !

C'était Vicente. Il salua Miguel, et les deux garçons prirent ensemble l'ascenseur qui, pour une fois, fonctionnait.

– Je suis furieux, avoua l'adolescent. Les Lords, dans mon école, nous embêtent. Ces sales Noirs cassent tout, ils piquent notre déjeuner, ils prennent notre pognon. Hier, ils ont esquinté un de mes potes. Tu peux pas leur donner une leçon ?

– Non, répondit sans hésiter Miguel. C'est ton affaire, pas la mienne, tu dois apprendre à te défendre seul. Compte pas sur moi, je vais pas risquer ma peau pour toi. En plus, les Lords sont les potes des Dragons ; on va tout de même pas se mettre à dos les deux gangs en même temps, hein ?

Vicente semblait décontenancé par l'attitude de son frère.

– Mais tu es mon frangin !

– Ouais, et alors ? Je te répète qu'ici, c'est chacun pour soi, c'est ce qu'on m'a appris. T'es plus un môme, et d'ailleurs je suis pas ton père, ni ton gardien.

Alors, tout ce que je peux faire pour toi, c'est te mettre au parfum.

– Ah ? dit Vicente, soudain intéressé.

– Tu regarderas sous mon matelas. Il y a des lames de rasoir, un stylet, un couteau à cran d'arrêt. C'est ce qu'il te faut !

– Ouais, répondit Vicente, mais je sais pas m'en servir. Tu me montreras ?

– Bien sûr, ça oui, avec plaisir !

– Alors, je suis équipé. Merci, frangin.

– Je t'apprendrai à rosser les Lords, je peux pas les blairer. Mais je veux pas avoir affaire à eux directement.

Les deux garçons rentrèrent chez eux. A peine arrivés, le Fils de Satan remarqua que sa mère était très démoralisée, très fatiguée.

– C'est toi, Miguel ? Enfin ! Je me faisais tant de soucis ! Pourquoi tu ne me donnes pas de tes nouvelles ? Comment vas-tu ?

– Ça va, ça va, t'inquiète pas, je me débrouille avec les potes. Et toi ?

– Qu'est-ce que tu veux que je te dise ? Maintenant, on a l'aide du Welfare, mais ça ne suffit pas. Je cherche des petits travaux de couture, je n'en trouve pas. Ah, il est loin, le temps de Puerto-Rico ! Je donnerais cher pour y retourner, seulement voilà je n'ai pas l'argent pour payer l'avion. On n'aurait jamais dû venir ici, j'avais prévenu ton père, il ne m'a pas écoutée, il n'en faisait qu'à sa tête. Tu sais, le jour où on écoutera un peu plus les femmes, les choses iront mieux, elles ont du flair, elles !

Angela ne put s'empêcher de retenir une larme ; la nostalgie était trop forte !

– Dans l'île, poursuivit-elle, il faisait chaud toute l'année. On n'avait pas d'argent, peut-être, mais on trouvait tout sur place : Les bananes, la morue, les haricots, le lait, le riz, le miel... On n'avait qu'à se servir ! Aïe, Dios mío ! Je crois qu'on ne reverra jamais notre belle île, notre île verte ! S'ils savaient ce qui les attend ici, les gens ne partiraient pas !

– Parle-nous encore de Porto-Rico, maman, demanda Vicente.

C'était pour lui une façon de s'évader...

– D'abord, mon petit, répondit Angela, chez nous on ne dit pas Porto-Rico, mais Puerto-Rico. Quand j'étais gamine, je me levais de bonne heure – papa était fermier – j'allais chercher l'eau à la rivière et le bois dans la forêt.

C'était beau, c'était calme, le ciel était bleu, l'herbe était verte, et les oiseaux chantaient... tandis qu'ici...

Sa voix s'embua.

– Tandis qu'ici, reprit-elle, Aïe, Dios mío ! Il n'y a rien, plus rien d'humain !

Angela se leva et elle regarda par la fenêtre : le béton avait tout détruit, et le béton lui-même se lézardait.

– On était pauvres, ajouta-t-elle, mais on était heureux. Il n'y avait pas de gens qui nous montraient du doigt parce qu'on était pauvres ! Là-bas, on se connaissait, on se comprenait, on se serrait les coudes, on partageait tout, les joies et les peines. Ici, c'est chacun pour soi, c'est la lutte, c'est la misère, c'est le désespoir, c'est le crime, c'est la mort partout. A Puerto-Rico, on respectait les pauvres, on ne les écrasait pas !

Angela s'essuya les yeux avec son tablier. Et, entre deux sanglots, elle reprit son monologue :

– C'est froid, ici ! Pas parce qu'on nous coupe le chauffage quand on ne peut pas payer, mais parce qu'on a froid dans le cœur ! Les riches sont de plus en plus riches, de plus en plus égoïstes, et les pauvres de plus en plus pauvres, de plus en plus malheureux. Et il y a de plus en plus de pauvres... Et nous, Portoricains, on est complètement coincés ; on ne parle pas la langue, on a la peau sombre, il n'y a que le Welfare, et encore... Il faut mendier, mendier, ce n'est pas une vie... On a aussi notre dignité, nous les pauvres ! Pourquoi on nous considère toujours comme des bêtes ? On est des êtres humains !

Miguel interrompit sa mère :

– J'ai un copain, Chino, qui est en taule. Il a dit qu'il n'y a que les Noirs et les Portoricains en taule. Les Blancs, les riches, quand ils volent, quand ils tuent, ils ont un bon avocat, ils paient pour sortir, et c'est terminé. Et nous, quand on refroidit un mec, on tire dix ou vingt ans, et souvent beaucoup plus, c'est pas juste.

Le garçon était révolté.

– La Justice est pourrie, elle est avec le fric ! C'est pas la Justice, ça ! Sex Machine...

– Hein ? Sex Machine ? C'est quoi ? interrogea Angela.

– Sex Machine, c'est un pote. Eh bien, quand il est sorti du trou, l'autre jour, il a raconté plein de trucs. En taule, il était avec un mec qui fait de la politique, un Black Panthers communiste. Il a dit qu'avec les communistes, y'a pas de pauvres. Tout le monde a un travail, tout le monde a un logement, tout le monde a de quoi manger. Il paraît que l'État subventionne, là-bas, les produits dont on a le plus besoin, et puis tout est gratuit : les crèches, l'école, l'université, l'hôpital, tout.

Miguel marqua une pause, comme s'il voulait réfléchir.

– Et tout le monde peut aller en vacances, ça aussi, c'est gratuit ! Alors qu'ici, il faut payer pour tout, même pour se soigner, c'est dégoûtant, et tout est cher !

Le jeune Sanchez fit la moue.

– Et d'abord, ici, on a même pas de travail, on vit dans des taudis, on doit mendier ! C'est pas une vie, ça ! Alors quoi, c'est de la merde, j'en ai marre, maintenant je veux devenir communiste. Comme ça on pourra vivre mieux, maman, on sera pas comme des bêtes !

En fait, Angela n'écoutait pas vraiment son fils ; elle avait la tête pleine de Puerto-Rico, d'images riantes... Pourtant, elle prit la parole :

– Moi, je ne connais pas les communistes, je ne peux pas en parler. Je sais seulement qu'ici, on est aussi pauvre que dans l'île, mais on doit tout acheter, et c'est vrai, tout est plus cher, et puis personne ne se serre les coudes, ça c'est terrible...

Elle essuya une nouvelle larme.

– A Puerto-Rico, poursuivit-elle, on ne nous humiliait pas, on n'était pas violent, on n'était pas agressif, on n'avait pas peur de sortir dans la rue, on n'était pas tout le temps à s'abrutir devant la télé. Qu'est-ce qu'on peut faire d'autre, ici ? Il n'y a rien, et c'est dangereux de sortir ; on peut se prendre une balle dans la tête. Ah, on savait vivre, à Puerto-Rico !

– Ici, renchérit Miguel, t'as pas le choix. Ou tu tues, ou tu es tué. C'est comme ça !

– Aïe, Dios mío ! soupira Angela. Et demain, mon fils, de quoi sera fait demain ? Comment va-t-on s'en sortir ?

L'angoisse se lisait dans ses yeux.

– J'ai peur pour vous, mes enfants, très peur... Si on se serrait les coudes, au moins, comme à Puerto-Rico ? Mais non, dans le quartier tout le monde s'enferme, tout le monde tremble, tout le monde se protège... Ce n'est pas une vie, ça !

L'émotion était trop forte ; maintenant, Angela pleurait comme une petite fille.

– Il y a pourtant autre chose, dans la vie, mais quoi ? dit-elle. Quand même, on n'est pas sur terre seulement pour en baver ! Ici, je n'arrive même plus à prier. Le Bronx détruit tout, même la foi. Je n'ai plus la foi, je n'ai plus rien à quoi me raccrocher !

L'espérance, c'était un mot que la pauvre femme ne connaissait plus.

Miguel, lui, commençait à trouver le temps long ; la discussion prenait un tour qui l'agaçait. Et il brûlait de rejoindre ses compagnons, de passer à l'action !

– Me parle pas de Dieu, il existe pas. Et surtout pas pour nous ! Ici, c'est déjà bien quand on est vivant un jour de plus. Il faut pas trop en demander !

– Et si on est malade, hein, qui paie ? se lamenta Angela. Et si l'immeuble brûle comme tant d'autres, où on va aller ? Et puis quand on construit du neuf, c'est trop cher. Ah, il n'y a vraiment rien pour les gens comme nous ! On ne peut même pas se faire entendre, personne ne nous écoute. C'est fichu, fichu...

Quelqu'un venait d'arriver. C'était Anna, moulée dans un tee-shirt et un pantalon provocants.

Miguel écarquilla les yeux. Il ne reconnaissait plus sa sœur ! Comme elle avait changé, d'un seul coup ! C'était presque une femme, maintenant, et quelle femme !

– Tu fais le tapin, maintenant ? se moqua le Fils de Satan. Tu as vu comment tu es fringuée ? Oh la la ...

Anna haussa les épaules et ne prit même pas la peine de répondre.

Miguel était dégoûté. Le Bronx venait d'imprimer sa marque, aussi, sur l'adolescente ! Son corps de frère, tout son être protestait. Mais il n'eut pas le courage d'intervenir. Alors, le garçon prit la fuite. C'était toujours sa manière de réagir quand la réalité devenait trop insupportable...

CHAPITRE 18

Big Man avait élaboré sa stratégie. Relayé par l'escadron de la mort, Miguel devait attirer la sœur du Vice-Président des Dragons dans un guet-apens.

Quatre membres composaient le noyau dur des Fils de Satan : Big Man lui-même, Killer, Sombrero et Zorro, un virtuose de la lame. Cet escadron de la mort ne manquait jamais un combat, jamais une attaque, jamais une provocation.

Miguel était un nouveau venu parmi les Fils de Satan, et il allait tirer parti de cet avantage auprès des Dragons qui ne le connaissaient pas encore. Lorsqu'il arriva dans le sous-sol de l'immeuble locatif où se déroulait leur surprise-partie hebdomadaire, les portes étaient largement ouvertes pour attirer les filles du quartier. Il y avait là, déjà, plusieurs Dragons nantis de leurs copines, un jeune mafioso, quelques filles provocantes, enfin quelques Portoricains du secteur qui entretenaient de bonnes relations avec le gang.

La pièce était éclairée par des bougies à la lumière diffuse. Miguel discerna des silhouettes enlacées, un homme affalé sur une chaise, un couple allongé sur un canapé, une fille assise à califourchon sur les genoux d'un noir bedonnant, enfin plusieurs garçons qui jouaient aux cartes en fumant de la marijuana.

Le jeune Sanchez prit un air détaché, comme s'il était en terre familière, et il commença à inspecter les danseuses les unes après les autres. Une sensualité lourde, troublante, très africaine, se dégageait d'elles. Leur chair débordait de partout, des cuisses, des bras, de la poitrine.

Personne ne prêta attention au nouveau venu, tellement il était à son aise. Personne, d'ailleurs, n'aurait imaginé qu'un Fils de Satan puisse s'introduire dans une fête organisée par les Dragons au cœur de leur territoire ; cela dépassait l'entendement ! Seule une Portoricaine remarqua Miguel et, le trouvant sans doute à son goût, elle le gratifia d'un sourire chargé de promesses.

Un solide gaillard au visage carré et au nez aplati, ressemblant à une belette, fit brusquement son apparition ; il portait aux oreilles d'énormes anneaux. C'était King, le chef des Dragons. Une acclamation l'accueillit. Alors, le Président déboucha une bouteille et, symboliquement, il en répandit quelques gouttes sur le sol, à la mémoire des frères disparus ou incarcérés. Puis la musique reprit de plus belle, et les participants se mirent en ligne pour danser le " fish ", une composition des gangs noirs. Les pieds ne remuaient pas, mais les corps ondulaient au rythme de la musique.

Un Dragon entonna un chant qu'il avait personnellement écrit ; tout le monde fit silence pour l'écouter.

" Hé, que dites-vous ?

Les Dragons arrivent

Ils sont les plus forts, ils sont les maîtres

Ils ont toutes les filles à leurs pieds

Ils sont les plus forts, ils sont les maîtres

De la rue, de la rue

Du quartier, du quartier

De la ville, de la ville. "

Les esprits s'échauffaient peu à peu ; un instant, on frôla même le drame lorsqu'un junkie voulut pénétrer dans la salle ; les Dragons s'y opposèrent farouchement, et cela faillit dégénérer. Bientôt, la salle fut remplie d'odeurs variées, de transpiration, de fumée, de marijuana, seulement masquées par le parfum de l'encens acheté à la botanica du coin et destiné à faire diversion si la police surgissait à l'improviste.

Ça et là, des couples se formaient, se déformaient, se reformaient, au gré des fantaisies. On flirtait un peu partout, on entendait des rires étouffés derrière les portes, bref, on s'amusait. A son tour, Miguel finit par s'enhardir ; il dansa les yeux fermés avec ses différentes partenaires, en les reniflant, en les caressant, en les explorant. Bien sûr, les filles se laissaient faire en gloussant de plaisir.

Mais la Portoricaine qui avait jeté son dévolu sur le jeune Sanchez revint à la charge. Comme la demoiselle en question avait une gorge hardie, une croupe superbe, du bagout à partager et même à revendre, Miguel commença à lui glisser des mots doux à l'oreille qu'elle savoura en minaudant. Il la taquinait, elle se frottait contre lui. Le Fils de Satan avait la langue épaisse de désir.

Ah ! Elle valait bien Maria ! Le fruit, au bout de quelque temps, avait perdu de sa saveur. Celui-ci avait le charme de l'imprévu, de la nouveauté, du risque aussi. Et plus les lèvres charnues, dorées, sensuelles se rapprochaient, plus Miguel s'échauffait. Mais au moment où il commençait à s'intéresser de près à la jeune personne, l'adolescent se souvint qu'il n'était pas venu pour flirter, et que ses amis n'allaient pas tarder à l'attendre. Alors, tout en dansant, il se mit à scruter les visages féminins, maintenant nombreux, de l'assemblée.

Au bout de quelques instants, il reconnut celui qu'il cherchait, semblable à la figure qu'on lui avait montrée sur une photo : plus fin, moins agressif, plus jeune que les autres. Nul doute possible, il s'agissait bien de Judith, la sœur du Vice-Président des Dragons, Scorpion.

Prétextant un besoin urgent, Miguel s'excusa auprès de sa partenaire.

– Tu reviens bientôt, hein ? lui demanda la jeune fille.

– Promis, juré.

Miguel, maintenant, ne savait plus comment se débarrasser de la Portoricaine. S'il voulait mener à bien la mission qu'on lui avait confiée, il fallait désormais faire vite, très vite.

L'adolescent se rapprocha de Judith qui, justement, après une danse, venait de se rasseoir à l'autre bout de la salle. Il lui murmura quelques mots caressants dans le creux de l'oreille, elle se rengorgea sous les compliments et, comme il était très joli garçon, elle accepta de le suivre.

– On étouffe, ici, dit Miguel. On fait connaissance dehors, on dansera après. Okay ?

Judith approuva.

D'après ses rondeurs naissantes, la jeune fille semblait âgée d'une douzaine d'années. Elle avait un joli cou, planté sur des épaules bien tracées, et une taille très fine qui contrastait avec la lourde silhouette des autres danseuses.

Miguel pressa le pas. Il savait que l'escadron de la mort les attendait dans une voiture volée, à l'angle d'une ruelle adjacente.

Soudain, l'adolescent croisa un Dragon passablement éméché qui, visiblement, cherchait à en découdre.

– Hé, toi, qui es-tu ? Je te connais pas. D'où tu viens ?

Miguel n'avait pas du tout prévu ça ; aussi perdit-il son sang-froid.

– Ça te regarde pas, singe poilu.

– Si, justement, c'est mon affaire ! Qu'est-ce que tu fiches avec la frangine à Scorpion ?

– Maintenant, c'est ma copine !

– Tu parles ! Judith n'est pas la copine des Portoricains, surtout quand ils sont pas du quartier. Si Scorpion apprend que tu touches à sa frangine, il te coupe en rondelles.

– Imbécile ! Scorpion a des Portoricains parmi ses amis. Tu me crois pas ? Allez, va voir toi-même. Et fous-moi la paix ! Il faut pas me chercher, radis noir, ou ça va chauffer.

Le naturel revenait au galop.

– Ferme-la, espèce de gonflé, répondit le Dragon. T'as pas intérêt à promener ta tronche dans le coin, elle me plaît pas. Ou alors, tu mourras pas dans ton plumard. D'abord, ceux qui sont pas mes amis sont mes ennemis. Je vais te donner une danse dont tu te souviendras !

En titubant, le Dragon chercha son couteau à cran d'arrêt.

Miguel fut plus rapide. D'un coup de pied adroit, il envoya la lame sur la chaussée. Alors le noir tenta de retirer sa ceinture de combat cloutée, mais le Fils de Satan l'en empêcha, sous les yeux de Judith effrayée, en lui assénant une violente attaque comme celles que Carlos lui avait si bien enseignées.

Le Dragon oscilla, puis il s'affaissa lourdement sur le pavé. Au moment où Miguel s'apprêtait à lui donner l'estocade, un bras puissant s'interposa.

C'était Killer.

– Arrête ! Tous les Dragons vont nous tomber dessus !

Avant que le Noir n'ait eu le temps de retrouver ses esprits, Killer avaitentraîné Miguel et Judith dans une voiture qui démarra en trombe.

La pauvre fille hurlait, on lui bâillonna la bouche.

Le trajet n'était pas long. Le conducteur, Zorro, faisait de son mieux, mais comme il n'avait pas l'habitude de conduire, il se hâtait avec lenteur en essayant surtout d'éviter les voitures et de ne pas attirer l'attention de la police.

Enfin, l'immeuble qui servait de quartier général aux Fils de Satan apparut au bout de l'interminable avenue qui scindait en deux le quartier.

Zorro déposa ses compagnons, puis il fit encore quelques centaines de mètres avant d'abandonner la voiture volée dans une rue déserte.

En voyant ses amis arriver avec Judith, Graffiti cria :

– Gang bang ! Hourra ! Gang bang !

La jeune fille venait de réaliser la gravité de son infortune. Au cœur du repaire des Fils de Satan, au milieu d'une horde carnivore, elle ne se faisait plus d'illusions, ne sachant même pas si elle en sortirait vivante.

– On s'occupe de la sauterelle, gronda le Président. Allez, tu coopères ! Les pattes en l'air, et que ça saute !

Lorsque Graffiti entreprit de la déshabiller, Judith voulut se débattre, mais le chef la projeta rudement à terre. Alors, la jeune Noire se mit à crier, à griffer, à mordre ; plusieurs mains la clouèrent au sol, tandis que d'autres commençaient à lui arracher les vêtements. C'était comme si mille mains l'avaient assaillie. Maintenant, Judith était une proie docile pour la horde sauvage, impuissante sinon résignée. Quand Graffiti plongea ses dents dans sa poitrine naissante, elle hurla de douleur.

– Et basta ! gronda le Président. Décidément, j'aime pas les peaux noires. Je vous laisse la vipère !

Alors, le petit corps fut balancé d'un Fils de Satan à l'autre.

Judith avait l'impression d'éclater en morceaux ; cela devenait hystérique, comme si les Portoricains reportaient sur la malheureuse toute la haine raciste qu'ils avaient accumulée contre les Dragons. La jeune fille ne se débattait même plus ; elle subissait seulement, elle n'était plus qu'un trou pitoyable. Cela n'en finissait pas ! C'était un horrible défilé de visages grimaçants et de verges gonflées, une sorte de sarabande monstrueuse autour du petit corps blessé, humilié, tremblant, gémissant, haletant, disloqué.

– La garce a payé ! hurla Miguel triomphant, après s'être introduit lui aussi dans la chair frémissante. A mort les Dragons !

Les Fils de Satan firent retentir leur cri de guerre, puis Sombrero et le jeune Sanchez s'emparèrent de la chair meurtrie et la déposèrent dans la décharge la plus proche de l'immeuble.

Judith n'avait pas perdu connaissance ; elle trouva la force de ramper jusqu'au trottoir. Cinq Dragons, qui sillonnaient à sa recherche le quartier à bord d'une voiture volée, ne tardèrent pas à repérer son corps mutilé. Réunis en toute hâte, les membres du gang noir décidèrent à l'unanimité de ne pas ébruiter l'affaire.

Mais Miguel était devenu l'ennemi public N°1, l'homme à abattre en priorité.

CHAPITRE 19

Le lendemain, un vent de panique souffla chez les Fils de Satan. Scorpion en personne était là, devant leur quartier général, en compagnie de Devil, le conseiller de guerre. Afin de montrer leurs intentions pacifiques, les deux Dragons levaient les mains au-dessus de leur tête.

Graffiti tenta de calmer les esprits.

- Cool, les mecs ! Les chiens sont pas armés, ils viennent parlementer ; on peut pas les descendre. Big Man, à toi de jouer !

Suivi de quelques membres, le conseiller de guerre des Fils de Satan alla à la rencontre des Dragons.

Scorpion était aussi long et mince que King était large et touffu ; Devil, lui, aurait pu passer pour un étudiant si son visage ne laissait entrevoir, déjà, des rides amères, un regard haineux et belliqueux.

– Alors, on nous cherche, bande de pédés ? déclara d'emblée Big Man, sûr de sa force.

– Déconne pas, charogne. Cette fois, vous êtes allés trop loin.

– Ouais, qui a commencé ?

– Pas nous, sale porc !

– Tu veux savoir, radis noir ? Les potes réclament du sang.

– Les miens aussi. On veut un baston dans les règles, on est là pour ça, fumiers. Vos conditions ?

– J'en parle d'abord aux frères. Je propose qu'on se voit demain soir pour en discuter. Sur la décharge près du métro, entre les deux territoires, ça vous botte ?

Devil eut une sorte de rictus qui ne présageait rien de bon.

– Okay, on y sera tous. Huit heures ?

– Va pour huit heures. Nous aussi, on y sera tous. On a peur de rien, on est les Fils de Satan. On fera claquer des crânes !

Devil ne répondit pas à la provocation, sans doute pensait-il la même chose au fond de lui ; il se contenta de cracher par terre. Puis il tourna les talons en compagnie de Scorpion qui bouillonnait intérieurement.

A vingt heures précises, le lendemain, tout le monde était au rendez-vous.

Les Dragons arrivaient en rangs serrés, compacts, menaçants. Ils portaient des blousons de cuir, des pantalons kakis, des ceintures cloutées, des bottes de combat avec des talons hauts. Plusieurs avaient de larges anneaux aux oreilles et, autour du cou, un foulard rouge. Tous arboraient les couleurs du gang. King était le plus impressionnant avec sa coiffure afro, ses lunettes noires de tueur, son menton broussailleux, son allure massive.

Les Fils de Satan surgirent en frappant le sol de leurs cannes. A leur tête se trouvait Big Man, vêtu d'un jean étroit, de jambières de cuir et d'un blouson flamboyant aux initiales du gang.

Les deux groupes se formèrent en demi-cercle, face à face, à quelques mètres l'un de l'autre ; l'atmosphère était tendue, électrique. Les deux camps n'échangeaient aucune parole, mais chacun provoquait son vis-à-vis du regard.

Et les yeux étaient chargés de rancœur, d'agressivité, de haine, de détermination – de crainte, aussi, que chaque garçon refoulait au fond de lui-même.

Les deux conseillers de guerre s'avancèrent pour parlementer.

Devil ouvrit les pourparlers en bombant le torse et en se donnant un air important.

– Vous avez gambergé depuis hier ?

– Ouais, on vous déteste.

– On vous le rend bien, pourritures.

Le ton était donné. Chaque conseiller de guerre commençait à lancer à la figure de l'autre les traditionnelles insultes.

– On va vous envoyer à l'hosto, sales nègres.

– Vous allez recevoir une bonne leçon et vous vous en remettrez pas, sales Portoricains.

– Vous n'oserez pas, raclures. Vous avez la trouille...

– Vous savez même pas ce que vous dites !

– Bandes de lâches ! Tas de pédés !

– On est les Dragons, les maîtres de la rue...

– C'est nous, les caïds du quartier, les rois du Bronx...

– Arrêtez votre cinéma !

– Le quartier appartiendra au dernier qui restera debout...

– Ouais ! On ira jusqu'au dernier, s'il faut !

– On vous mettra à quatre pattes, charognes...

– Tu veux mon poing dans la gueule, sale bâtard ?

– On vous liquidera une fois pour toutes...

– Sales Portoricains !

– Sales nègres !

– Bandes de trouillards !

– On a peur de rien !

– Nous aussi...

– On pourra jamais s'entendre !

– Ferme-la, abruti !

– Personne dit aux Fils de Satan de la fermer !

Devil eut un méchant rictus, et une lueur meurtrière traversa son regard lorsqu'il croisa celui de Big Man qui, par sa stature élevée, dominait largement la situation.

– On va s'offrir une de ces danses de mort ! rugit enfin Devil.

– Vous allez vous retrouver en enfer tout de suite ! répondit d'un air méprisant Big Man.

– C'est vous qui avez commencé ! ricana Devil.

– Vous parlez toujours de nous avoir...

– Eh bien, justement, on va s'expliquer !

– Vos conditions ?

Imperceptiblement, on était arrivé au but de la rencontre, et les deux gangs s'étaient rapprochés l'un de l'autre ; deux mètres à peine les séparaient.

Les regards redoublaient de haine et la situation, à tout moment, risquait d'exploser.

– Alors, vos conditions ? renchérit Big Man d'une voix menaçante.

– Demain soir, dix heures, finit par répondre Devil, visiblement embarrassé par l'attitude de plus en plus provocante de son ennemi.

– Parfait, rétorqua le conseiller de guerre des Fils de Satan.

– Où ça ?

– La cour de l'école ?

Devil interrompit sèchement Big Man :

– Laquelle ?

– L'école sur notre territoire...

– Non, sur le nôtre !

– Pas question !

– Alors, en territoire neutre ?

– Le parc ?

– Va pour le parc.

– Quel matériel ?

– Vous avez le choix, répondit Devil, soudain grand seigneur.

– N'importe quoi : Tuyaux, bouteilles cassées, battes de base-ball, couteaux à cran d'arrêt, machettes et même scie à métaux si ça vous chante !

Tout, sauf l'artillerie.

– Tope-là !

Brusquement, Big Man eut un mouvement de recul.

– J'ai pas confiance ; vous avez jamais été réglos !

– Ah non ? répondit Devil en prenant un air outragé. Fils de pute !

– N'approche pas, ou je te bute !

– Montre voir ! hurla le conseiller de guerre des Dragons.

Big Man couvrit Devil de son mépris en le toisant des pieds à la tête et de la tête aux pieds.

– Je cause pas aux inférieurs !

– Dis-moi, sale Portoricain, pourquoi vous avez amoché la gamine ? gronda Devil en serrant les poings.

Le Dragon avait atteint un endroit sensible ; Big Man était obligé de répondre.

– On lui a fait bobo, à la petite ? Et alors, on a plus le droit de jouer un peu ?

– Ces jeux-là mènent en enfer !

– On y va maintenant, si tu veux ? répondit Big Man en défiant son interlocuteur.

Afin de marquer son appui au conseiller de guerre, un Fils de Satan, soudain, retira sa ceinture de combat et la fit tournoyer en l'air.

C'était un geste de trop.

Les yeux à demi-fous, Devil sortit un calibre de sa poche et le braqua sur Big Man qui, le crâne éclaté, tomba dans un torrent de sang. Celui qui se croyait invincible avait été tué sur le coup, en un instant. A seize ans seulement !

Les pourparlers étaient terminés.

Chaque camp se rua sur l'autre, avec une sauvagerie inouïe.

CHAPITRE 20

Un horrible spectacle attendait la police, arrivée sur-le-champ. Big Man baignait dans son sang, Dollar, Devil et un Noir gisaient le corps criblé de balles, Tattoo avait la cervelle éclatée. Deux garçons respiraient encore, un Dragon d'une vingtaine d'années et Brasero, un Fils de Satan apprécié pour son exubérance toute latine.

– Et ce n'est pas fini ! cria un sergent. Regardez, là-bas !

Ce que virent les policiers les remplirent d'effroi. A quelques mètres de la tuerie, en effet, un enfant de six ou sept ans pleurait à côté d'un petit corps immobile, replié sur lui-même.

– Ah, les salauds ! commenta le sergent en se dirigeant vers l'enfant qui sanglotait. Puis, s'adressant au policier à côté de lui :

– Jimmy, occupe-toi de la gamine. J'appelle les secours et j'interroge le garçon.

Le sergent alla droit au but. Il questionna aussitôt l'enfant qui était agenouillé auprès du petit corps ensanglanté.

– Qu'est-ce qui est arrivé, petit ? Raconte...

– Je sais pas, monsieur, répondit le gosse entre deux sanglots et en se mouchant avec les doigts. On jouait, ma sœur et moi, là, dans la décharge, et puis des garçons sont venus, ils se tiraient dessus, on s'est approchés pour regarder, c'était comme à la télé ! Et... et... tout à coup, ma frangine, elle est tombée... Elle bouge plus, monsieur, dites, elle est pas morte, quand même !

Le dénommé Jimmy était penché sur l'enfant. Brusquement, il dit à son collègue :

– C'est fichu ! Il n'y a plus rien à faire, pour elle c'est trop tard !

– Ah, les ordures ! gronda le sergent, hors de lui. Si ça ne tenait qu'à moi, je les bouclerais tous, je les mettrai tous hors d'état de nuire, et vite fait ! Sales gangs !

Le petit garçon, maintenant, pleurait à chaudes larmes.

– Comment t'appelles-tu, petit ? demanda doucement le policier en posant sa main sur l'épaule de l'enfant.

– Andrès.

– Andrès comment ?

– Andrès Sanchez. Et ma frangine, c'est Eugenia.

– Et où tu habites ? s'enquit le sergent.

– Là-bas, le grand immeuble en briques rouges.

– Eh bien, je vais y aller avec toi. Je te ramène à la maison, mon petit gars.

On va s'occuper de ta sœur...

– Dites, monsieur, elle est pas morte, quand même, ma petite sœur ?

– Et si, mon petit, c'est pourtant vrai. C'est à cause des gangs. Dis-moi, tu as d'autres frères et sœurs ?

– Oui, monsieur, heureusement, comme ça je serai pas tout seul, au moins !

Quand le policier sonna chez les Sanchez, une jeune fille lui ouvrit ; c'était Maria.

Dans l'appartement, il n'y avait que Juan, assoupi, Miguel et son amie. Angela était partie à la pharmacie.

– Qu'est-ce que vous me voulez ? demanda aussitôt Maria en regardant le sergent d'un œil soupçonneux.

– Je veux voir Mme Sanchez, répondit-il en forçant le passage.

– Elle est pas là !

Mais l'œil expérimenté du policier avait remarqué Miguel, couché sur un matelas dans la pièce contiguë.

– Et lui, qui est-ce ?

– Goliath. Euh, Miguel. C'est mon copain.

– Miguel ?

– C'est le fils aîné de Mme Sanchez, répondit Maria, visiblement agacée.

Le sergent prit une chaise, fit asseoir Andrès en lui promettant de revenir aussitôt, et se dirigea vers Miguel.

L'adolescent était en piteux état. Il avait l'œil droit tuméfié, le bras ensanglanté et une jambe enflée. Quand il vit le policier, il essaya de se redresser, mais il n'y parvint pas, la douleur était trop forte.

– J'y suis pour rien ! dit aussitôt le garçon, en prenant les devants.

– Je vois, tu en étais, toi aussi ! rétorqua vivement l'officier. Ah, il est dans un bel état ! Mais qu'est-ce que vous avez dans le crâne, hein ? Vous ne vous rendez même pas compte de ce que vous faites ! Si ça continue, je vous boucle tous, coupables ou pas ! D'ailleurs, vous êtes tous coupables !

D'une main, Maria soutenait son époux, de l'autre elle nettoyait, à l'aide d'un linge propre, le bras blessé. Quant à Miguel, il trouva la force de répondre, mais d'une voix plaintive, à peine audible.

– Notre vie, c'est bidon ! Alors, on utilise nos moyens à nous !

Le sergent l'interrompit aussitôt.

– Assez de discours ! Vous savez où ça vous mène, vos atrocités ? Je vais vous le dire : votre petite sœur est morte, oui, morte, vous entendez, par votre faute ! Ah, je vais tous vous boucler, moi !

– Non, non, c'est pas possible ! murmura Miguel.

Alors, il changea de couleur, sa vue se brouilla et, brusquement, tout vacilla autour de lui.

Il perdit connaissance.

Lorsqu'il reprit ses esprits, quelques instants plus tard, Maria était toujours à ses côtés, chaleureuse, attentive.

– Ça va mieux ? demanda-t-elle en caressant doucement son front.

Miguel ouvrit des yeux effarés.

– Le flic est parti, poursuivit la jeune fille, il est parti après avoir parlé avec Andrès. Il reviendra voir ta mère. Il a dit qu'il nous bouclera tous, la prochaine fois. D'ailleurs, la police va tous nous convoquer.

Puis, sans transition :

– Ça va mieux ? Je t'ai soigné comme j'ai pu. Heureusement, Graffiti m'a appris !

L'adolescent regarda d'un œil nébuleux les bandages sommairement confectionnés autour de ses membres meurtris.

– Tu as besoin de quelque chose ? s'enquit gentiment Maria. Tu veux que j'appelle un toubib ?

– Surtout pas ! bégaya Miguel. Les flics et les toubibs, je les déteste, ils sont contre nous, ils comprennent rien, et d'abord tout le monde est contre nous. Alors, fiche-moi la paix avec ton toubib !

– Dis, ils vont te mettre au trou ?

– Imbécile ! On s'est bagarrés, et alors ? S'ils devaient boucler tous ceux qui se battent, tout le monde serait au trou ! Les poulets n'ont aucune preuve, c'est pour ça qu'ils sont furieux !

– Mais... insista Maria.

– Il y a pas de mais ! Les flics savent pas qui a tué. D'ailleurs, dans la mêlée nous aussi on sait pas, ça va trop vite ; les combats, c'est la hantise des poulets, ils peuvent boucler personne !

Miguel marqua une pause pour reprendre son souffle.

– Entre nous, dit-il enfin, je redoute plus les Dragons que les flics ; ils veulent tous ma peau parce que j'ai fait joujou avec la frangine à Scorpion. Si on peut plus rigoler, maintenant !

Maria regarda Miguel avec admiration. Elle était fière de son courage, mais en même temps elle craignait pour sa vie !

– Tu es un héros, dit-elle simplement.

Miguel ne répondit pas ; il ne pouvait s'empêcher de penser à Eugenia.

C'était sa faute ! S'il n'avait pas eu l'idée du gang bang, elle serait encore en vie...

Ses réflexions furent interrompues par un bruit de porte, suivi d'un bruit de pas.

– Ta vieille ! annonça Maria en regardant par la porte entrebaîllée.

Angela, en effet, venait d'arriver. La jeune fille vit tout de suite qu'elle vacillait.

– Aïe, Dios mío !

La malheureuse ne pouvait trouver qu'un mot, toujours le même.

Maria vint à sa rencontre. Angela tourna vers la jeune fille des yeux embués.

– Cette fois, c'est trop, je n'en peux plus. Ce n'est pas une vie ! Je n'ai plus la force de continuer, je suis à bout, trop c'est trop ! Ah, sale vie !

Puis, en voyant Miguel allongé sur son matelas comme un grabataire :

– Ah, mon fils ! Tu crois que tu vas braver la mort longtemps, hein ? Et Vicente, tu sais ce qu'il fait, maintenant ? Il est chez les Iroquois, tu entends ? Et pourquoi ? Pour se protéger des Lords, comme toi tu te protèges des Dragons avec tes Fils de Satan ! Ah, quelle vie, quelle vie, je n'en peux plus !

Angela se moucha dans son tablier. La pauvre femme était à bout d'arguments, à bout de résistance, à bout de misère...

– Aïe, Dios mío ! reprit-elle. J'ai rencontré les flics, en bas...

Puis, à mots à peine audibles :

– Vous avez tué ma petite fille chérie ! Pourquoi, mais pourquoi ? Quand est-ce que vous comprendrez ? Ah, si vous saviez comme c'est affreux pour une mère de perdre son enfant... affreux !

La mère de Miguel marqua une nouvelle pause, entrecoupée de sanglots.

– Mais qu'est-ce qu'ils vous ont fait, ces Noirs, hein ? Vous ne pouvez pas vivre en paix, non ? Tout ça parce qu'ils ont la peau un peu plus noire que nous !

Ah, c'est moche, le racisme, très moche ! Ah, je n'en peux plus, c'est trop !

Miguel baissa la tête. Au fond, il savait que sa mère avait raison, et il n'était pas fier de lui.

– Et Anna, tu veux que je te dise ? reprit la malheureuse. Eh bien, elle fume de la marijuana, maintenant, et il n'y a pas moyen de la raisonner ! Quand on commence avec tout ça, on ne sait pas comment ça se termine. Ah, on aura tout vu ! Je ne sais plus quoi faire, Miguel, je n'en peux plus, tu comprends, je suis lasse de lutter, je n'ai plus la force... Mais qu'est-ce que j'ai fait pour mériter tout ça ! Aïe, Dios mío ! On aurait dû rester à Puerto Rico !

– Eh bien, prie ton Dieu, puisque tu y crois ! commenta Miguel en haussant les épaules.

Dans le fond, il était travaillé par tout ce qu'Alan et le missionnaire français lui avaient dit. Et bien sûr, il ne voulait pas se l'avouer.

Soudain, il prit un air protecteur, une attitude virile :

– Allez, pense à Andrès et à Juan, il y a eux, quand même, ça vaut le coup de lutter pour eux, hein ?

– Ah, parlons-en ! Ils deviendront comme les autres, ils n'échapperont pas au quartier, à ses folies ! C'est foutu, les dés sont pipés, on est du mauvais côté, du côté de ceux qui perdent toujours, de ceux qui ont des malheurs à la chaîne, l'un entraînant l'autre ! Ah, il n'y a rien à faire, c'est foutu !

Le silence se fit lourd, embarrassant.

– Je ne crois plus en rien, ajouta Angela. Le Bronx tue tout, je n'ai plus de foi, je n'ai plus d'espoir, je n'ai plus de force, je n'ai plus de courage, je n'ai plus rien...

Angela n'acheva pas sa phrase ; la douleur était trop forte. Elle se leva, prit un verre et le remplit de vin.

– Tu bois, maintenant ? Toi aussi ? demanda Miguel avec dégoût.

La voix du garçon était méprisante.

– Eh oui, comme ton père. Qu'est-ce que tu veux que je fasse d'autre ? Je bois pour oublier, c'est trop dur, tout ça ! Je sais que vous allez tous crever, les uns après les autres, en fumant, en vous battant, en attrapant une balle perdue, comme ta sœur ! Ah, il n'y a rien à faire, les dés sont pipés. C'est pas une vie, ça.

J'en peux plus, mon fils, j'en peux plus, je voudrais mourir !

Il fallait qu'Angela soit vraiment à bout pour parler comme elle le faisait.

Miguel ne put s'empêcher de regarder sa mère avec peine ; elle commençait à ressembler à son père, maintenant. Alors, il lâcha un juron, et ferma les yeux.

Soudain, il sentit la douce main de Maria glisser sur sa peau. Mais cela n'avait pas d'importance, rien n'avait d'importance, pas même la mort...

Surtout pas la mort !

CHAPITRE 21

Quand Miguel retourna dans son gang, il le trouva en pleine effervescence ; plusieurs événements l'avaient endeuillé. D'abord, deux Dragons s'étaient glissés dans la chambre où Brasero, en réanimation, se remettait lentement de ses blessures ; ils avaient débranché l'alimentation de l'appareil d'assistance respiratoire et le garçon était mort asphyxié. A la suite de cet incident, l'hôpital avait renforcé son service de sécurité et des voitures de police sillonnaient plus fréquemment les alentours.

Afin de venger la mort de Brasero, les Fils de Satan avaient organisé un raid de représailles le jour où Devil devait être conduit à sa dernière demeure.

Les Dragons avaient offert un bel enterrement à leur conseiller de guerre ; les somptueuses couronnes de fleurs contrastaient avec l'humble vie qu'elles étaient censées exalter et Devil, dans son magnifique cercueil recouvert des couleurs du gang, tenait enfin sa revanche – une revanche posthume. On parlait de lui dans le journal, à la page des faits divers. Somme toute, c'était une mort glorieuse pour un enfant du ruisseau.

Les Fils de Satan avaient d'abord songé à envahir la petite salle, réservée aux gens de couleur, où l'on devait exposer le corps de Devil ; puis ils s'étaient mis d'accord pour une opération en plein cimetière. Cachés derrière les monuments funéraires, les garçons avaient patiemment attendu leur heure.

Enfin, des voitures étaient arrivées et plusieurs personnes en étaient descendues.

La mère de Devil, éplorée, ne quittait pas le cercueil où reposait son fils. Au fond d'elle-même, une voix l'interrogeait, lui demandait des comptes, essayait de comprendre. La pauvre femme ne se résignait pas : colère contre elle-même, contre l'absurdité de la vie, contre la misère, contre son mari qui l'avait quittée et l'avait laissée seule s'occuper de ses enfants, contre les jeunes qui traînaient à longueur de journée avec toutes sortes d'armes et finissaient par s'en servir, et même contre la politique du gouvernement favorable à la prolifération des armes personnelles...

Au moment où le cercueil allait être porté en terre, la mère de Devil demanda à voir son fils une dernière fois ; la terreur et la haine se lisaient encore sur son visage. Puis les Dragons défilèrent deux par deux et en grande

133

tenue devant le cercueil ouvert. C'est cet instant solennel que les Fils de Satan choisirent pour accomplir leur vengeance. Avant que les Noirs n'aient eu le temps d'improviser une défense, ils avaient renversé la bière et défiguré Devil.

Les Dragons essayèrent de riposter, mais la soudaineté de l'attaque les avait trop décontenancés pour qu'ils puissent être réellement efficaces. Le raid, finalement, fit plusieurs blessés dans les deux camps et cinq nouveaux morts, quatre dans le gang noir et un parmi les Portoricains.

Et comme si tous ces drames ne suffisaient pas, Miguel apprit que, la veille de son retour, un autre événement tragique avait eu lieu : Gangster Brown avait été défenestré par ses copains !

Depuis peu, en effet, le garçon se piquait à l'héroïne, bien que la règle interdît l'usage des drogues dures, contraires à l'éthique des Fils de Satan.

Il faut dire que Gangster Brown avait été très affecté par l'absence de Chino, incarcéré. Sans son unique copain, il ressentait encore plus son isolement, sa solitude, le vide de sa vie. Surtout, le garçon était de plus en plus mal dans sa peau, il était de plus en plus tourmenté, amer, ne trouvant jamais la moindre réponse à ses questions. Qui était-il vraiment ? Pourquoi vivait-il ? Quel était le sens de son existence ? Il avait beau chercher, tourner et retourner sans cesse, rien ne l'apaisait, rien ni personne ne lui donnait réellement satisfaction, rien ne comblait le vide de son cœur et de sa vie ; c'était terriblement angoissant. Alors, pour fuir la réalité qu'il supportait de moins en moins, il s'était décidé à troquer les bières contre l'héroïne.

Après trois avertissements, il fut défenestré par ses compagnons. En dehors de Chino, personne ne regretta le garçon cruel, égoïste et taciturne. Sa vie avait été pitoyable jusqu'au bout.

Les Fils de Satan avaient attendu avec impatience le rétablissement de Miguel. Ils avaient décidé, à l'unanimité, que le jeune Sanchez remplacerait Big Man dans ses fonctions. L'adolescent accepta avec fierté cette promotion inattendue et très convoitée.

Dès qu'il retrouva son gang, l'ambitieux garçon donna son avis sur la situation, qui était grave.

– Cool, les mecs ! On a assez déconné, on a assez de morts. Maintenant, il faut faire gaffe. Je propose qu'on rencontre les Dragons pour signer la paix ; ça nous permettra de gagner du temps pour former les nouveaux membres. Car la priorité, maintenant, c'est de recruter ! Si on est nombreux, ça impressionnera les radis noirs et ils nous embêteront moins.

La situation est grave, les potes ! Je pense aussi qu'on devrait renforcer nos liens avec les Iroquois, et rendre une visite amicale aux Ching-A-Ling.

Carlos approuva sans réserve l'analyse de Miguel, et donna son accord. Effectivement, le camp des Fils de Satan avait été décimé pendant les dernières semaines, et ce n'était pas le moment de laisser le gang s'affaiblir quand la haine s'enracinait dans les cœurs et que l'on brûlait de se venger. Aussi les propositions de Miguel furent-elles adoptées à l'unanimité moins une voix, celle de Rats, un garçon qui voyait toujours d'un mauvais œil l'arrivée de nouveaux venus dans sa bande.

Et les Fils de Satan se préparèrent à recruter.

Par tous les moyens !

CHAPITRE 22

Les Fils de Satan s'étaient forgé un rythme de vie qui leur convenait, adapté à leur tempérament latin et à leurs occupations ; ils se couchaient à l'aube, et se levaient dans l'après-midi. Étant donné la gravité de la situation, ils avaient décidé de déroger à leurs habitudes pour se poster vers quatorze heures sur le trottoir qui se trouvait en face de l'école de leur quartier.

Il n'y avait qu'un collège sur le territoire des Fils de Satan ; il ressemblait à tous les édifices du Bronx, avec ses briques sombres, ses fenêtres linéaires, ses grilles élevées qui rappelaient celles d'une prison.

Les Portoricains étaient bien décidés à recruter le maximum de membres. Cet objectif ne pouvait être atteint que s'ils réussissaient à impressionner leurs interlocuteurs. Après s'être assurés qu'il n'y avait pas un policier, ils arrivèrent en déployant les couleurs du gang et ... leur arrogance !

Au bout de quelques instants, Niño aperçut un garçon plutôt squelettique qu'il n'avait jamais vu auparavant dans le quartier. Il interrogea aussitôt ses compagnons :

– Eh, les potes, c'est qui ce mec-là ? Vous le connaissez ?

Killer s'empressa de répondre :

– Ouais, je le connais, et alors ? C'est un gringalet, le zèbre, il a rien à faire dans notre club. On va pas recruter les galeux, maintenant ! On a notre réputation.

Puis, brusquement :

– Tiens, vise donc plutôt celui-là, lui au moins il a des biceps ! C'est ça qu'il nous faut, pas des minables !

Niño était vexé.

– J'ai pas dit que je voulais le recruter, j'ai demandé qui c'était, point. Bon, ça va, on s'occupe de ton mec...

– Pas tous, ordonna Graffiti sur un ton qui n'admettait pas de réplique. J'y vais, et toi aussi, Niño, et puis Killer, Sex Machine et Goliath. Terminé !

– Hein ? Et nous ? demandèrent plusieurs garçons d'un air inquiet.

– Vous recrutez de votre côté, plus loin, avec Sombrero, derrière l'école ; on n'a pas besoin d'être cent. Okay, brothers ?

– Ouais, patron, on s'exécute.

– Tope-là ! Bonne chance, les potes !

Les kids se séparèrent sur le champ. Graffiti, Killer, Sex Machine, Miguel et Niño se chargèrent d'intercepter le Portoricain musclé.

Lorsque l'adolescent vit les cinq garçons lui barrer la route, il recula, effrayé.

– Qu'est-ce que vous me voulez ?

Le Vice-Président prit un air cordial :

– Je m'appelle Killer. Salut, mec! On est les Fils de Satan, les célèbres Fils de Satan.

– J'en ai rien à branler ! répondit avec aplomb le garçon.

Killer ne tolérait pas qu'on porte atteinte à l'honneur de son gang ; mais il s'intéressait trop aux muscles du Portoricain pour relever l'insulte. Aussi répondit-il d'une voix à la fois bienveillante et ferme :

– D'où tu sors, mon vieux ? C'est la première fois qu'on voit ta tronche dans le coin...

L'attitude amicale de Killer rassura le garçon ; toute sa personne se détendit.

– Ça fait un mois que j'habite le quartier, les mecs !

Sex Machine se rapprocha de l'adolescent aux biceps triomphants :

– Hum ! Je vois... tu débarques de l'île, toi aussi ! Dis-moi, tu as une jolie frangine, au moins ?

Plus que jamais, Sex Machine était obsédé par les filles ; la prison l'avait trop longtemps privé de nouvelles conquêtes ! Mais Graffiti, qui connaissait le gaillard, l'interrompit sèchement :

– On verra cette question une autre fois ! On est pas là pour ça. Bon, dis, mec, tu fais partie d'un gang ?

– Non, répondit-il en serrant les poings. Et c'est pas mon intention ! Alors, il faut pas me chercher...

Des yeux, le garçon appelait frénétiquement les élèves de sa classe, un professeur, une aide quelconque, mais il n'y avait rien, personne en vue. Et pas un policier, comme par hasard !

– Tu te crois toujours à Puerto-Rico, hein ? gronda Miguel. Tu as tort, baby, on est plus dans l'île, ici, il faut t'y faire ; allez, on va t'apprendre à vivre dans le quartier, tu pourras nous dire merci !

Sans se concerter, les cinq kids formèrent un cercle menaçant autour de l'élève.

– Écoute, mec, reprit Graffiti, c'est simple, si tu es pas avec nous, tu es contre nous ; et ça, ça se paie. Tu piges ?

Le Portoricain réfléchit un instant. Il ne voyait que trois solutions : fuir à ses risques et périls, collaborer, ou... impressionner ses interlocuteurs. Il choisit la troisième alternative.

– Cassez-vous, les gars, dit-il avec audace, ou vous allez regretter d'être nés. Ah, vous ne savez pas à qui vous parlez ! Je suis ceinture noire de karaté, moi...

– Ça tombe bien, moi aussi, persifla Killer.

– Et moi, je suis pape, se vanta Miguel, qui aimait bien se payer la tête des gens.

Dans le Bronx, rares sont ceux qui pratiquent les sports de combats. Il faut de l'argent... ou des relations ! Comme Sombrero qui, par chance, avait dans sa famille un professeur de judo qui l'avait initié très tôt aux arts martiaux. Cela lui conférait du prestige tant parmi les Fils de Satan que parmi les habitants du quartier.

– Trêve de plaisanterie, rugit Graffiti en regardant l'élève droit dans les yeux. Tu sais à qui tu parles, imbécile ? Au Président du gang le plus redouté du Bronx ! Ça t'en bouche un coin, hein ?

– Pas du tout, se risqua à dire le garçon en essayant de refouler sa peur.

Killer crut bon d'intervenir :

– Écoute, mon pote, on a été bien patient. Tu vas avoir des emmerdes si t'as pas derrière toi des frères pour t'épauler en cas de coup dur...

– Il est tout seul, pauvre petit, il a personne pour le défendre, renchérit férocement Miguel en retroussant ostensiblement les manches de son blouson pour que le garçon puisse admirer sa musculature.

– Il est orphelin, gloussa à son tour Niño, et il croit qu'il va faire de vieux os dans le quartier sans personne pour le soutenir !

– Si vous la bouclez pas, ce sera votre fête ! poursuivit l'adolescent en masquant la peur qui, maintenant, gagnait peu à peu toute sa personne.

– Tu crois ? ricana sauvagement Graffiti. Je vais te dompter la langue, moi !

Killer interrompit le chef des Fils de Satan :

– Tu as de l'estomac, mec, et on aime ça, dans le gang. On a besoin de types comme toi ! Alors, tu es avec nous, ou contre nous ?

Pour appuyer ses propos, Killer pressa le bouton de son couteau à cran d'arrêt. Le déclic fit sursauter l'élève qui, affolé, regarda de nouveau autour de lui ; mais il n'y avait toujours personne à l'horizon, et les Fils de Satan le savaient.

La bouche béante et la main tremblante, il observa ses agresseurs ; ils paraissaient déterminés à aller jusqu'au bout.

L'instant était décisif. Aussi Killer prit-il la parole :

– Tu entends, mec, on est équipés ! Même l'artillerie ! Alors, tu as gambergé ? On te fait la peau ? Ou tu coopères ? Tu as tout intérêt à coopérer, parce qu'alors on sera avec toi, pas contre toi !

L'élève savait que la partie était jouée d'avance. Il fallait s'incliner, ou se préparer au pire. Et il n'était pas prêt pour le pire !

– Okay, boys, je vous accompagne...

En fait, l'élève avait entendu parler des Fils de Satan. Et il craignait des représailles pour sa famille s'il n'obtempérait pas.

– Ah, il devient raisonnable ! commenta Killer, enchanté de sa victoire. Tu le regretteras pas, brother ! Personne regrette d'être avec les Fils de Satan.

– Plus personne te cherchera des ennuis ! renchérit Miguel. Tout le monde nous connaît, et tout le monde a peur de nous.

Et, forts de leur succès, les kids se mirent en quête de nouvelles recrues.

Justement, les élèves commençaient à arriver.

Pendant ce temps, Indio, Rock, Sombrero, Rats et Zorro avaient accosté, derrière l'école, deux garçons à la peau sombre comme la leur.

– Salut, les mecs, on est les Fils de Satan. Ça vous dit d'entrer dans notre gang ?

– Ça nous dit rien, répondirent en même temps les deux élèves. On veut pas d'ennuis...

– Justement, fit Sombrero en se plantant en face de ses interlocuteurs. C'est sans nous qu'on a des ennuis ! La rue nous appartient. D'ailleurs, vous avez pas le choix si vous voulez pas vous retrouver bientôt dans la boîte à dominos !

A son tour, Rock intervint :

– Avec le gang, on a tout ! Des frères, la protection, des filles, une famille, la puissance, la célébrité dans le quartier, et même les honneurs de la presse ! Vous avez tout à gagner, réfléchissez bien. Alors ?

Les arguments avaient convaincu l'un des élèves, le moins musclé des deux. Le garçon en avait assez d'être terrorisé par les caïds de l'établissement.

– Ça va, les mecs, je suis d'accord. Mais à une condition, quand même ! Il faudra m'aider à rosser ceux qui font la loi dans l'école !

– Sûr ! répondit Rock. On laisse jamais tomber un pote ! A l'avenir, plus personne te fera chier. Et puis, on va te former. Tu seras équipé !

– Tu peux compter sur les Fils de Satan ! renchérit Sombrero en ajustant sa moustache. On est des frères, on est une grande famille !

L'autre garçon n'était pas du tout convaincu. Il s'en prit à Sombrero qui lui paraissait être le chef du groupe.

– Tu me casses les pieds, espèce de singe poilu !

Le Fils de Satan fit semblant de ne pas avoir entendu.

– Écoute, tous les mecs du quartier doivent rejoindre notre gang ! On peut pas laisser les nègres faire la loi. Il faut les liquider une fois pour toutes...

– Moi, ils me gênent pas, tes nègres ! répondit le Portoricain en haussant les épaules.

Sombrero évalua en connaisseur la stature du garçon ; elle lui plut.

– Je te répète qu'on a besoin de types comme toi dans le club. De gré ou de force, tu feras partie du gang...

L'élève ne broncha pas. Alors, Indio se décida à intervenir :

– On rigole pas ! Si tu rentres dans la bande, personne t'embêtera plus, nègre ou pas. Personne te piquera ton fric dans les couloirs, tu entends ? Que ça te plaise ou pas, tu rejoindras nos gars...

– Ouais ! poursuivit Sombrero. Sinon, t'as pas intérêt à te balader seul dans le coin ! On te sautera dessus, on te rackettera, on embêtera ta famille, on fera chier ta copine ou ta frangine... Tu piges ? Alors, avec nous, ou contre nous ?

– J'ai pas besoin de vous ! s'entêta l'élève. Je me débrouille tout seul !

Sombrero évalua à nouveau la carrure de son interlocuteur. Puis il planta ses yeux d'acier dans les siens ; l'adolescent avait un regard énergique qui plut au Fils de Satan.

– Écoute, mec, tu es costaud, c'est sûr, mais nous on est les Fils de Satan.

T'as aucune chance de t'en sortir vivant sans nous. D'abord, j'ai même pas besoin d'arme, je fais du judo, je te tords le poignet comme je veux. Hein, tu veux qu'on essaie tout de suite ?

Zorro, de son côté, commençait à tripoter de façon ostentatoire la lame brillante et effilée de son couteau.

– On a des arguments, bonhomme. Tu coopères, ou on te fend le crâne en deux ?

– T'as pas le choix, commenta Rats ; tu es cuit. Alors ?

Rats était insolemment appuyé sur sa canne de bambou. Le garçon avait une face de rat – d'où son nom –, un torse démesuré par rapport aux jambes, des bras puissants, une mine farouche.

Zorro intervint à son tour, en défiant son interlocuteur.

– Tu veux que je te plante mon aiguille sous le nez ? Hein, on rigole un peu ?

– Et merde, tu l'auras voulu ! dit Rock en assénant un violent coup de poing dans l'estomac de l'élève.

L'argument était irrésistible.

– Assez ! implora le garçon. J'ai compris, j'accepte vos conditions.

– Ah, tu es devenu raisonnable ? commenta Rock.

– Tope-la ! cria Sombrero d'une voix satisfaite. Tu as de la chance que je sois pas intervenu, car tu te serais plus relevé !

Encouragés par leurs premiers succès, les Fils de Satan sévirent à la sortie de l'école jusqu'à ce que les sirènes de la police se fassent entendre. Alors, ils s'évaporèrent comme par enchantement.

Le recrutement se poursuivit pendant plusieurs semaines, car il ne fallait surtout pas se faire remarquer.

Puis on commença l'entraînement des nouveaux venus, tandis que Graffiti prit contact avec King, comme Miguel, le nouveau conseiller de guerre, l'avait suggéré.

Les choses sérieuses commençaient...

CHAPITRE 23

Un meeting est l'événement le plus important de la vie d'un gang. Et comme les kids adorent faire parler d'eux, ils avaient invité la radio, la télévision et la presse. Même les policiers étaient au rendez-vous, mais eux n'avaient pas été convoqués.

Bref, le grand jeu.

Avant de rencontrer les Dragons, les Fils de Satan avaient pris soin de former une coalition avec les Iroquois, dont la sécurité semblait également menacée par les visées expansionnistes des Noirs. " Si les nègres veulent la guerre, ils l'auront, on est prêt à passer à l'action ", s'était borné à dire Maestro, le leader des Iroquois. Quant aux Ching-A-Ling, ils tenaient à conserver leur bienveillante neutralité envers les Portoricains.

De leur côté, les Dragons s'étaient alliés aux Lords, leurs amis de toujours.

Ces derniers devaient prêter main-forte en cas d'agression, ils avaient promis de fournir des armes et, le cas échéant, les Dragons pouvaient se réfugier sur le territoire de leurs associés.

La rencontre eut lieu dans un gymnase, en zone neutre. Cinq gangs participaient au rassemblement : D'un côté les Fils de Satan et les Iroquois, de l'autre les Dragons et les Lords, enfin les Immortels, le clan d'Irlandais et d'Italiens qui avait établi son fief le long de la ligne aérienne du métro. Le Président des Immortels, Duke, était un grand gaillard de vingt-trois ans au casier judiciaire chargé ; il avait été choisi pour servir de médiateur pendant le meeting. En tant que participant le plus âgé, il jouissait d'un prestige indéniable ; on le craignait, on le respectait. Et, comme les Ching-A-Ling, il tenait à conserver sa neutralité.

Quand les cinq gangs pénétrèrent dans la salle, il y eut un vacarme indescriptible ; c'était comme si, soudain, le gymnase venait d'entrer en transes !

Des participants, d'ailleurs, avaient bu. Chaque club arborait ses couleurs et tentait d'impressionner l'autre par le nombre et la détermination de ses membres.

Avant même d'ouvrir la séance, les Fils de Satan et les Dragons brûlaient d'en découdre. Mais il y avait les médias et, man, il fallait montrer que l'on savait vivre ! Alors, les deux gangs s'observaient en échangeant des regards furieux, remplis de ressentiment et de haine.

Le Président, le Vice-Président et le conseiller de guerre de chaque camp prirent place au milieu du gymnase. Les membres firent cercle autour d'eux, à l'exclusion des debs qui furent priées d'attendre dehors. Elles n'avaient pas droit au chapitre sauf lorsqu'elles fondaient leur propre club ou quand les kids avaient besoin d'aide, de renforts, voire d'alibis. C'était une affaire entendue, sauf pour les Portoricaines qui avaient le sang chaud, un cœur ardent, une fierté toute latine et la langue bien pendue ; ces demoiselles ne se résignaient jamais à servir d'appoint ou de caution, et le faisaient bruyamment savoir au moyen d'imprécations colorées dont elles seules avaient la recette sinon le monopole exclusif.

Ce jour-là, les Portoricaines manifestèrent leur désaccord avec tant d'exubérance et même d'agressivité que la police elle-même dut intervenir pour leur demander de quitter le gymnase. Les debs finirent par s'incliner, mais de mauvaise grâce et en prenant un air offensé.

A l'intérieur, l'atmosphère était électrique. Aussi Duke s'empressa-t-il de prendre la parole pour tenter d'apaiser les esprits échauffés.

– Écoutez, frères, j'ai l'impression que vous vous préparez plus à un combat qu'à un meeting. Je vous rappelle que vous êtes ici pour parler de paix !

Duke pesait chaque mot. Il fallait faire impression, montrer que l'on a de la classe, que l'on sait vivre. La presse était là !

– Vous entendez, frères ? Il s'agit de paix. Vous comprenez ce mot, hein ?

Le silence se fit enfin, mais les esprits bouillonnaient intérieurement. Killer, néanmoins, se permit de manifester publiquement sa rage.

– Ils veulent la guerre, ils l'auront ! rugit le Vice-Président. Maintenant, on a une armée derrière nous, et une armée entraînée !

– Nous aussi, on est prêts ! gronda Scorpion. C'est nous les Numéro Un ! Et nous, on communique qu'avec un flingue !

Les larges anneaux qu'il portait aux oreilles oscillaient au rythme de ses colères.

– Mes amis n'attendent que mon signal ! hurla à son tour Graffiti. On peut compter sur les Iroquois, ce sont des frères, des Portoricains comme nous !

King s'enflamma à son tour :

– Vos Iroquois, c'est moins que rien ! Nous, on a derrière nous les Lords, les puissants Lords ! On est les plus forts, on vous liquidera jusqu'au dernier !

Comme le voulait la tradition, les insultes commençaient, toujours les mêmes.

– On verra ça, sales noirs !

– Ouais, sales Portoricains ! On va vous sauter dessus ! Avancez un peu, pour voir...

Maestro intervint également :

– Allez, approchez, si vous êtes des hommes ! Mais non, vous n'êtes pas des hommes.

– Tu parles toujours de me descendre, Maestro ! ricana Blood, le leader des Lords. Eh bien, me voici !

– On va vous expédier en enfer, sales négros ! menaça Killer.

– On est pas des négros, rugit Scorpion, indigné. Enfoncez-vous ça dans le crâne !

– Ils valent rien, ces mecs, c'est du flan ! dit à son tour Graffiti en regardant d'un air méprisant les Noirs.

Les quatre gangs étaient sur le point d'en venir aux mains. Il fallut tout le prestige et toute l'autorité de Duke pour contenir tout ce beau monde.

– Cool, les mecs, on nous regarde ! Il ne faut pas vous énerver comme ça ! Vous disjonctez complètement !

C'est vrai, les médias étaient là, et même la police, au grand regret des gangs.

Scorpion fit une moue rageuse et cracha par terre.

– C'est bon, dit-il. Mais qui est entré sur notre territoire le premier, hein ? Vous voulez qu'on vous rafraîchisse la mémoire ?

– C'est vous qui avez commencé ; on a fait que répondre.

Chacun essayait de rejeter la responsabilité des incidents sur l'autre. La tension monta encore lorsque, brusquement, Scorpion pointa un doigt vengeur en direction de Miguel.

– Et ça, et ça ? dit-il en bavant de fureur. Et ça, c'est un fantôme, peut-être ? Il a rien fait, hein, vous le connaissez pas ?

Une expression de haine formidable jaillit dans les yeux sombres du Vice-Président des Dragons. Leur pire ennemi avait été promu conseiller de guerre, et il fallait négocier avec lui ?

– Et ça, il faut discuter avec ça, hein ? C'est un crétin invertébré ! Alors, crétin, tu as la langue enfoncée, ou quoi ?

Scorpion provoquait Miguel de la voix et du regard. Le Portoricain se sentit littéralement foudroyé. Allait-il devenir maintenant, tout de suite, une cible vivante ? Allait-il être sacrifié sur l'autel de la paix ? Miguel, soudain, eut envie de fuir. Mais il domina sa peur, en Fils de Satan qui se respecte. Scorpion, lui, ne décolérait pas.

– Ça, dit-il en montrant sauvagement du doigt le conseiller de guerre, oui, ça, ça a pénétré sur notre territoire, chez nous, et armé encore !

Duke, qui sentait que cela devenait explosif, crut bon d'intervenir à nouveau :

– Cool, les mecs, du calme ! Vous êtes tous allumés ! Allez, boys, il ne faut pas dramatiser... Vous commencez à me les gonfler !

Le leader des Immortels s'époumonait pour se faire entendre.

– Bon, Goliath, Scorpion t'a posé une question. Pourquoi tu as été te promener chez les Dragons ?

Miguel frémit. Il jeta un regard désespéré du côté des journalistes, comme s'ils pouvaient l'aider. Mais eux notaient, enregistraient, filmaient.

– Euh... je comprends pas la question ! dit-il enfin.

Pour une fois, il n'en menait pas large.

Scorpion l'interrompit violemment.

– Je vais te l'enfoncer dans le crâne, la question, moi... et vite fait ! J'en ai même une autre, rapport à ma frangine ! Tu te souviens pas de moi, hein ?

Judith, ça te dit rien, peut-être ?

Miguel essaya de s'en sortir par une pirouette.

– Bon, les mecs, j'étais nouveau dans la bande. J'ai fait joujou, d'accord. Ça vous arrive jamais de rigoler un coup, hein, ça vous arrive jamais de vous amuser ?

– Il y a des amusements qui conduisent en prison, à la mort, en enfer ! commenta King en lançant des éclairs.

– Et pourquoi tu as amoché notre gars ? poursuivit Scorpion. Hein, pourquoi ?

– C'était pas moi !

– Ouais ! rétorqua King. Mon cul ! Allez, on va te rafraîchir la mémoire. Ton copain Chino a fait joujou sans ta permission, hein ?

Miguel était bien embarrassé.

– De quoi tu causes ? Je suis pas son gardien, moi !

Scorpion se tourna vers Graffiti. Il avait l'air d'un géant prêt à terrasser son adversaire.

– Ouais ! Tes gars vont trop loin ! Mes potes veulent se venger, ils veulent du sang ! Du sang !

– Et le raid-surprise, c'était qui ? hurla Graffiti. C'étaient des fantômes, peut-être ? On va demander à Dillinger et à Samson !

– Et le coup du cimetière, hein, on l'a pas en travers de la gorge, peut-être ? Ah, charognes, fils de putes !

Duke avait suffisamment d'expérience pour sentir que la discussion, malgré la présence de la presse et de la police, allait s'achever dans le sang ; aussi proposa-t-il de toute son autorité une interruption de séance.

– Minute, les mecs ! La loi, c'est moi, rentrez-vous ça dans le crâne Arrêtez de délirer, d'accord, frères ? On marque une pause cinq minutes, on va boire un coup. Les discussions, ça donne soif, hein, les mecs ? C'est moi le patron, ici. Allez, tout va s'arranger. On boit, et on signe la paix. La paix, c'est mon business. Je suis là pour ça, aujourd'hui, d'ailleurs. Ça roule ?

Les kids acceptèrent en maugréant. Alors, des rafraîchissements furent distribués, et l'atmosphère se détendit aussitôt.

Les négociations reprirent un peu plus tard. Duke, en fin stratège, ne laissa personne intervenir avant lui.

– Bon, les mecs, on n'est pas là pour parler du passé. Tout ça, c'est ancien. Maintenant, on cause du présent. Okay, frères ?

– Yeah, c'est vrai, enchaîna Graffiti, ravi de passer à autre chose.

– Ouais, acquiesça King, mais...

Duke l'interrompit avec tant d'autorité que tout le monde fut impressionné.

– Il n'y a pas de mais ! C'est moi qui décide, c'est moi l'arbitre. On cause plus du passé, j'ai dit. On est ici pour faire la paix. Vos conditions, boys ?

Scorpion fit une dernière tentative :

– On est des guerriers, on est des soldats, on est des patriotes, on défend notre honneur...

– Ça suffit, ordonna sèchement Duke. Assez causé. On est là pour signer la paix, on signe. Vous ne fixez pas vos conditions ? Alors, c'est moi qui les fixe ; je ne demande plus votre avis.

Duke s'abîma un instant dans ses pensées. C'étaient quelques secondes de trop ; le tumulte reprit. Alors, le leader suprême se hâta de réfléchir.

Dans les quelques minutes qui suivirent, les chefs avaient signé un traité en cinq points. Le médiateur prit un air cérémonieux pour les lire :

– Premier point : Les Fils de Satan et les Dragons s'engagent à ne plus se battre. Ils font la paix.

– Deuxième point : Les Fils de Satan peuvent pénétrer sur le territoire des Dragons sans être inquiétés.

– Troisième point : Les Dragons peuvent traverser le territoire des Fils de Satan sans être embêtés.

– Quatrième point : Aucun mec ne doit être armé quand il franchit la frontière.

– Cinquième point : S'il y a des bruits de guerre, chaque gang promet de s'expliquer clairement.

Un tonnerre d'applaudissements salua le traité. Décidément, Duke avait de la classe.

– Ce n'est pas fini ! hurla le leader des Immortels, grisé par son succès.

Mais King l'interrompit :

– On risque pas d'aller sur le territoire des Fils de Satan ! Ah ça, jamais !

– Ta gueule, King, je t'ai pas demandé de la rouvrir ! Ou je te botte le cul !

Duke, brusquement, oubliait le masque solennel qu'il s'était forgé pour la circonstance, et d'abord pour la presse. Voici que le naturel revenait au galop !

– Tu feras bien de l'écraser, à l'avenir ! renchérit Graffiti en regardant King droit dans les yeux.

– Vous allez pas la ramener, tous les deux, hein ? poursuivit Duke en haussant le ton. Ça suffit !

Il enchaîna aussitôt :

– Bon, les chefs, debout ! Vous allez vous donner la main, hein, c'est la tradition. Vous êtes amis, maintenant, hein ?

Les leaders s'exécutèrent en maugréant.

– Voilà, parfait. C'est un moment historique, les gars. Maintenant, vous formez une grande famille, vous êtes des frères.

La séance se termina dans une relative bonne humeur. Ce n'était pas tous les jours qu'on se réunissait en grande pompe, devant la presse, la radio et la télévision réunies. Chacun se sentait important et pensait que l'autre, désormais,le respectait davantage. Et puis, l'on se prêtait volontiers à des interviews. Un honneur de plus !

La trêve fut de courte durée...

CHAPITRE 24

L'ennui avait repris, chargé d'attente, d'incertitude, d'angoisse. Les Fils de Satan, quand ils ne s'entraînaient pas pour la confrontation qu'ils savaient inéluctable, se retrouvaient dans la rue, une cigarette de marijuana à la main ou la tête enfouie dans un sac rempli de colle. Le désespoir était plus grand que jamais.

Ce jour-là, les kids passaient la soirée sur le trottoir qui longeait leur quartier général ; ils se vautraient sur le pavé, las de languir à longueur de journée. Pour tuer le temps, ils tiraient sans fin des plans sur la comète, se racontaient leurs dernières mésaventures, élaboraient les stratégies de leurs prouesses futures, se vantaient de leurs exploits réels ou imaginaires, échangeaient tuyaux, informations et plaisanteries.

Une fois de plus, Rock sortit ses compagnons de leur torpeur en proposant d'improviser une petite fête dans la rue. Aussitôt, un électrophone fut dehors, le trottoir se remplit de garçons et de filles qui se trémoussaient sur des airs à la mode tandis que le boute-en-train des Fils de Satan claquait les doigts au rythme de la musique. Ceux qui n'aimaient pas danser s'entraînaient aux sports de combats sous la houlette de Sombrero, toujours prêt à partager son savoir-faire.

Enfin la nuit tomba, et les kids décidèrent de prolonger leurs ébats à l'intérieur de l'immeuble délabré, squatté, qui leur servait de quartier général, tout en sirotant du coca et de la bière ou en fumant de la marijuana.

Quand Miguel fut las de danser, il prit Maria par la taille et l'entraîna au premier, dans une pièce moins obscure que les autres car elle se prolongeait par une petite fenêtre qui n'avait pas été murée.

Tandis que la jeune fille se déshabillait, il se pencha un instant à la fenêtre pour fumer une cigarette.

– Tu viens ? demanda Maria.

– J'arrive !

A son tour, Miguel se dévêtit et s'allongea sur le vieux matelas qui reposait au sol.

Soudain, il entendit une voix l'appeler de la rue :

– Goliath, hé, Goliath !

– Et merde ! marmonna Miguel. Qu'est-ce qu'on me veut ? C'est pas le moment, je suis occupé !

– Tu veux que j'aille voir à ta place ? proposa Maria, toujours avenante.

– Ouais, c'est ça, grommela le garçon, vas-y ; il faut que ça serve, les femelles !

L'adolescent donna un baiser à la jeune fille avant d'élever la voix à l'intention de celui qui l'appelait au dehors :

– C'est bon, on arrive !

Maria mit son tee-shirt et se dirigea lestement vers la fenêtre.

Au même moment, on entendit plusieurs coups de feu.

Maria s'écroula, le visage défiguré ; il n'était plus qu'une immense tache de sang.

La sentinelle n'avait rien vu, rien entendu, rien soupçonné. Elle s'était assoupie sur le toit !

Cette fois, la rage des Fils de Satan ne connut plus de limites. Le guetteur fut roué de coups et un seul cri jaillit de toutes les lèvres :

– Mort aux Dragons ! Vengeance !

Désormais, la confrontation était inévitable. Et la guerre serait sans merci !

CHAPITRE 25

La mort tragique de Maria, partout appréciée pour sa gentillesse, avait bouleversé le quartier. Celui-ci, d'ailleurs, était en effervescence depuis cet événement. Il y avait de la représaille dans l'air, on sentait qu'il allait se passer des choses terribles, l'atmosphère était électrique. Les mères n'osaient plus faire leurs courses, les enfants restaient chez eux devant la télé, la police multipliait les patrouilles, les kids tournaient en rond comme des fauves privés de liberté. Ils étaient ivres de vengeance et de haine !

Graffiti avait demandé aux gamins du secteur d'explorer le territoire des Dragons de fond en comble, afin qu'aucune parcelle de leur fief n'ait de secrets au cas où la confrontation tournerait mal. Désormais, les Fils de Satan connaissaient la configuration précise du quartier ennemi, ses recoins, ses abris, ses cachettes, toutes les ressources qu'il recelait. Des plans avaient été tracés conformément aux renseignements donnés par les enfants.

En attendant le conflit que l'on savait imminent, chacun répétait son rôle, les garçons sous la houlette des chefs de guerre ou, pour les techniques de combat, de Sombrero ; les filles sous la direction des garçons. Les debs étaient mobilisées afin d'espionner les Dragons et pour se préparer à transporter les armes sur le lieu de bataille ; comme les policiers n'avaient pas le droit de les fouiller, elles pouvaient les dissimuler dans leur soutien-gorge, leur jarretière ou leur sac à provisions. Enfin, en cas de problèmes, les filles devaient être prêtes à servir d'alibis.

Cette fois-ci, ce n'était plus de la frime. Les kids avaient regroupé, depuis la mort de Maria, toutes sortes d'armes volées, trouvées, exigées, rançonnées, bricolées, façonnées, extorquées ; ils se proposaient d'utiliser des objets usuels comme les manches à balai, les bouteilles cassées, les briques, les marteaux, les antennes de radio, mais aussi des armes plus sophistiquées comme les coups de poings américains, les lames de rasoir à double tranchant, les machettes, les battes de base-ball, les matraques, les nerfs de bœuf, voire même des lance-fusées, des pétards aveuglants, des cocktail Molotov. Néanmoins, les armes favorites des kids restaient les stylets, les couteaux à cran d'arrêt, les boucles de ceinturon militaire et bien sûr les traditionnelles armes à feu.

Miguel élabora le plan de bataille en compagnie de Killer et de Graffiti, en l'absence de Carlos qui avait refusé toute participation. Un petit groupe devait faire diversion tandis que le gros des troupes prendrait l'ennemi à revers, l'encerclerait, l'anéantirait. Les garçons étaient sûrs que ce plan implacable ne laisserait aucune chance à l'adversaire.

Enfin, le grand jour arriva.

Un calme impressionnant régnait, lourd de menaces ; c'était comme si un pan entier du Bronx, subitement, avait cessé de vivre. Mais on savait que cela n'allait pas durer et que le quartier deviendrait bientôt un immense brasier.

Tout était prêt. Les Fils de Satan se mirent en route par groupe de deux ou de trois, afin de passer inaperçus. Naturellement, ils n'avaient rien sur eux qui pût attirer l'attention, ni couleurs, ni blousons flamboyants, ni casquettes aux armes du gang ; et c'est par des chemins différents qu'ils rejoignirent le champ de bataille. Les filles, solidement armées, s'y trouvaient déjà.

Miguel était bien décidé à consolider sa réputation de caïd. En même temps, il rêvait depuis longtemps de savoir ce qui se passait quand on enfonçait une lame dans la peau d'un ennemi. Cela devait être terrifiant et grisant à la fois ! Et bien sûr, il était tout excité à l'idée de tuer... enfin !

Aux côtés de Niño, son équipier du moment, Miguel marchait vite sans en avoir l'air ; il avait des yeux partout et la main prête à riposter avec cet instinct très sûr que les kids du Bronx acquièrent très jeunes dans la rue. Un instant, pourtant, l'adolescent perdit son sang-froid. Alors qu'il s'apprêtait à traverser, il lui sembla brusquement que quelqu'un le frôlait, voire le bousculait. Il se retourna, menaçant, le poing crispé sur le couteau à cran d'arrêt qui ne le quittait jamais ; mais il n'y avait personne. C'était l'angoisse, sans doute !

Miguel n'osait plus avaler sa salive. Au fond de lui, il avait peur. C'était comme si la crainte, peu à peu, s'infiltrait dans toute sa personne. Extérieurement, on ne voyait qu'un garçon à la démarche insolente, énergique ; mais ce n'était qu'une façade.

Niño, en approchant du lieu de rendez-vous, se mit à rire nerveusement, d'une façon saccadée ; lui aussi donnait le change ! Tout à l'heure, il allait peut-être mourir, à treize ans seulement, en tous cas, sûrement tuer. Une perspective qui l'effrayait et l'enthousiasmait en même temps !

Le combat devait commencer à la tombée de la nuit. Les Kids s'étaient donné rendez-vous dans un parc situé à cheval sur le territoire des Fils de Satan et des Dragons. A cette heure, il était désert ; mais il se remplissait peu à peu, par vagues successives. Et la tension augmentait avec le nombre d'arrivants.

Quelques minutes lancinantes s'écoulèrent encore.

Soudain, un bruit de pas se fit entendre, lourd, menaçant, innombrable.

Miguel crut défaillir. Là-bas, en rangs compacts, arrivaient les Rebelles et les Anges de Mort, deux gangs de Harlem. Ainsi, les Dragons et les Lords avaient appelé en renforts leurs amis du quartier noir !

D'emblée, les Fils de Satan réalisèrent qu'ils étaient perdus ; et ils ne pouvaient pas reculer sans perdre la face. Il ne leur restait plus qu'à vendre chèrement leur peau !

Maintenant, le parc grouillait de monde, un monde très jeune, raciste, haineux, agressif, pathétique. Dans l'obscurité, on apercevait de temps à autre le reflet d'une lame, et l'on entendait le cliquetis des armes. L'heure de vérité approchait ! Les deux camps se guettaient mutuellement, prêts à s'entredéchirer.

Comme le plan de Miguel ne se justifiait plus, Killer prit les opérations en mains. Le visage éclairé par une farouche détermi-nation, il allait, venait, voltigeait d'un groupe à l'autre, donnait des ordres, rassemblait ses partisans.

Cette âme forte, carrée, bien trempée, était partout à la fois, excitant les tièdes, ranimant les découragés, mettant les uns en condition, les autres en branle, tous en mouvement, avec la fierté tranquille du garçon sûr de son invulnérabilité, habitué à vaincre, à triompher de tout et de tous.

Brusquement, cela explosa dans tous les sens. Le choc fut effrayant.

Les Portoricains, ivres de haine, les tripes gonflées de fureur, se jetèrent avec une rage inouïe contre les Noirs, écumant, chargeant, sautant, gesticulant, hurlant, grimaçant, tournoyant, se débattant, trébuchant, repartant, égorgeant, poignardant, harponnant, transperçant, tirant, écrasant, éventrant, ensanglantant, pourfendant, embrochant, chargeant à nouveau, blessant, massacrant, anéantissant, exterminant... C'était affreux. De temps à autre, on entendait un juron, une plainte, un râle. Et cela repartait de plus belle ! Les Fils de Satan et les Iroquois étaient déchaînés, ivres de rage. Ils couraient dans tous les sens, frappaient sans cesse et recommençaient, sous la direction provocante de Killer, en ébullition.

Dans un élan meurtrier, Miguel bondit contre deux Noirs en même temps et les renversa au milieu des balles qui sifflaient de tous côtés ; puis il asséna un coup terrible à l'un de ses adversaires qui, péniblement, tentait de se relever. Et il repartit héroïquement à la charge. Autour de lui, il y avait des gueules écrasées, disloquées, pulvérisées, ce qui le rendait plus furieux encore.

Les Noirs étaient décontenancés par la brutalité de l'attaque ; ils battirent précipitamment en retraite. Seules deux filles s'étripaient encore comme deux lionnes en furie, toutes griffes dehors, accrochées l'une à l'autre, violemment enchevêtrées.

La pause ne dura pas. Pendant que les Noirs se regroupaient, les Portoricains rassemblaient leurs forces et rechargeaient leurs armes. La façon dont ils avaient repoussé l'assaut leur donnait confiance. Et la bataille reprit, redoublant d'intensité, de haine raciste, de fureur. Un corps arrivait, puis un autre, puis d'autres. Cela n'en finissait pas !

On visait sans cesse Miguel, on le manquait toujours. Cela dépassait l'entendement ! Le garçon se couchait, se redressait, frappait, disparaissait, réapparaissait, multipliait les attaques et les défenses, narguant la mort, se riant d'elle.

Soudain, le jeune Sanchez fut encerclé. Le visage tuméfié, il fonça dans le tas, aux côtés de Sombrero et de Zorro venus à la rescousse. Un poignard dans chaque main, le virtuose de la lame bondissait à travers la meute hurlante, frappant consciencieusement, systématiquement, presque scientifiquement.

Brusquement, Zorro reçut un formidable coup de poing dans l'estomac qui faillit lui faire perdre la respiration. Un Dragon en profita pour le prendre à revers et, d'un magistral coup de tête, l'envoya à terre. Avant même qu'il eût eu le temps d'esquisser le moindre geste de défense, un Noir sauta à pieds joints sur lui,tandis qu'un autre l'assommait au moyen d'un marteau avant de l'achever avec une machette.

De son côté, Sombrero repoussait toutes les attaques avec une vigueur décuplée par la haine. Il utilisait l'élan de ses agresseurs pour les neutraliser, culbutait ses assaillants, les projetait au sol, leur faisait des clefs de bras et des saisies au cou. Sombrero n'avait pas besoin d'armes ; sa science du judo, si exceptionnelle dans le quartier, lui suffisait pour terrasser ses adversaires décontenancés.

Les Fils de Satan et les Iroquois défendaient âprement leur vie ; désorientés par l'ardeur de la riposte, les Noirs reculèrent à nouveau, pas pour longtemps d'ailleurs. Ils repartirent à l'assaut, en lançant toutes leurs forces en même temps dans le combat.

Miguel, qui venait de trouver un javelot, se jeta contre un Rebelle isolé de son groupe ; il hurla de douleur et s'écroula, mortellement blessé. Alors, le jeune Sanchez prit son couteau et commença à découper méthodiquement le garçon comme il s'était juré de le faire une fois au moins dans sa vie. Il sentait la peau de son adversaire s'ouvrir sous la lame ; cela le fascinait et l'horrifiait à la fois. Et il s'acharnait sur le malheureux au milieu des coups, des gémissements, des plaintes, des appels au secours, des insultes, des sifflements de balles, des cliquetis d'armes, des râles, des jurons et des imprécations qui fusaient de toutes parts. Enfin, il se releva et, en poussant le cri de guerre des Fils de Satan, il s'élança contre la silhouette qui arrivait.

C'était Sex Machine.

La méprise amusa les deux garçons ; ils s'encouragèrent un instant, puis ils reprirent les coups chacun de leur côté. Sex Machine saisit un Dragon par le bras, les pieds, les épaules, les cheveux, par tous les bouts ; le Noir se tordait de douleur. Puis le Portoricain repoussa l'assaut simultané de deux Rebelles, avant de s'effondrer à son tour, la gorge broyée par une balle.

Miguel, lui, se jetait avec fureur sur tout ce qui bougeait. Lorsqu'il reconnut la silhouette effilée du Vice-Président des Lords, il devint fou de rage et lui brisa les côtes avec ses chaussures à pointes. Puis il défit la boucle de son ceinturon militaire et l'asséna dans la mâchoire de son ennemi qui resta allongé par terre sans connaissance, le visage ensanglanté.

Les balles continuaient à siffler autour de Miguel. Au moment où il s'apprêtait à donner l'estocade à Scorpion, un projectile lui effleura l'épaule et l'adolescent lâcha un juron espagnol en voyant une fine couche de sang tacher sa chemise. Alors, oubliant son adversaire, comme fou, il reprit sa course sauvage à travers les corps déchiquetés, frappant au passage toutes les peaux noires qui s'offraient à lui.

Peu à peu, les Fils de Satan et les Iroquois perdaient du terrain ; ils tentèrent néanmoins de se regrouper pour une ultime percée, Killer en tête.

CHAPITRE 26

La débâcle s'amorçait. Submergés par le nombre de leurs assaillants, les Fils de Satan et les Iroquois ne savaient plus où donner du poing et de la tête ; chaque fois qu'un Noir tombait, il en arrivait deux ou trois, mais les Portoricains continuaient à se battre farouchement, l'énergie décuplée par la haine. Au moment précis où les Dragons s'apprêtaient à donner le signal de l'assaut final, un bruit de sirène se fit entendre. Alors les kids partirent dans tous les sens, dans toutes les directions, laissant là leurs armes, leurs frères, leurs adversaires, leurs blessés, leurs morts, leurs combats...

Au mépris de leur propre sécurité, pourtant, des Noirs n'hésitèrent pas à se lancer à la poursuite des Fils de Satan qu'ils avaient reconnus et dont ils voulaient la peau. Le parc était véritablement en folie, on courait de tous côtés sous la lumière des projecteurs qui, peu à peu, le cernaient.

Un spectacle terrifiant attendait la police ; le carnage dépassait tout ce que l'on pouvait imaginer. Des corps mutilés jonchaient le sol ; il y avait des cervelles éclatées, des membres en bouillie, des thorax transpercés, des corps découpés, des bras arrachés, des poitrines trouées, des lambeaux de chair saignante. Même les policiers les plus aguerris avaient la nausée.

Parmi les corps étendus dans l'herbe se trouvait celui de Rock, baignant dans son sang, la moitié du visage arrachée, le nez dans sa misère. Le petit musicien du Bronx, le rossignol des trottoirs, le boute-en-train des Fils de Satan avait cessé de vivre avant même d'avoir pu donner la mesure de son talent ; c'était un peu l'âme du quartier qui s'en allait, bêtement, si jeune...

A quelques mètres de Rock, juste derrière un fourré, Niño était en train de haleter comme un poisson privé d'eau. Lorsqu'un médecin s'approcha pour lui donner les premiers soins, le gamin eut un long râle et rendit l'âme. Il n'avait que treize ans, mais pour les gangs il était mort en héros. Et un peu plus loin, tout près de la chaussée comme s'il voulait une dernière fois défier la mort, Sombrero gisait la face contre le pavé. Le gosse des rues, le fils de belle de nuit était mort sur un trottoir comme ceux qui l'avaient vu naître et grandir. Avec Sombrero disparaissait une force de la nature, une vigoureuse personnalité, une âme de poète et peut-être aussi un certain parfum d'aventure.

Killer, Graffiti, Indio et Miguel avaient triomphé de l'enfer, mais leur sort n'était guère enviable. Des Noirs les avaient reconnus et s'étaient lancés à leur poursuite. Aussi les garçons couraient-ils à perdre haleine, sachant parfaitement que le moindre relâchement leur serait fatal.

Pour sa part, Indio avait trois Dragons à ses trousses. Au détour d'une rue, soudain, le Fils de Satan avisa une énorme poubelle, apparemment vide. Il s'y engouffra d'un bond. Ses poursuivants le dépassèrent puis, ne voyant rien, ils rebroussèrent chemin. Brusquement, un des trois garçons eut l'idée de regarder dans le récipient ; une forme vivante en sortit, pleine de rage et hurlante de haine. Elle se rua sur le Dragon ahuri qui, en tombant, se fracassa lourdement le crâne contre le béton. Indio s'apprêtait à charger l'ennemi qui arrivait en face de lui, lorsque le troisième garçon lui asséna un swing dans le dos qui le projeta au sol. Mais Indio se releva aussitôt et, les deux Dragons à ses trousses, il courut droit devant lui. Brusquement, sans crier gare, il escalada la paroi en décomposition d'un immeuble abandonné. En un instant, il se retrouva sur le toit défoncé et, entre ciel et terre, le Fils de Satan se mit à narguer ses poursuivants.

Au-dessus de l'abîme, Indio était dans son élément ; il avait l'impression de dominer le monde. Bravant le danger et ses poursuivants, il voltigeait d'un toit à l'autre, rigolard et provocant, la tignasse au vent, la mine réjouie.

Quelques mètres plus bas, les Dragons fulminaient, bouillonnaient, se demandaient comment rejoindre l'acrobate.

Les garçons n'eurent pas besoin de se concerter longtemps.

Alors qu'Indio, en se penchant, venait d'envoyer un joli pied de nez à ses ennemis, il trébucha, bêtement, sournoisement, sur une poutre calcinée qu'il n'avait pas remarquée. Son corps décrivit une courbe molle et se fracassa dans le caniveau avec un bruit sourd. Indio l'acrobate, Indio le funambule, Indio le cascadeur, avait eu la mort dont il rêvait : audacieuse, héroïque, et terriblement provocante.

A force d'astuce et d'énergie, Graffiti avait réussi à semer ses assaillants. Il ne songeait qu'à atteindre le plus vite possible son territoire, sa rue, son domaine. Dans sa course, il n'avait pas vu qu'il était suivi par deux policiers à bord d'une voiture de patrouille.

Le sergent fit les sommations d'usage : " Halte, ou je tire ! ", et son collègue déchargea son calibre en l'air.

En vain.

Les avertissements reprirent de plus belle, mais Graffiti courait toujours en les ignorant, comme s'il n'entendait rien, ne voyait rien, ne comprenait rien, obnubilé qu'il était par son territoire. Le Président avait aperçu les premiers immeubles de son fief, protecteurs, rassurants, et rien d'autre ne comptait pour celui qui venait de braver la mort, d'échapper à l'enfer ; la liberté, la sécurité, le salut semblaient à portée de jambes...

Soudain, un nouveau cri se fit entendre :

– Pour la dernière fois, stop, ou je tire !

Graffiti, comme dans un songe, courut encore plus vite. Il n'allait pas s'arrêter alors qu'il était presque en face de chez lui, en face de son quartier général !

Alors, les policiers firent feu. Un coup – le Président courait toujours ; deux coups – il ralentit ; trois coups. Le garçon s'écroula brutalement, au pied d'un mur qui, ironie suprême, arborait son nom en lettres géantes qu'il avait lui-même tracées.

Tout était terminé. Définitivement.

Graffiti faisait partie de la race des seigneurs des ruines du Bronx ; avec lui s'éteignait un être d'une pauvreté pathétique mais qui, comme tant d'autres avant lui, avait su transcender son destin par la seule puissance d'un tempérament énergique, imaginatif, haut en couleurs. C'était une page de l'histoire du quartier qui, brusquement, tragiquement, se refermait. D'autres gosses du ruisseau se lèveraient à leur tour, afin d'assurer tôt ou tard la relève de celui qui, dans les mémoires et sur les murs, resterait à jamais le Président-fondateur des Fils de Satan.

Et Killer ? Dans la panique, il s'était trompé de direction, il avait emprunté le boulevard qui irriguait le cœur du territoire ennemi. Lorsqu'il réalisa sa tragique erreur, il était trop tard pour revenir sur ses pas, au moment où les Dragons allaient retrouver leur fief. Aussi décida-t-il de s'arrêter pour souffler un instant et réfléchir à la situation. Blotti derrière un mur en démolition, Killer se croyait en sécurité. Mais, d'un immeuble voisin, le frère d'un Dragon avait reconnu sa silhouette portoricaine et massive, malgré l'obscurité. Il donna l'alerte sur le champ. Huit Noirs arrivèrent aussitôt, ivres de colère et de vengeance.

Dès qu'un Dragon aperçut les larges épaules de Killer, il cria à ses compagnons :

– Il est là ! Il faut le découper vivant !

En entendant ces mots prononcés avec une violence inouïe, Killer sortit de sa cachette et, avec une force de Titan, il fendit le groupe surpris par tant d'audace, puis il traversa la rue en courant.

La chasse à l'homme commençait, de bloc en bloc, de rue en rue, de carrefour en carrefour, de trottoir en trottoir. Après quelques instants de course effrénée, Killer emprunta dans sa hâte une voie sans issue.

Les Dragons se jetèrent sur lui comme une horde affamée. Mais Killer était décidé à vendre chèrement sa peau. Il chargea ses adversaires en tourbillonnant sur lui-même, en tapant à la ronde, en pourfendant les chairs avec sa machette. C'était une armée à lui seul, une montagne de rage. Le Vice-Président empoignait l'un, jetait l'autre par terre, fonçait comme un bulldozer, se démenait comme cent hommes devenus fous.

Soudain, Killer reçut un magistral coup de poing dans le milieu du ventre ; il resta une fraction de seconde plié en deux devant les Noirs hilares, mais il se redressa aussitôt comme s'il ne sentait pas la douleur, comme s'il ne devait jamais mourir, comme s'il était invulnérable. Et, avec son poignard, il réussit même à embrocher un Dragon. Alors les Noirs fondirent tous en même temps sur lui, s'acharnant à coups de poings, à coups de pieds, à coups de couteaux.

La mise à mort commençait. Killer n'était plus qu'un lambeau de chair, mais un lambeau vivant, hurlant, les forces décuplées par la haine. Le tueur, en lui, faisait surface une dernière fois.

Seule une arme à feu pouvait venir à bout d'une telle énergie. Alors, un Dragon sortit son calibre et tira plusieurs fois sur le Portoricain.

Killer tomba stoïquement, sans un cri, sans un murmure, en vrai guerrier.

Les Dragons avaient abattu un géant du Bronx.

Restait Miguel, la hantise des Noirs ; plusieurs l'avaient reconnu lors de la débâcle et voulaient sa peau. Pour atteindre son territoire, le jeune Sanchez devait traverser le secteur des Ching-A-Ling qu'il connaissait parfaitement ; les Portoricains avaient d'ailleurs promis leur aide, le cas échéant, et Miguel savait qu'il pouvait se réfugier chez eux en cas de besoin. Après tout, le même sang coulait dans leurs veines !

L'objectif du conseiller de guerre était de semer ses pour-suivants les uns après les autres ; rapide comme l'éclair, souple comme un félin, il escaladait les échelles d'incendie, redescendait, grimpait d'un autre côté, jaillissait à nouveau, se dissimulait dans des fissures d'immeubles abandonnés dont les Dragons ne soupçonnaient même pas l'existence, rampait, sautait, bondissait, rebondissait, empruntait une nouvelle rue, suivait un autre trottoir, reprenait un escalier de secours, plongeait dans l'obscurité, réapparaissait, se riait des adversaires et des obstacles, disparaissait dans les ruines du Bronx, s'évaporait, épuisait ceux qui s'obstinaient à le poursuivre en territoire portoricain. Lorsqu'enfin un Dragon parvenait à le rejoindre, Miguel anticipait les attaques, frappait le premier, selon la méthode enseignée par Carlos quand il était conseiller des Fils de Satan. Et les Noirs continuaient à s'acharner sur lui, comme des sauvages prêts à anéantir la planète entière. Leur nombre, cependant, diminuait peu à peu.

Enfin, Miguel aperçut la silhouette rassurante d'un immeuble ami ; elle hébergeait un membre influent des Ching-A-Ling sur qui il pouvait compter.

C'était un garçon d'une trentaine d'années qui venait de se mettre en ménage avec une fille de Porto-Rico, belle comme une source chaude, imprévisible comme un volcan et sauvage comme une lionne ; le jour, il vaquait aux occupations du gang, la nuit il partageait son temps entre les bras de sa tumultueuse maîtresse et la salle de billard du quartier général des Ching-A-Ling.

Miguel frappa à la porte de son ami qui habitait au rez-de-chaussée et, comme il s'y attendait, elle s'ouvrit malgré l'heure avancée. Une face sombre apparut, auréolée de cheveux frisés, nantie d'un nez tordu et d'une bouche charnue. Autour du cou, le garçon avait noué un foulard rouge qui laissait juste apparaître un collier en métal doré prolongé par une croix et une tête de mort.

Le torse du Ching-A-Ling était nu, bronzé, bariolé de tatouages multicolores représentant des emblèmes nazis et des silhouettes de corsaires.

En voyant le visage boursouflé et les membres ensanglantés de Miguel, le Portoricain comprit immédiatement. Comme convenu, d'ailleurs, il se tenait prêt cette nuit-là.

Il referma précipitamment la porte, et appela aussitôt son amie ; terriblement efficace, elle improvisa sur le champ les soins que l'état du jeune Sanchez exigeait. De son côté, le Ching-A-Ling offrit au Fils de Satan quelques gorgées d'alcool qui produisirent instan-tanément leur effet ; Miguel se sentit d'attaque pour repartir et, après s'être assuré qu'il n'y avait aucun Dragon à l'horizon, il prit congé de ses hôtes et se perdit dans la nuit.

Au loin, le Fils de Satan aperçut les premières lumières de son territoire.

Alors il se remplit les poumons d'air et s'élança vers la liberté. Une fois encore, la mort l'avait épargné.

Quant à Vicente, il n'avait pu participer aux combats avec les Iroquois comme prévu. Une méchante fièvre l'avait, par chance, cloué au lit pendant quelques jours.

Aussi retrouva-t-il son frère avec une joie mêlée de fierté.

CHAPITRE 27

Miguel avait hérité des débris du gang. Celui-ci ne comptait plus que deux membres, rescapés de la tuerie : Rats, le garçon qui mettait du temps à s'adapter aux nouveaux venus, et Julio, qui avait été recruté à la sortie de l'école malgré des biceps peu convaincants. Miguel n'était vraiment pas gâté. En plus, la série noire continuait avec la mort brutale de Chino. Le Portoricain n'avait pas supporté la privation de liberté en prison, et il s'était enfui à la nage de Rikers Island, son lieu d'incarcération ; il s'était noyé. Le jeune Sanchez ne pouvait même plus compter sur les conseils et le soutien de Carlos, depuis que sa vie avait brutalement, et radicalement, changé.

Celui que l'Armée américaine avait renvoyé au bout de deux ans pour indiscipline et rébellion, ne s'entendait plus avec son père, et il s'était rapproché de sa mère, dont il commençait à apprécier les valeurs et la foi ; celle-ci n'avait pas retrouvé de travail et dépendait jour après jour de la Providence à laquelle elle croyait fermement.

Carlos, bien qu'endurci par le divorce de ses parents et son passage dans l'Armée, les gangs et le milieu de la drogue, avait été touché par sa foi persévérante. Et un jour, suivant l'exemple de sa mère, il s'était réveillé dans la splendeur de l'Amour de Christ, littéralement saisi par la grâce ; il avait plongé son cœur dans celui du Père dont la joie est d'établir la communion entre les hommes ; il s'était tourné vers le glorieux Ressuscité, il l'avait accepté comme Sauveur et Seigneur de sa vie. Alors ses priorités, ses désirs, ses objectifs, son comportement, ses réactions, ses fréquentations et surtout son cœur avaient changé de fond en comble, il pouvait s'aimer et par conséquent aimer les autres, les aimer véritablement, de façon désintéressée et solidaire.

Depuis sa conversion, Carlos s'était détourné du mal qui prévaut un peu partout, il avait, sans chocs en retour, abandonné gang et trafic de drogue ; il s'était mis en quête d'un travail honorable et l'avait trouvé, répondant à ses aspirations ; il menait une vie rangée, stable et même bienfaisante, apportant jour après jour une espérance vivante, concrète, à tous ceux qui souffrent.

Désormais, Carlos et Linda priaient ensemble pour Ricardo, afin qu'il se tourne vers le Divin Libérateur ; Linda était sûre que son ex-mari trouverait un jour la Vérité, l'Amour, la Paix intérieure, la Joie, elle ne doutait pas que sa vie serait régénérée de fond en comble et que la famille serait reconstituée sur des bases saines, solides, pour son bonheur et celui du Père parfait.

Privé de Carlos, Miguel devait donc se contenter de Rats et de Julio. A l'hôpital Lincoln, il retrouva les deux rescapés de son gang qui se remettaient rapidement de leurs blessures. Les garçons avaient été placés dans la même chambre, surveillée jour et nuit. Pour y accéder, il fallait montrer patte blanche.

– Salut, les potes ! souffla d'emblée le jeune Sanchez, ravi de les retrouver.

Rats et Julio, en vérité, n'étaient pas beaux à voir. Ils avaient le visage déconfit, l'œil sombre, la bouche amère.

– Salut, Président ! marmonna Rats en essayant de contenir sa jalousie. Comment va ton gang ?

Le garçon adorait exaspérer les gens.

– Te fous pas de ma gueule ! rétorqua vivement Miguel. Même si on est trois, ça suffit pour les Fils de Satan. On recrutera !

Rats et Julio ne purent s'empêcher de ricaner.

– Écoutez, les mecs, on est trois, peut-être, mais on remontera le gang, vous verrez ! Même si je suis seul, tout seul, je m'en fous, j'ai de la haine pour cent ! Je suis le chef, maintenant, et je le montrerai.

Miguel marqua une pause. Rats, lui, n'en menait pas large.

– Tous les mecs me suivront, reprit-il, je suis un héros, j'ai descendu plein de mecs. On voudra faire partie de notre bande, même les Blancs, même les Jaunes, même les Noirs de notre quartier, ouais, tout le monde ! On se vengera de nos ennemis, on montrera qu'on est les plus forts, les plus durs, les plus violents, on prouvera qu'on est les maîtres du Bronx, les redoutables Fils de Satan ! Un nom comme ça se mérite ! S'il le faut, on mettra à feu et à sang toute la ville !

Miguel était tellement excité qu'il ne savait plus ce qu'il disait. Ses propos étaient démesurés, mais après tout l'exagération faisait partie de la rhétorique des gangs. D'ailleurs, les deux Fils de Satan ne s'y méprirent pas. Au fur et à mesure qu'ils entendaient parler leur compagnon, ils retrouvaient espoir, énergie, vigueur, enthousiasme. Ça, c'était un chef, pas de la frime ! Même Rats était remonté. Oui, ils allaient reconstituer le gang et redevenir les maîtres du quartier ! Miguel avait réussi à les enflammer, ils étaient prêts à bondir de leur lit pour vivre ensemble de nouvelles aventures !

Julio prit la parole :

– Ça, par exemple, tu as l'art de remonter les types à bloc, toi au moins ! Tu es un vrai chef.

Puis, prenant un ton plus confidentiel :

– Au fait, brother, on sera dehors samedi prochain. Eh oui, l'hosto nous libère en même temps. On va tout de même pas payer un surveillant pour un seul mec, hein ? Bon, Goliath, ça tombe à pic. Samedi, c'est mon anniversaire ; mes vieux ont un bistrot. On fêtera mes quinze ans et notre retour au quartier. Tu es des nôtres, hein, Pres ?

– Ouais, cousin, répondit machinalement Miguel.

En fait, l'adolescent n'écoutait plus. Il revivait, en pensées, les grands moments du gang. Il était décidé à continuer plus que jamais.

CHAPITRE 28

Lorsque Miguel quitta l'Hôpital Lincoln, il était surexcité, gonflé à bloc, rempli de projets sanguinaires, prêt à descendre tous les Dragons de la terre.

Mais c'est Alan qu'il trouva à nouveau sur sa route.

– Pas possible ! gronda-t-il en lui-même. Encore le maudit prêcheur ! Pas moyen de s'en débarrasser !

Le Fils de Satan voulut changer de trottoir, mais le pasteur se mit en travers de sa route.

– Bonjour, Miguel, comment vas-tu ?

– Ça te regarde pas, rugit le Portoricain, vexé.

– Tu n'as pas l'air en forme, reprit Alan. ça ne va pas comme tu veux ?

– Hein ? Moi, pas en forme ? Tu rêves ! Si, je suis en forme, euh, à ma façon... Et d'abord, je hais tout le monde.

Le jeune Sanchez ricana nerveusement :

– Moi, j'ai vaincu la mort, je suis plus fort que la mort !

– Miguel, la haine, la destruction ne sont pas un programme de vie, pas plus d'ailleurs que les combats sans fin, le racisme, le rejet de l'autre, ou même simplement les parties de rigolades bien arrosées ou encore les interminables recherches généalogiques... Tu as vu où ça mène, nulle part, ou plutôt à la mort, en enfer !

Voilà qu'on prononçait à nouveau le mot détesté ! L'adolescent était furieux. Mais la curiosité l'emporta.

– Tu connais la vie de mes potes, maintenant ? gronda le jeune Sanchez, en pensant aux recherches généalogiques de Gangster Brown.

– Oui, par Carlos. Il fait partie de mon église, maintenant. Tu vois, je recrute parmi tes copains !

– Je suis au courant, reprit Miguel de plus en plus furieux. Ça m'étonne pas, Carlos a une mère timbrée, c'est une bigote. Et elle a monté son fils contre nous ! Saloperie de vie !

– Et sais-tu qui vient aussi à l'église avec Carlos et Linda, maintenant ? poursuivit Alan sans se démonter.

– Je m'en fous complètement !

– Ricardo, le père de Carlos ! Tu entends, Miguel, lui aussi a capitulé devant l'Amour de Christ, l'amour fidèle de Linda, et la transformation radicale de son fils ! Et aujourd'hui, il est un homme tout neuf ! Son cœur a changé, sa vie a changé ! Parce qu'il a ouvert les yeux sur le réel comme il est, parce qu'il a vu son péché en face et l'a regretté, alors tout le reste a suivi ! Finis les copains à droite et à gauche pour combler le vide de son cœur, maintenant il a de vrais amis ! Et si tu voyais Ricardo et Linda ensemble, on dirait des jeunes mariés ! Seul Jésus peut faire ça ! C'est le même couple, et pourtant c'est un couple tout nouveau ! Rayonnant, transfiguré par l'Amour de Dieu, cimenté par lui !

Miguel était perplexe ; Alan le regarda droit dans les yeux.

– Tu sais ce que ça signifie, tout ça, pour Carlos ? Eh bien, maintenant il a des parents qui s'aiment, qui s'entendent bien, qui font des choses ensemble, et des choses positives ! Ils sont un modèle pour tous, partout on les cite en exemple ! D'ailleurs, tous les proches de Ricardo et de Linda se sont tournés vers Dieu les uns après les autres, en voyant la transformation radicale de Carlos et de son père, en voyant leur famille reconstituée de façon si extraordinaire, oui ils ont été touchés à leur tour, et pas seulement eux ! Leurs amis, leurs voisins, les collègues des deux hommes ! Leur témoignage est magnifique ! Tu vois, Miguel, la foi persévérante de Linda a été récompensée...

Le jeune Sanchez haussa les épaules :

– La foi, c'est bidon ! Le gang, c'est mieux !

– Tu te trompes, Miguel, répondit Alan tranquillement. Prends l'exemple de Carlos : avec la foi, c'est le bonheur qui est entré dans son cœur et dans sa vie ! Et tu sais pourquoi ? Parce qu'il a ressenti le besoin de changer et qu'il a pensé que Dieu pouvait le transformer, parce qu'il a cru en sa puissance ! Alors, le Bien a remplacé le Mal, le Mal c'est à dire la violence, la tyrannie, la haine, l'injustice, le mensonge, la trahison, le ressentiment, la vengeance... toutes ces vilaines choses qu'on appelle le péché ! Tu sais, Miguel, Dieu est tout puissant, et Il peut en un instant, si on lui confie sa vie, la retourner complètement ! Crois-le, et je te garantis que tu le verras s'accomplir ! Oui, mon vieux, c'est vrai, Dieu change le Mal en Bien, la malédiction en bénédiction, les ténèbres en lumière, la haine en amour, l'insatisfaction en joie !

Alan guettait les réactions de son interlocuteur, il essayait de deviner ses pensées les plus intimes.

– Écoute, Miguel, si tu ne me crois pas, va voir Carlos, parle avec lui, laisse-le te raconter tout, tu verras combien il est heureux, maintenant, et heureux d'aider son prochain, de faire le bien, au lieu de s'ingénier à faire le mal ! Ce n'est plus le même garçon ! Hein, Miguel, tu te rends compte, il s'agit bien de Carlos, de ton copain, de celui qui vous aidait à devenir de redoutables guerriers, des caïds, la terreur du quartier ! Tu vois ce que Dieu peut faire quand on lui fait confiance ? Il retourne les vies, il les comble et on est sauvé pour l'éternité, pour une éternité de joies !

Puis, se penchant vers le Portoricain :

– Je t'assure, Miguel, que ce qu'Il a fait pour ton copain, Il peut le faire pour toi !

Miguel avait été touché, puisqu'il avait écouté jusqu'au bout le pasteur ; mais il ne voulait pas le montrer. Alors, comme d'habitude, il masqua ses véritables sentiments en devenant arrogant :

– Oui, hurla-t-il en pleine rue, Carlos est mon modèle ! Il m'a appris à tuer, et je veux tuer ! Tuer tous les Noirs, tuer tous mes ennemis ! Je suis plus fort que la mort, maintenant, même la mort ne veut pas de moi !

– Et quand tu auras tué l'univers entier, est-ce que tu seras plus heureux, Miguel ?

– Ça te regarde pas, espèce de singe poilu ! J'ai appris à tuer, et maintenant j'aime ça. Je sais plus faire autre chose, d'ailleurs... Quand je tue, je suis plus Miguel, je suis Goliath en personne ! Goliath, tu entends ? Goliath, Fils de Satan !

– Et Fils de Dieu, ça te dirait, hein ?

– Et ça, rugit Miguel en montrant sa lame. Ça te dirait, hein ?

– Miguel, Jésus t'aime !

– Je m'en fous ! Je connais pas ce mec. D'abord, je me fous de tout. Ensuite, ton Jésus fait pas partie de ma bande, alors il est contre moi.

– Mais Jésus s'intéresse à toi personnellement, Miguel, comme tu es, là, maintenant, tout de suite, et il veut faire de toi une nouvelle personne, bien dans sa peau, heureuse de vivre, ayant une existence qui vaut la peine d'être vécue, et faisant le Bien. Tu sais, mon gars, tes problèmes, tu les as étouffés pour ne pas les voir en face ; et tu crois, en agissant ainsi, qu'ils sont résolus ! Mais pas du tout !

Les problèmes étouffés, non résolus, ils reviennent toujours à la charge, avec une force et une violence accrues ! Voilà la vérité que tu ne veux pas voir en face. Et tes problèmes, tes souffrances, justement, Jésus les connaît, il les a portés sur la croix pour t'en délivrer ! Alors oui, fais-lui confiance, il veut porter à ta place tous tes problèmes, actuels ou anciens, tout ton fardeau de malheurs, de rancœurs, et faire de toi une nouvelle personne, libre enfin d'aimer, d'être heureux !

Miguel était plongé dans ses pensées.

– Vois-tu, mon gars, reprit Alan en observant son interlocuteur, lorsqu'un cœur est libéré du poids de l'amertume, il peut être rempli par autre chose, et cette autre chose, justement, c'est l'amour ! C'est cela, la conversion, Miguel, un changement complet, une vie nouvelle, pleine d'amour au lieu de haine ! Et quand on est heureux soi-même, bien dans sa peau, bien dans sa tête, alors on peut rendre heureux les autres au lieu de leur faire du mal, au lieu de chercher des boucs-émissaires !

Comme tout le monde, le garçon rêvait de bonheur, d'être bien dans sa peau, de réussir sa vie, d'avoir des amis. Mais il ne voulait surtout pas l'avouer au pasteur !

– Tu as fini ton sermon ? grogna-t-il. Moi, je vais te dire : tu peux toujours causer, mon pote à moi c'est Satan, c'est mon maître, tu entends ? Je suis un Fils de Satan !

– Tu es têtu, Miguel, tu n'écoutes personne, ce n'est pas intelligent, alors je vais te dire : il n'y a pas de Fils de Satan, il n'y a que des enfants trompés par Satan ! Satan, on l'appelle d'ailleurs le Menteur ; oui, Miguel, il te ment ! Jésus, lui, te connaît comme tu es, il sait combien, au fond de toi, tu souffres ; il sait aussi que lorsque tu tues quelqu'un, c'est le seul moyen que tu trouves pour te faire entendre. Et, même s'il ne l'approuve pas, il comprend ton cri ! Car quand tu tues, c'est comme un appel au secours, pour être reconnu ! Oui, Miguel, Jésus entend ton cri, il est prêt à y répondre !

Le jeune homme eut un étrange rictus :

– Alors, comme ça, tu veux que j'aille rejoindre ton zèbre là-haut ?

Alan saisit la balle au vol :

– Oui, Miguel, pourquoi ne t'engagerais-tu pas pour Jésus tout de suite, maintenant, comme tu es ? Tu n'as rien à perdre, et tout à gagner !

Miguel était vexé ; la plaisanterie se retournait contre lui. Alors, il cracha sa fureur sur le pasteur.

– Miguel ! dit Alan sans se démonter. On a aussi craché sur Jésus, et il a dit : " Père, pardonne-leur, car ils ne savent pas ce qu'ils font ! "

Miguel commençait à être exaspéré :

– Ras le bol ! Arrête tes salades, tu me les gonfles !

– Quand on a Dieu avec soi, reprit Alan sans se départir de son calme, c'est comme un magnifique trésor qu'on trimballe partout avec soi. Est-ce que tu n'as jamais eu envie de posséder un trésor, un trésor magnifique que rien ni personne ne peut t'enlever ?

– Alors là, fit Miguel, si tu parles de trésor, ça m'intéresse... Là, on est copains. Allez, sorcier, passe ta bourse, et qu'on en finisse...

– Ne fais pas l'imbécile, ce n'est pas de cet argent-là que je te parle ! C'est du trésor qu'on trimballe partout avec soi, c'est du trésor intérieur...

– Celui-là, reprit vivement le garçon, je m'en fous. Alors, va trimballer ton trésor intérieur ailleurs. Il faut donc que je te descende pour avoir la paix ?

Le pasteur se demandait comment atteindre le cœur du jeune Sanchez. Soudain, il se souvint que le garçon proclamait partout qu'il était devenu communiste.

– Écoute, reprit-il, si tu étais indifférent à Dieu, tu ne parlerais pas comme tu le fais. Sais-tu que le message de Jésus est révolutionnaire ? Jésus veut un monde sans bagarre, sans haine, sans égoïsme, sans méchanceté, sans jalousie, sans ressentiment, sans injustice, sans mensonge, un monde où l'argent ne ferait plus la loi ! Il veut un monde d'amour, de communion entre les hommes ; il veut que les hommes apprennent à s'aimer au lieu de se tirer dessus parce qu'ils sont noirs, blancs, jaunes, rouges, riches, pauvres, arabes, chrétiens, que sais-je encore ; il veut que les hommes apprennent à s'entraider, à partager, et non à accaparer les richesses pour le profit de quelques-uns seulement. Tu sais, il n'aime pas la loi du plus fort ou du plus riche ! Il désire que les hommes gèrent le monde avec sagesse. Je te dis ça, Miguel, parce que je sais que tu es devenu communiste, et je comprends tout à fait ta soif de justice. Dans la Bible, d'ailleurs, il est dit : « Heureux ceux qui ont soif de justice ! » Au fait, Miguel, tu savais que les premiers chrétiens avaient un mode de vie communiste, véritablement communiste ? Ils mettaient tout en commun et partageaient tout selon les besoins de chacun.

Miguel était très intéressé par les propos du pasteur géorgien.

– Seulement voilà, poursuivit Alan, pour que la vraie justice s'installe, il faut que le cœur de l'homme soit changé, sinon ça ne marche pas, ça ne dure pas. Finalement, la vraie révolution est intérieure ; elle commence quand il n'y a plus d'égoïsme !

Alan se rapprocha du jeune Sanchez et le regarda intensément :

– Tu sais, mon gars, on ne résout rien par la violence, on ne résout vraiment rien en rendant le mal pour le mal ; on ne fait qu'étendre le mal ! Si tu savais comme Jésus souffre quand il voit que vous vous entretuez !

Miguel avait compris que la conversation prenait un autre tour, et cela ne lui convenait pas.

– Moi, je dirige ma vie seul, je fais ce que je veux, c'est moi le maître, j'ai besoin de personne et surtout pas de ton Jésus. Alors, ça suffit, tu me les gonfles.

Je me casse !

Le jeune Sanchez voulut partir, mais Alan le retint par la manche.

– Écoute, Miguel, quand on a tout raté, tout cassé, tout détruit, Jésus peut tout réparer. Il peut faire de nous une nouvelle personne, il peut changer radicalement notre vie parce qu'il sait comment changer radicalement notre cœur. C'est le changement intérieur qui conditionne tout le reste. Tu comprends ? Alors, approche-toi de Dieu, et il s'approchera de toi, tu pourras vivre une nouvelle vie qui te donnera réellement satisfaction.

– On m'a déjà fait le coup, répondit Miguel. A Puerto-Rico, le curé expliquait au catéchisme qu'on peut être sauvé quand on demande pardon pour son péché et tout le bazar. Je sais, je suis au parfum, moi. Ça t'en bouche un coin, hein ?

– C'est bien, Miguel, que tu saches tout ça.. Maintenant, je voudrais te dire ceci : c'est quand on est désespéré, c'est quand rien ne va que Dieu peut le mieux agir. Pourquoi ? Parce qu'on n'a plus d'orgueil ; l'orgueil est le principal obstacle entre l'homme et Dieu. Dieu s'occupe de notre cœur, de notre vie, quand on reconnaît humblement qu'on a besoin de Lui, qu'on ne peut pas s'en sortir sans Lui. Et quand Il devient le Capitaine de notre existence, tout change !

On se voit différemment, on voit les autres et la vie d'un autre œil. Seulement voilà, il faut Le croire, il faut faire confiance à Dieu, Lui faire vraiment confiance...

Miguel l'interrompit :

– Moi, j'ai confiance que dans le gang. On recommence le gang, et on liquide tout le monde.

– Et après, tu seras plus heureux ? Je te pose à nouveau la question, Miguel, car elle est essentielle. Allez, enlève ton masque ! Sois donc toi-même, une fois ! Il faut du courage, hein, pour être soi-même...

Miguel fit celui qui n'entendait pas.

– Quand les nègres seront tous morts, quand j'aurai vengé tous les potes tués, je serai enfin heureux, voilà.

– C'est ce que tu crois ! Mais tuer, casser, détruire, se venger, ne donne jamais le bonheur. Si tu mets Jésus dans ta vie, Miguel, tu deviens heureux, tu as la victoire. C'est vrai, tu sais !

L'adolescent était écartelé : toujours les deux personnes qui se battaient en lui ! La première lui disait d'écouter le pasteur, d'essayer de faire confiance à Dieu ; l'autre lui conseillait de fuir Alan et de mener sa vie à sa guise, après tout il s'en était plutôt bien tiré jusque là. Mais pour arriver à quoi, finalement ? Tout ce qu'il avait bâti s'était écroulé !

– Miguel, laisse Jésus remporter dans ton cœur la victoire sur Satan ! Laisse les forces du Bien vaincre les forces du mal ! Laisse les puissances de Vie triompher des forces de mort ! Au fond, c'est ce que tu veux, je le sais !

Cette fois, la rage de Miguel ne connut plus de limites. Comment le maudit prêcheur pouvait-il lire au fond de son cœur ? Comment pouvait-il savoir que deux hommes se battaient en lui ? Ça, il ne pouvait le supporter.

Alors, dans un ultime sursaut d'orgueil, Miguel se jeta brusquement sur le pasteur, et avant qu'il n'ait eu le temps de réagir, il lui arracha la Bible qu'il tenait en mains et la déchira en plusieurs morceaux.

– Tu es content, hein, prêcheur ? Je casse ton sacré bouquin, je le piétine ! Tiens, voilà ta saleté de livre !

Alan ramassa les débris de la Bible sous les quolibets du jeune homme.

Puis, brusquement :

– Écoute, mon gaillard, tu peux déchirer mon sacré bouquin en mille morceaux, mais sache-le : il suffit d'une page pour parler au cœur d'un homme, un seul verset, même ! Tu perds ton temps et ton énergie avec tes conneries ; Dieu est parfaitement capable de dompter les sauvageons comme toi ! Et...

L'adolescent ne laissa pas le pasteur achever sa phrase.

Une fois de plus, il prit la fuite.

Alan ramassa les pages encore éparpillées par terre, puis il rentra au Centre évangélique qu'il avait fondé. Alors, il réunit toutes les personnes présentes et, dans la petite chapelle, ensemble, ils implorèrent l'Éternel d'accomplir enfin, à travers Miguel, le miracle qu'ils attendaient depuis si longtemps.

CHAPITRE 29

Miguel, rempli de fureur, se dirigeait vers le repaire des Fils de Satan, lorsque, soudain, il aperçut un attroupement. Au milieu d'une rue provisoirement fermée à la circulation, il y avait une tribune sommairement dressée. L'adolescent adorait l'imprévu et, curieux de nature, il n'aimait pas laisser un événement se dérouler sans lui. D'ailleurs, il avait tout son temps.

Une espèce de fille sauvage prit place sur l'estrade improvisée, devant un micro. Elle semblait avoir été pétrie dans le quartier, modelée dans la rue et pour la rue. Miguel avait tout de suite flairé la démarche, l'allure, l'âme, le parfum des bas-fonds de New York.

– Amis, dit-elle sans ambages, Dieu m'a envoyée ici pour vous parler.

Miguel pouffa de rire.

– Encore une illuminée ! se dit-il. Si le Bon Dieu recrute dans le quartier, maintenant, où va-t-on ?

– Je m'appelle Cookie, Cookie Rodriguez. J'étais si violente, si dure, si rebelle, si pleine de haine que même la mort ne voulait pas de moi.

– Ça alors, comme moi ! pensa Miguel. Pas possible !

Les mots, le style, l'intonation avaient frappé l'adolescent. Il était stupéfait ! Et bien sûr, il avait hâte d'en savoir plus.

– Je suis Portoricaine, souligna Cookie ; ma famille est venue vivre à New York. A Puerto-Rico, on était pauvre, mais on était bien. Il y avait le soleil, l'amitié, la solidarité, et de quoi manger, car la nature était généreuse.

– Tiens, songea Miguel, j'ai déjà entendu ce discours-là ; décidément, on est pareils !

– A New York, reprit Cookie, on s'entassait comme des bêtes dans une seule pièce, et il y avait tout le temps des problèmes. A l'école, ça ne marchait pas non plus, parce que je ne parlais pas bien la langue. Pour me protéger, je m'étais constitué une carapace en devenant ce qu'on appelle une dure à cuire.

Bientôt, d'ailleurs, on me demanda de faire partie d'un gang et même de diriger le clan des filles, simplement parce que je savais bien me battre. Ma réputation était faite ! Mais plus j'allais avec le gang, plus je m'endurcissais. On se bagarrait tout le temps, pour n'importe quoi, un regard de travers, une insulte, une peau de couleur différente. Finalement, rien qu'une idée en tête : tuer !

– Encore une ! pensa Miguel en lui-même.

Le jeune Sanchez était à la fois captivé et touché, car il reconnaissait sa propre histoire et celle de ses copains disparus.

– On considérait les rues comme notre propriété, poursuivit Cookie. Il fallait défendre l'honneur et la réputation du gang. J'ai vu les copains mourir les uns après les autres, simplement parce qu'ils n'aimaient pas les garçons qui avaient une peau plus sombre qu'eux ou qui vivaient sur un territoire différent du leur. Et quand je me battais, j'avais toujours très peur. Bien sûr, je ne voulais pas le montrer, d'ailleurs je n'aimais pas montrer mes sentiments. Mais la peur me rendait encore plus violente ! Pour me protéger, je frappais la première ;

j'avais compris que la meilleure défense, c'est l'attaque, et ce principe m'a souvent sauvé la vie.

– Tiens, ricana Miguel, on a aussi la même façon de se taper dessus. Trop cool !

– Le gang était devenu ma famille, ma vraie famille. Et pourtant, au fond de moi, je me sentais seule, j'étais seule, complètement seule. Alors, je jouais à la dure, et je devenais encore plus dure, jusqu'au moment où, à l'école, j'ai tabassé mon professeur, ce qui m'a valu le renvoi et un séjour en établissement psychiatrique. Ça n'a rien arrangé, bien au contraire ! Le psychiatre ne guérit pas, il se contente de diagnostiquer le mal, ce qui ajoute de nouveaux problèmes aux anciens. Quand je sortis de l'hôpital psychiatrique, la haine que j'éprouvais pour moi avait augmenté. Je retournai dans le gang, mais il avait changé ; avant, les gars buvaient du vin bon marché, de la bière ou même du whisky de mauvaise qualité ; ils fumaient de l'herbe. Maintenant, voici qu'ils se droguaient ! C'est rare pour un gang, qui a besoin de toute son énergie pour se battre. Eh bien ! Je fis comme eux, j'ajoutai la drogue à tous mes problèmes. C'était le commencement de la fin ! J'avais goûté l'héroïne par curiosité, je me croyais plus forte que les autres. Et je suis devenue esclave des drogues dures comme je l'étais de mon gang. Je planais, je riais, j'agissais comme une folle. Ainsi, le gang débouchait sur l'enfer, la drogue sur l'accoutumance. Je passais mon temps à me battre, mais la haine que j'éprouvais contre le monde était en fait de la haine contre moi.

Chaque fois que j'étais en colère contre les autres, cela signifiait que j'étais en colère contre moi ; en fait, j'avais besoin de boucs émissaires. Personne n'imaginait combien j'aurais voulu échapper à cette situation, personne ne soupçonnait ma souffrance. Oh, mes amis, est-ce que cela ne vous est jamais arrivé de ne pas vous sentir compris ?

Cookie marqua une pause, comme si elle voulait laisser à ses auditeurs le temps de réfléchir à la question qu'elle avait posée. On n'entendait pas une mouche voler ! Chacun plongeait en lui-même, s'interrogeait, se demandait comment sortir sa vie de l'enfer.

Miguel, lui, était fasciné par le témoignage ; son esprit retournait plusieurs années en arrière, il passait en revue des blessures, des souffrances, des angoisses apparemment oubliées. C'était vrai, on ne l'avait jamais compris vraiment, ni les professeurs, ni les potes, ni son père, tellement occupé par sa petite personne, ses copains, ses sorties, ses bières, ni même sa mère, depuis qu'elle était dans le Bronx, depuis qu'elle avait rencontré le cauchemar américain des exilés. Angela était trop accaparée par les mille soucis quotidiens ! Et de toutes façons, qui pouvait le comprendre, lui, le cheval sauvage, le rebelle, l'indomptable – plein de ressentiment, surtout, ayant seulement envie de se venger de tout et sur tout le monde ?

Brusquement, Miguel repensa à son gang. Était-ce une vraie famille, ou autre chose, et alors quoi ? Et sur quoi avait-il débouché ? Sur l'enfer ? En tous cas, sur la mort, et au fond c'était terrible. Et maintenant, comme Cookie, il était seul, complètement seul ! Ce n'était pas une vie ! Alors, que faire, oui, que faire ?

– Pour tenter d'échapper à mes problèmes, reprit Cookie, je me battais, je buvais, je flirtais, je fumais, je sortais avec les copains ; beaucoup de mes problèmes, d'ailleurs, venaient de mes fréquentations. Après avoir fait les quatre cents coups avec n'importe qui, il ne me restait que l'amertume. A l'époque, tous mes amis, sans exception, buvaient ou se droguaient. C'était leur manière à eux de lutter contre le vide de leur existence, c'était leur manière d'échapper à la réalité qui leur pesait tant. Ils n'avaient pas de but, pas d'espoir, personne qui les aime et les comprenne vraiment, rien à quoi se raccrocher. Et comme eux, je tournais en rond, je cherchais à fuir la laideur de ma vie par tous les moyens.

Alors, je me droguais de plus en plus. Pour satisfaire mon besoin d'héroïne, je volais, même ma propre famille, puis je me prostituais. C'était affreux : je vendais mon corps à des détraqués, à des pervers, à des sadiques. Un jour, j'ai appris que j'attendais un enfant. Le père buvait, volait, se droguait. Nous n'étions pas capables d'élever notre fils ; je ne savais plus quoi faire. Alors, je me tournai vers le spiritisme. J'aurais fait n'importe quoi pour trouver une réponse à mes problèmes ! Mais cette solution échoua comme les autres. Il ne me restait que le vide, la peur, l'angoisse ; je m'acheminais inexorablement vers la mort . J'étais perdue !

Miguel baissa la tête, il se mordit les lèvres nerveusement. Était-il, lui aussi, perdu ? N'y avait-il plus de solution, plus d'espoir ? Une larme coula le long de ses joues, une seule larme qu'il essuya aussitôt. Il n'allait tout de même pas se permettre un instant de faiblesse, surtout en public !

– Alors, reprit Cookie, je me piquais de plus en plus et, petit à petit, mon cerveau se dérangea. Dès que j'étais en manque, je volais, je cambriolais, je me prostituais. Je faisais la navette entre l'hôpital psychiatrique et la prison. Autour de moi, il n'y avait que des malades : des alcooliques, des drogués, des travestis, des pervers, des sadiques, des paranoïaques, des schizophrènes, des névrotiques... et j'en passe ! Mais il y avait aussi, là-Haut, Quelqu'un qui ne me perdait pas de vue ; Il savait que j'aurais haï et tué le monde entier si je pouvais, mais Lui voulait déverser son amour dans mon cœur, transformer ma rage en amour.

Cookie but un verre d'eau et elle reprit son témoignage :

– Un soir, j'ai rencontré un drogué qui avait réussi à s'en sortir grâce à Teen Challenge, un organisme fondé par le pasteur David Wilkerson, l'auteur du best-seller mondial " La croix et le poignard ". Eh bien, cet ancien drogué me suggéra d'aller à Teen Challenge et de demander à Jésus de prendre en mains ma vie. C'était simple, il suffisait de dire : " Jésus, je suis perdue sans toi, je ne peux pas m'en sortir seule, par mes propres moyens, avec mes forces à moi.

Alors, viens m'aider, viens dans mon cœur, je te demande pardon pour tout le mal que j'ai fait ! " Mais il fallait le dire avec tout son cœur, sincèrement, humblement, avec confiance, avec foi. Pour moi, cela semblait un énorme conte de fées ! Seulement voilà, à Teen Challenge, il y avait des garçons qui racontaient comment Jésus les avait transformés de fond en comble. J'écoutais ces témoignages ; ils disaient tous la même chose. Cela me semblait étrange !

Pourtant, je voyais bien que ces garçons avaient l'air heureux ; cela m'intriguait de plus en plus. Un jour, j'ai accepté de participer à un rallye de jeunes ; c'était le pasteur David Wilkerson en personne qui prêchait. Il racontait comment l'amour de Jésus avait triomphé dans le cœur de membres de gangs, comment la croix avait vaincu les poignards. C'était comme si le message me concernait directement. Ce jour-là, je me suis dit que je pouvais vivre la même chose que Nicky Cruz, le terrible chef de gang devenu évangéliste après sa conversion. Et j'ai été touchée par la grâce de Dieu !

Alors, j'ai commencé à prier sincèrement ; puis j'ai donné ma vie au Seigneur. Mais ce n'était que le début ! J'avais seulement senti la chaleur de l'amour de Dieu. Moi qui étais dure, violente, haineuse, agressive, remplie de rébellion et de ressentiment, oui, moi, je commençais à expérimenter le pardon, la joie, la paix, l'amour. Une vraie révolution ! J'ai raconté tout cela dans un livre, " Larmes de délivrance ". Voyez-vous, mes amis, j'avais le désir sincère de changer ; alors, et alors seulement, Dieu pouvait me transformer. Comme c'était merveilleux, brusquement, de ne plus avoir d'orgueil, de susceptibilité, d'amertume, et d'aimer, de se sentir bien dans sa peau, même dans une peau aussi moche que la mienne !

Soudain, la voix de Cookie se fit plus confidentielle, comme si elle voulait parler à chaque personne en particulier.

– Si vous saviez, dit-elle, comme c'est bon d'avoir en permanence un ami à qui parler, un ami véritable qui vous écoute, qui vous aime, qui vous conseille, qui vous aide ; et cet ami personnel, c'est Jésus. Oui, Il est vivant ! Cela vous étonne ? Eh bien, je peux vous dire que je l'ai expérimenté, et des millions de gens ont fait cette merveilleuse expérience. Nous ne sommes pas fous !

Dans son for intérieur, Miguel savait que Cookie n'était pas folle, il sentait bien que la jeune femme vivait des choses extraordinaires ; cela le captivait et l'interpellait à la fois. Après tout, il y avait tant de points communs entre lui et la Portoricaine !

Une beauté surnaturelle éclairait le rude visage de l'évangéliste.

– Oui, mes amis, ajouta-t-elle, je venais de découvrir la Vie, la vraie Vie, et je ne voyais plus ce qu'il y avait tout autour de moi, les tours de béton, les grillages inhumains, les trottoirs sans âme... Je planais, mais de joie, pas en me détruisant comme avec les drogues ou l'alcool !

Miguel regarda autour de lui ; il n'y avait que des édifices délabrés, des grillages sinistres, de l'asphalte à perte de vue, et partout des ordures, des détritus, la misère... Comment pouvait-on être heureux là-dedans ? Comme Cookie avait de la chance d'avoir trouvé la clef du bonheur intérieur qui permet d'oublier toutes les horreurs du Bronx et de la vie en Amérique !

– Jésus veut entrer en communion avec vous aussi, vivre dans votre cœur, bâtir Sa Maison dans le fond de votre cœur ! poursuivit Cookie en s'enflammant de plus en plus. Voulez-vous connaître la suite de mon histoire ? La voici. Dans sa grande bonté, Jésus m'a donné l'existence dont je rêvais, Il m'a donné l'occasion de m'occuper des jeunes dans la rue, là où ils sont. Et Il a fait bien d'autres miracles pour moi ! Grâce à Lui, je me suis réconciliée avec ma famille, j'élève mon enfant en lui donnant l'éducation, les soins attentifs, les valeurs et surtout l'amour dévoué dont il a besoin, je ne bois plus, je ne fume plus, je ne me drogue plus, je ne me prostitue plus, je n'inflige plus à mon enfant mes mauvaises fréquentations. Et je me sens bien, étonnamment bien ! Aujourd'hui, j'ai la chance d'annoncer la bonne nouvelle de l'Évangile de Vie en compagnie de Demi, le mari que le Seigneur a choisi pour moi. C'est exactement l'époux qu'il me faut ! Ainsi, les situations qui me paraissaient sans issue ont été résolues les unes après les autres, tous mes fardeaux ont disparu ; mon passé, complètement effacé par Jésus, n'est plus un poids pour moi ! Ah, quel miracle ! Je me sens légère, légère, et si heureuse ! C'est comme si j'étais née de nouveau ! Et justement, la Parole de Dieu nous enseigne qu'on appelle mon expérience " la nouvelle naissance en Christ ". Oui, mes amis, il est possible de tout recommencer à zéro ! C'est vrai, un Père rempli d'Amour et de Sagesse agit en profondeur ! Et j'ai une existence qui a un sens, un but, et qui vaut la peine d'être vécue ! Oh, mes amis, Jésus est réel, Il est bien vivant, Il milite pour nous, pour notre bonheur, un vrai bonheur, et un bonheur solide ! Vous savez, Jésus a payé une fois pour toutes nos erreurs sur la croix ; elles sont effacées, grâce à Son sacrifice ! Alors, maintenant pour moi tout est nouveau, je suis heureuse, parfaitement heureuse, parce que Jésus m'a sauvée, de moi, de mon péché, du mal, des mauvaises fréquentations, de tous les pièges de la vie ! Et en plus, ce qui est extraordinaire, il me promet une éternité de joies à ses côtés !

Cookie marqua une nouvelle pause. Les auditeurs pouvaient tous constater que la jeune femme avait, sur le visage, une lumière authentique ; elle lui venait d'en-Haut, assurément. Et ils enviaient Cookie d'avoir tout trouvé, la Vérité, le sens de la vie, l'Amour, la joie, la paix intérieure, la liberté, le bonheur, le salut éternel... tout, vraiment tout !

– Une vraie prison était au fond de moi, poursuivit Cookie, et Jésus l'a renversée ! Il m'a libérée de mon passé, de mes blessures intérieures, de mes angoisses, de mes complexes, de mon agressivité, de ma méchanceté, de ma dureté, de mon orgueil, de mon égoïsme, de ma haine, oui Il a fait tout ça, et bien d'autres choses encore ! Maintenant, je suis une femme libre, libre d'aimer, libre de pardonner, libre de faire le bien ! Et j'ai l'impression de vivre chaque jour une aventure exaltante ! Oui, quand on a tout vu, tout entendu, tout essayé, tout expérimenté, tout souffert, c'est merveilleux de rencontrer Jésus ! Vous aussi, vous pouvez lui confier votre vie ; Jésus frappe à la porte de votre cœur, Il attend que vous lui ouvriez afin d'habiter en vous. Si vous entendez Sa voix maintenant, n'endurcissez pas votre cœur ! Demain, il sera peut-être trop tard. Alors, ouvrez- Lui la porte de votre cœur, tout de suite, tel que vous êtes, ici même !

Miguel était bouleversé. C'était sa situation, son histoire, les mêmes réactions, les mêmes blessures intérieures, les mêmes tragédies, la même soif d'acceptation et de bonheur ! Il existait donc quelqu'un qui était passé par les mêmes épreuves et qui avait ressenti les mêmes souffrances ? Un enfant de la rue, comme lui, sans amour, sans espoir, sans but, ne vivant que pour haïr et tuer ? En fait, Miguel s'était complètement identifié à Cookie, à ses échecs, à ses souffrances, à ses frustrations, à ses espoirs, à sa délivrance ; tout son être avait vibré en même temps qu'elle, chaque mot s'était inscrit profondément dans sa chair, dans son âme, dans son cœur. Et peu à peu, son cœur avait littéralement chaviré, sa prison, sa forteresse intérieure s'était effondrée ! Oui, il avait soif de Jésus, oui il voulait expérimenter son Amour, vivre une vie entièrement nouvelle, changer radicalement de cap ! Oui, il était prêt pour la grande aventure ! Oui, oui, oui, oui !

Alors, brusquement, l'adolescent sentit une présence l'envahir, une sorte de douce chaleur, un bien-être, un rayonnement qu'il n'avait jamais connus auparavant. C'était comme si toute la haine, toute l'amertume qu'il portait en lui, s'effritait lentement au profit d'une plénitude intérieure extraordinaire, comme si sa nature ancienne faisait place à une vie totalement nouvelle.

Miguel venait d'expérimenter les premiers rayons de la lumière de Dieu, il venait de passer de la mort à la Vie, il venait de naître de nouveau en Christ.

Alors, dans un élan joyeux, irrésistible, il s'abandonna complètement à Lui.

Pour la première fois, il pleura vraiment.

C'étaient des larmes de joie.

C'étaient les larmes de la délivrance.

Comme Cookie !

CHAPITRE 30

Miguel était transfiguré. Il y avait de la lumière dans ses yeux, un éclat formidable ; son visage reflétait une joie extraordinaire, toute neuve ; sa démarche était légère ; toute agressivité avait disparu. La métamorphose était si profonde que personne n'aurait pu reconnaître le jeune Sanchez, et surtout pas ses connaissances. D'ailleurs, à peine converti Miguel avait accepté la Bible proposée par Cookie, ce qui eût été impensable quelques heures auparavant. Et son premier réflexe fut d'aller voir sa mère.

Lorsque Miguel pénétra chez lui, il trouva sa mère effondrée sur une chaise, le visage entre les mains. Il s'approcha d'Angela qui, aussitôt, releva la tête. L'adolescent vit tout de suite qu'elle avait les traits tirés, les yeux rouges.

– Maman, qu'est-ce que tu as ? s'empressa-t-il de dire avec émotion.

Angela semblait dans un état second. Elle regarda machinalement son fils et répondit comme une somnambule :

– Cette fois, c'est trop, j'abandonne la lutte. Je n'ai plus la force !

– Mais qu'est-ce qu'il y a, maman ? s'enquit doucement Miguel.

Angela était trop effondrée pour remarquer le changement qui s'était produit en son fils.

– Qu'est-ce qu'il y a ? Toujours la même chose, le Destin qui s'acharne. Vicente est à l'hôpital pour deux semaines. Il s'est battu, une fois de plus. Cette fois, il va s'en sortir, mais jusqu'à quand ? Il se croit invincible, alors il fait le malin !

– Maman...

Angela interrompit son fils :

– Je ne lutte plus, c'est terminé, la partie est inégale. Oui, Miguel, je ne suis pas de taille dans un monde pareil. Personne ne peut rien faire, c'est fichu d'avance. Alors, j'abandonne. A quoi bon se battre ?

– Mais, maman, et Anna, et Andrès, et Juan ? Ils ont besoin de toi !

– Tu parles s'ils ont besoin de moi ! Anna mène sa vie à sa guise, elle fume du cannabis avec ses copines, et tu sais où ça mène, hein, un jour on se retrouve une seringue à la main ! Andrès et Juan, eux, ils finiront comme toi et Vicente, dans ces maudits gangs, à l'hôpital, en prison ou à la morgue. C'est fichu d'avance ! On est coincés, on ne peut rien faire, rien...

– Mais pour eux, tu dois lutter ! Écoute, maintenant tu n'es plus seule, je vais t'aider, ensemble on y arrivera ! A deux, on est forts ! Et puis, je suis le frère aîné, je prendrai soin d'eux !

– Toi, m'aider ? Allons donc, ce serait bien la première fois ! Tu me chagrines toujours par ton comportement. Et d'abord, d'habitude, quand il y a un problème tu prends la fuite, tu n'écoutes personne, tu n'es jamais raisonnable, tu n'en fais qu'à ta tête ; alors, c'est fichu d'avance, personne ne peut rien pour moi.

– Si, avec Jésus tout peut s'arranger ! Tu me le disais toi-même, à Puerto-Rico !

Puis, se penchant vers sa mère :

– Écoute, maman, j'ai confié ma vie à Christ, oui, tu ne rêves pas, à Christ !

C'est Lui, maintenant, qui prend en mains ma vie, qui la dirige, et je suis heureux comme jamais je ne l'ai été ! Au moment où Il est entré dans mon cœur, je me suis senti libéré, complètement libéré. Et je vais pouvoir t'aider, parce que je suis fort, maintenant ! C'est Jésus qui me donne Sa force !

Puis, brusquement :

– Oh, maman, maman, pardonne-moi tout le mal que je t'ai fait ! Je t'aime, maman !

Angela regarda Miguel. Elle n'en croyait pas ses oreilles ! Son fils demandant pardon, son fils capable d'aimer, d'aider ! Était-ce possible ?

– Maman, maman, reprit Miguel, j'ai changé, oui ! C'est comme si, soudain, on m'avait mis sur une table d'opération, à l'hôpital, et qu'on m'avait retiré mon cœur ancien pour en mettre un tout nouveau à la place, rempli d'amour et de joie ! C'est l'expérience que je viens de faire, maman, et c'est merveilleux ! Je n'ai qu'un seul regret, c'est de ne pas l'avoir faite plus tôt !

Angela regarda l'adolescent. Il était radieux, une lumière surnaturelle émanait de lui ; c'était un miracle, un vrai miracle !

– Oh, c'est vrai, mon fils, vraiment vrai ? murmura-t-elle en tremblant. Je n'arrive pas à y croire, c'est trop beau pour être vrai !

Il n'y avait rien à répondre. Miguel regarda sa mère droit dans les yeux, pour la première fois bien en face, et il lui sourit. Puis il lui prit la main et la serra très fort.

La vie de Miguel avait été retournée, exactement comme Alan le lui avait promis. Maintenant, il était un homme, un vrai homme, fort, responsable, sécurisant, affrontant le réel au lieu de passer son temps à se dérober. Bref, il était méconnaissable.

Angela était paralysée par l'émotion ; aucun son ne sortait de sa bouche.

Mais dans ses yeux, Miguel, pour la première fois, lut l'espérance.

L'espérance avait enfin jailli dans sa famille ! Et c'était Jésus qui l'avait apportée...

CHAPITRE 31

Miguel savait parfaitement qu'Alan l'avait préparé à accepter Jésus Christ dans sa vie ; aussi voulut-il aussitôt annoncer au pasteur la bonne nouvelle de sa conversion. L'adolescent prit congé de sa mère en promettant de revenir très vite, puis il se rendit sans tarder à Resurrection Center.

Il trouva Alan dans son bureau. Lorsque le pasteur vit Miguel, il ne fut pas étonné : après avoir prié avec ses amis, il avait eu la conviction qu'ils seraient exaucés.

Le jeune Sanchez ne laissa pas à Alan le temps d'ouvrir la bouche. Avec fougue, il lui dit :

– Ah, vous aviez raison! C'est vrai, Jésus existe ! Ce n'est pas un conte de fées, je viens de l'expérimenter ! Il est entré dans mon cœur et dans ma vie alors que j'écoutais le témoignage de Cookie Rodriguez, une ancienne prostituée qui prêche dans la rue. Il m'a aussitôt donné plein d'amour, oui, je n'ai plus de haine dans mon cœur ! Je n'ai même plus envie de me venger de mes potes, tout ça c'est fini, fini ! Goliath est mort, mort, vous entendez ? Je suis une nouvelle personne !

Miguel faisait plaisir à voir. Il débordait de joie, il était tout excité, et il noyait Alan sous le flot de son enthousiasme.

Enfin, le garçon se calma. Il put observer à loisir le visage bienveillant du pasteur. Comme d'habitude, il émanait de lui une douceur, une sérénité, une force, un calme qui ne pouvaient venir que d'en-Haut. Ce jour-là, pourtant, ce visage avait quelque chose de plus : il était rayonnant de bonheur !

Alan fit asseoir Miguel à côté de lui. Puis il remercia le Père céleste pour le miracle qu'Il venait d'accomplir.

Alors, pour la première fois, les lèvres du jeune Sanchez s'ouvrirent pour parler à Dieu. Et, tandis qu'il priait, il ressentit à nouveau la douce chaleur, le profond bonheur, l'extase qui l'avaient saisi lors de sa nouvelle naissance en Christ. Miguel était si reconnaissant qu'il se mit, lui aussi, tout naturellement, à remercier Dieu comme Alan le faisait. Ah ! Les mots coulaient comme du miel, ils étaient simples, beaux, caressants... ils jaillissaient spontanément, sans le moindre effort, comme si toute sa vie il avait parlé à Dieu !

C'était un nouveau miracle, et le cœur de l'adolescent débordait de reconnaissance. Alors, Alan prit la parole :

– Miguel, maintenant tu es chrétien. Mais, compte tenu de ce que tu as vécu, c'est à dire l'amertume, le ressentiment, la haine, le rejet, la violence, le désespoir et même le crime, compte tenu, aussi, de ton enfance, de ton passé, de ton comportement, de tes modes de pensées, de tes valeurs – ou plutôt de ton absence de valeurs – compte tenu de tout ça, donc, je pense qu'on devrait sans tarder prier avec mon équipe pour que tu sois délivré de tout ce qui a pesé dans ton existence. La délivrance, c'est la technique chrétienne, et même juive, de guérison intérieure. Cette thérapie est mal connue du public et des croyants, pourtant elle est pleinement de Dieu qui nous demande de combattre, par la prière, avec foi, discernement et autorité, toutes les puissances du Mal qui entravent le développement harmonieux de la personne et la retiennent captive, souvent à son insu.

Miguel regardait avec intensité le pasteur ; mais dans ses yeux, on sentait l'étonnement. En fait, l'adolescent avait du mal à comprendre les propos de son interlocuteur ; tout était si nouveau pour lui !

– Oui, Miguel, reprit Alan, on peut être libéré de toutes les chaînes qui paralysent une vie, la rendent stérile, vaine, triste et même nocive pour les autres. Après une prière de délivrance, vois-tu, on est réellement libre d'avoir une existence épanouissante, bienfaisante, portant du fruit, on est apaisé, renouvelé de fond en comble. En d'autres termes, on n'est pas seulement désireux d'aimer, de faire le bien, mais aussi capable de le faire parce que, précisément, les entraves ont sauté !

Le pasteur marqua une nouvelle pause ; Miguel, lui, était toujours aussi attentif.

– Tu sais, mon garçon, poursuivit Alan, connaître l'Amour de Jésus dans son cœur, l'avoir expérimenté, c'est formidable, mais le vivre au quotidien, durablement, envers et contre tout, c'est mieux, et dans ton cas cela passe par une délivrance, c'est à dire par une guérison intérieure profonde et radicale. Es-tu d'accord, Miguel, pour qu'on prie bientôt afin que tu sois libéré de tous les liens de servitude qui pourraient entraver ta personne et ta croissance spirituelle ? Je dis bientôt, car c'est prioritaire. J'ajoute que ton copain Carlos et son père sont passés par cette étape, et d'ailleurs, aujourd'hui, j'en profite pour t'annoncer qu'ils vont, avec Linda, mettre en place un Centre pour venir en aide aux jeunes qui sont malheureux. Tu vois, ils sont si heureux tous les trois, si épanouis, qu'ils veulent partager tout ce qu'ils ont reçu de Dieu avec les autres.

Miguel avait écouté avec intérêt les paroles d'Alan ; c'étaient véritablement de nouveaux horizons qui s'offraient à lui. Et même si certaines choses lui semblaient étranges, parce qu'inconnues, il avait tout de suite compris où était son intérêt et que, compte tenu de son passé et de ses blessures intérieures, la délivrance s'imposait certainement dans son cas. Aussi accepta-t-il immédiatement la proposition du pasteur.

– Je suis d'accord, je veux aller plus loin avec Jésus, pas seulement aimer, prier, mais aussi être bien dans ma peau, bien dans ma tête, bien dans mon âme, bien mon cœur, bien partout, et pour toujours. Alors, à mon tour, comme Carlos, je pourrai aider les autres, je pourrai partager les bonnes choses que j'ai reçues.

Ah, vous aviez raison, Alan, tout était vrai ! Dieu répare, Dieu reconstruit, Dieu sauve, et je suis reconnaissant !

– Bien, dit Alan ravi ; je sens que tu vas vite devenir un chrétien solide. Et puisque tu as le désir d'aider, ce ne sont pas les occasions qui manqueront ! A New York, il y a tant de jeunes comme toi avant ta conversion, tant de jeunes qui connaissent la peur, le désespoir, le besoin de fuir, de se droguer, de boire, de se battre, de tuer... et qui ne savent pas qu'on peut vivre autrement. Tu es passé par leurs souffrances, donc tu les comprends ! Et puis, tu sauras leur parler dans leur langage à eux. Alors, Miguel, tu veux m'aider, tu veux témoigner de ce que Dieu a fait dans ta vie ? La tâche est immense, tu sais, mais il faut des gens comme toi, comme Cookie ou comme le missionnaire français, pour atteindre les jeunes !

L'adolescent était fou de joie ; c'était exactement ce qu'il voulait, avoir une vie comme celle de Cookie ou de René !

– Oh oui, répondit-il avec enthousiasme. Et nous allons changer le quartier !

– Attends, Miguel, je t'arrête. Ce n'est pas nous qui allons changer le quartier, c'est Dieu lui-même ! Seul Dieu peut changer le cœur d'un homme ; nous, nous ne sommes que ses instruments !

– Et je commence par mes deux copains, Rats et Julio. Samedi, justement, Julio fête son anniversaire dans le bar de ses parents. Il nous a invités, Rats et moi.

Alan réfléchit un instant. Cherchait-il le discernement de Dieu ? En tous cas, il reprit la parole :

– Je ne crois pas que ce soit le jour pour commencer, ni le lieu, d'ailleurs. Je te propose autre chose : veux-tu, samedi, donner ton premier témoignage devant un public de jeunes ?

Miguel semblait déçu :

– J'aurais bien aimé témoigner à leur fête, pourtant !

– Je comprends tout à fait ! Mais c'est risqué, dans un bar. Ce n'est pas le milieu pour ça. Qu'est-ce qu'ils vont faire là-bas, hein ? Boire, plaisanter, se moquer, échanger des grossièretés, des obscénités, sans doute même se droguer ou se disputer, peut-être même se battre ! Tu crois qu'ils vont t'écouter, dans un bar ? Ils vont rire de toi, oui, ou bien te mettre dehors, et sans ménagement !

– Ils ne vont pas me mettre dehors, protesta Miguel. Ce sont des frères, c'est un peu ma famille !

– Non, Miguel, ce ne sont plus tes frères, Rats et Julio, ils ne sont plus ta famille ; pour eux tu es un traître, tu n'arriveras à rien, alors que face à un public qui vient exprès pour entendre ton témoignage, c'est différent ! Tes copains et toi, vous n'êtes plus du même monde. Leur monde à eux, c'est Bacchus, c'est Satan, c'est le Mal, ce sont les ténèbres, alors que toi, maintenant, tu es un enfant de Lumière, tu appartiens à Dieu et tu ne peux pas te permettre n'importe quoi. Désormais, Miguel, ton mode de vie, tes priorités, tes relations, tout doit changer. La vie avec Dieu est magnifique, mais elle a ses exigences. Tu ne peux pas à la fois être ami du monde et de Dieu, ça ne va pas ensemble, ça cloche ; il faut choisir, la voie étroite mais exaltante de Dieu, ou le chemin large de la perdition. Alors, samedi, tu veux témoigner là où Dieu t'envoie ?

Miguel n'était pas tout à fait convaincu ; aussi fit-il une nouvelle tentative.

– Je pense que mes copains m'écouteront, ils voudront savoir, comprendre ce qui m'est arrivé...

– Pas pendant qu'ils boivent et rigolent ! Quand on boit, on est dans un autre monde, coupé du réel, de tout. Pour les buveurs, tu seras un trouble-fête, un gêneur, un emmerdeur. Ils te mettront à la porte ! Allez, Miguel, sois raisonnable, tu auras d'autres occasions de témoigner auprès de tes copains.

Désolé, mais je suis convaincu que Dieu veut que tu donnes ton témoignage à Resurrection Center, ce soir-là. Tu es d'accord avec moi ?

– Euh, oui, fit Miguel, d'un air dubitatif.

Il y avait un peu de regret dans la voix du Portoricain ; il aurait tellement voulu faire tout de suite comme Cookie, aller témoigner dans la rue !

Alan devina les pensées de Miguel :

– Dieu parle à travers un livre, la Bible, que tu vas pouvoir dès maintenant commencer à lire. Et dans ce livre, il y a un très beau verset que tu dois retenir :

" Tout concourt au Bien de ceux qui aiment Dieu ". Ne cherche pas à comprendre le plan de Dieu. Sache seulement qu'Il est le meilleur pour toi. Fais-Lui confiance, soumets-toi à Lui, même si parfois cela te semble douloureux ou injuste. Alors, et alors seulement, tu seras béni. Vois-tu, Miguel, Dieu sait ce qu'Il fait, et quand Il enlève quelque chose, c'est pour donner bien davantage ensuite.

Souviens-toi de l'histoire de Carlos, ton copain ; sa mère avait perdu sa famille, mais c'était pour mieux la retrouver ensuite, dans les merveilleuses conditions que tu connais. Sa foi, et sa soumission sans faille à Dieu, ont été récompensées !

Alors, apprends à faire confiance au Seigneur ! Il t'enlève la fête de samedi soir ? Il a ses raisons, et Il te donnera bien mieux que ce que tu as perdu. Je suis sûr que tu n'auras pas à regretter ton choix !

Miguel n'eut pas besoin de réfléchir longtemps. Il était d'accord pour faire confiance à Dieu, il voulait poursuivre l'expérience qu'il avait commencée avec Lui et sous Sa direction. Désormais, plus rien d'autre ne comptait pour lui.

– Tu verras, Miguel, insista Alan. Avec Dieu, tu as tout, bien plus que le monde ne pourrait te donner. Fais-Lui confiance !

– De toutes façons, ce que j'ai commencé à vivre avec Dieu, tout cet amour, tout ce bonheur, personne ne me l'a jamais donné, et personne ne pourra jamais me le donner. J'aime Dieu, maintenant, je veux Le servir pour le remercier de ce qu'Il a fait pour moi, et Le servir comme Il voudra !

Le samedi suivant, Miguel, comme prévu, donna son premier témoignage ; ce fut un moment inoubliable pour le public et pour lui. Lorsque Alan demanda aux jeunes auditeurs s'ils voulaient confier leur vie à Jésus, plusieurs répondirent à l'appel. Le Portoricain était bouleversé de voir que Dieu avait utilisé sa personne pour atteindre tant de cœurs malheureux !

Il était environ onze heures lorsque la soirée s'acheva. Alors, le pasteur proposa à Miguel de passer ensemble devant le bar pour voir comment se passait la soirée d'anniversaire de son copain.

– On va y faire un tour, juste un instant, tu souhaiteras bon anniversaire à Julio. Comme ça, il verra que tu ne l'as pas oublié ce jour-là, il verra que tu penses à lui, et ensuite, il t'accueillera avec plaisir quand tu lui raconteras tout ce qui t'est arrivé. Allez, va lui souhaiter bon anniversaire, et dis-lui que tu viendras le voir demain.

Miguel accepta avec enthousiasme.

Quand les deux hommes arrivèrent devant le bar, un spectacle effrayant les attendait ; l'établissement n'était plus qu'un amas de ruines fumantes. Et tout autour, à l'intérieur, partout, des pompiers et des ambulanciers s'affairaient sans relâche.

– Que s'est-il donc passé ? demanda Miguel avec effroi.

Un badaud répondit laconiquement :

– Ils ont tout fait cramer !

– Qui ça, " ils " ?

Alan était livide.

– Vers dix heures, reprit le badaud, la fête battait son plein, ça faisait un de ces bruits, là-dedans ! Soudain, on a entendu une grande explosion. Je me suis précipité à la fenêtre. C'était affreux, tout sautait ! Vous ne me croirez peut-être pas, mais en un instant le bar était devenu un brasier et les gens, des torches vivantes. Je n'ai jamais vu une chose pareille : tout brûlait, on entendait crier, hurler, appeler au secours... Vous voulez que je vous dise ? Ce sont les Dragons qui ont fait le coup. Dans le bar, il y avait des Fils de Satan, et les Dragons racontaient partout qu'ils les extermineraient jusqu'au dernier. Ils ont balancé des cocktails Molotov... Ah, ces guerres de gangs !

– Et Julio ? Et Rats ? demanda avec angoisse Miguel.

– Ils ont flambé, d'après ce qu'on m'a dit. C'était pour eux, la fête, eh bien ils sont morts les premiers. Il y aurait en tout quatorze morts, brûlés vifs, et plusieurs blessés. J'espère que les salauds qui ont fait ça vont le payer cher !

Brusquement, la voix se fit plus confidentielle :

– Il paraît que les Dragons voulaient se venger d'un ami de Julio...

Quelqu'un a entendu un Noir crier : " On aura ta peau, Goliath, cette fois tu es bon, et vous crèverez jusqu'au dernier ! "

Miguel ne voulut pas en entendre davantage ; des larmes coulaient le long de ses joues. Ainsi, tout était de sa faute ?

Soudain, il repensa aux paroles d'Alan. Le pasteur avait raison, les bars étaient des lieux de perdition, des lieux de péché, des lieux de mort. Et Dieu prenait soin de ses enfants ! Dans son amour, Il l'avait préservé du brasier, et Il lui avait permis de témoigner devant un public attentif, réceptif. Oui, avec Dieu, on avait bien mieux que le monde ne peut donner, oui on pouvait vraiment Lui faire confiance !

CHAPITRE 32

Désormais, tout le monde savait, dans le quartier, qu'un Fils de Satan était devenu chrétien et témoignait en public. La nouvelle avait fait sensation, surtout parmi les Dragons qui brûlaient toujours de se venger de leur pire ennemi.

Un soir, alors que Miguel racontait son histoire à Resurrection Center devant un groupe de jeunes, on entendit soudain la porte du Centre s'ouvrir avec fracas.

Toutes les têtes se tournèrent en même temps ; deux hommes venaient d'entrer. Miguel et Alan les reconnurent tout de suite.

C'étaient King et Scorpion !

Les deux garçons portaient un blouson de cuir noir aux couleurs du gang – ce qui constituait manifestement une provocation – un jean délavé ceinturé de chaînes, des bottes de combat et, bien sûr, de larges anneaux aux oreilles comme ils les affectionnaient. En plus, Scorpion avait le poignet gauche serré dans un bracelet de force, tandis que King arborait à son cou un collier constitué par une ficelle au bout de laquelle pendait une cartouche vide.

La première réaction de Miguel avait été la peur, mais celle-ci fit aussitôt place à un étrange sentiment de paix ; le jeune disciple se sentait fort parce qu'il avait confiance en Christ, et d'ailleurs Alan était à ses côtés, parfaitement serein.

Les Dragons prirent place au premier rang, en face du micro. Ils étaient remplis de haine et foudroyaient du regard les deux évangélistes, surtout Miguel. L'assistance commença à redouter un incident, d'autant plus que King, machinalement, tripotait la lame de son couteau. Mais Miguel, revêtu d'une énergie presque surnaturelle, ne laissa pas la panique s'emparer de la salle. Il prit la parole :

– Mes amis, Jésus m'a transpercé le cœur, mais son poignard est un poignard d'amour. Vous savez, avant de rencontrer Christ, j'avais fini par me persuader que j'étais un dur, un caïd, une sorte de Rambo, et j'essayais de mériter ma réputation en cassant, en détruisant, en tuant ; la haine remplissait ma vie ! Et plus je souffrais, plus je me réfugiais dans le gang, la marijuana, la boisson, la colle, le sexe, les combats... Mais Jésus n'est pas dupe des apparences ! Il savait que la violence, chez moi, n'était qu'une façade ; il était bien placé pour comprendre cela, Lui qui a porté toutes nos souffrances sur la croix, volontairement. Dans le ciel, Il avait son gang, et ses acolytes, les anges, auraient très bien pu intervenir pour Le sortir de là, pour exterminer tous ses ennemis !

       – Tiens, ricana King, je savais pas que Jésus était chef de bande, lui aussi !

       – Mais Jésus nous aimait trop pour ne pas aller jusqu'au bout de Son sacrifice volontaire, pour ne pas accepter de mourir et de ressusciter pour nous !

       Car c'est ce geste-là qui allait nous sauver ! En subissant la peine capitale à notre place, Jésus, en effet, pouvait nous donner la Vie, une vie qui vaut la peine d'être vécue ; un Père, Là-Haut ; une famille, c'est-à-dire de nombreux frères et sœurs chrétiens ; une identité ; la paix intérieure ; le bonheur ; et même la vie éternelle ! Oui, Jésus a fait tout cela, et ce n'est pas du bricolage, je peux en témoigner ! Aucun cas n'est trop difficile pour Lui : Il peut retourner les situations les plus inextricables, transformer les personnes les plus cassées, guérir les cœurs les plus durs, les plus malheureux. Il demande seulement qu'on lui fasse confiance, totalement confiance !

       Le regard de Miguel croisa celui de Scorpion, chargé de fureur. Alors le Dragon sortit son poignard, quand une main puissante l'en empêcha. C'était King.

       Le chef du gang noir avait été touché par la transformation de son ancien adversaire, et peut-être, aussi, par sa sincérité.

       – Non, dit-il simplement, ça m'intéresse. C'est la première fois que j'entends parler comme ça, et je veux écouter la suite.

       Scorpion se plia à la volonté de son chef, mais de mauvaise grâce, en bouillonnant intérieurement.

       Miguel, lui, n'avait pas perdu son sang-froid. Il poursuivit son témoignage de la même voix tranquille et persuasive, en laissant le Saint Esprit lui donner les arguments :

       – Je sais ce que vous pensez : vous voulez du sang ! Eh bien oui, le sang va couler ! Mais c'est celui de Jésus, vous entendez ? Et ce sang-là sauve ! Si vous le voulez, il peut se déverser sur vous, tout de suite, à l'instant même, et alors vous ne penserez plus à tuer, vous aurez envie d'aimer, même vos ennemis ! Voilà la victoire de Christ ! S'Il a changé ma vie de fond en comble, Il peut le faire pour vous ! C'est fini, la haine, les bagarres, la fuite dans l'alcool ou les drogues, les morts inutiles ! Confiez à Jésus votre vie, maintenant, comme vous êtes ! Seule la puissance de l'Evangile peut satisfaire votre soif de sécurité, de reconnaissance, d'amour, de justice, de bonheur ! Je dis bien l'Evangile, pas la religion en elle-même, pas les paroles pieuses, pas les dogmes, pas les rites, pas les traditions, pas l'église rigide, formaliste, frileuse ! Oui, seulement l'Evangile, l'Evangile vivant, la puissance de l'Esprit Saint !

Jamais Miguel n'avait senti en lui, depuis qu'il témoignait, un tel souffle, un tel élan, une telle plénitude, une telle éloquence ! Il ne pouvait pas s'exprimer comme cela, c'était Jésus qui s'était emparé de lui, le petit Portoricain, et parlait à sa place, communiquait ses mots, sa Puissance, son Amour, sa Paix ! Et cette foi là, vivante, était contagieuse : dans la salle, plusieurs personnes pleuraient en l'écoutant, même King semblait sous la grâce ! Seul Scorpion conservait un visage impénétrable, dur, hermétique, féroce...

– Jésus, poursuivit Miguel, c'est l'Amour, un Amour vivant, puissant, révolutionnaire ! Confiez-Lui votre vie, et Il agira aussitôt, Il vous remplira d'amour, Il vous transformera, Il donnera un sens magnifique à votre existence !

Oui, demandez-Lui pardon pour votre passé, repentez-vous ! Et alors, Il prendra soin de vous, vous n'aurez plus rien à redouter, même la mort ! Jésus a vaincu la mort ! Allez, demandez-Lui d'entrer dans votre vie, vous avez tout à gagner, rien à perdre ! Croyez que le miracle va s'accomplir maintenant, et il arrivera !

Alors, comme si un coup de tonnerre venait d'éclater, soudain, dans la salle, on entendit une masse énorme s'affaisser.

C'était King.

Il était à genoux, il pleurait comme un gosse, lui, le Président des Dragons, le cruel King, la terreur du quartier portoricain ! C'était une reddition sans conditions, superbe, flamboyante, la capitulation d'un cœur chargé de ressentiment et de désespoir. King avait brusquement un visage détendu, ouvert, radieux ; ses yeux resplendissaient de joie ! Le garçon avait ressenti de plein fouet l'amour de Dieu, il en était rempli, et cela débordait ! Tout l'auditoire s'en rendait compte, d'ailleurs, et Scorpion le premier !

Alors, le Vice-Président des Dragons se mit à rire frénétiquement et il quitta la salle en faisant claquer ses bottes de combat.

King voulut le suivre, mais Alan l'en empêcha.

– N'y va pas ! Ils vont te tuer !

Mais le Dragon voulait tout de suite raconter à ses copains ce qui s'était passé, ce qu'il venait de vivre, il était pressé de dire combien il était heureux, léger, libre ! C'était comme si, brusquement, tout son poids de souffrances était tombé !

– Je ne peux pas attendre, je veux aller voir mes copains tout de suite, je veux qu'ils voient ma joie ! Je n'ai pas peur de mourir, maintenant !

– Reste avec nous ! cria Alan. Ils vont te descendre ! Scorpion est fou de rage, et ils ne sont pas prêts à entendre ton témoignage ! Nous allons prier pour eux, c'est tout ce que nous pouvons faire !

King, qui avait un tempérament fougueux, ne prit même pas la peine de répondre. Il traversa la salle en courant, franchit la porte de l'église et se dirigea directement vers le quartier général des Dragons.

Une agitation extrême régnait dans le repaire des Noirs ; Scorpion avait prévenu ses amis, et tout le monde s'attendait à voir King arriver.

Il apparut enfin.

– Hé, les gars, voilà le saint ! On va lui donner un cocktail maison ! ricana Scorpion.

Une trentaine d'yeux féroces dévisagèrent le Président ; il émanait de lui une force exceptionnelle, sereine, rayonnante, bienveillante. Et une joie hardie que les Dragons remarquèrent aussitôt.

Scorpion lança un regard rageur à King :

– Hé, tu as oublié ta croix, Jésus !

– Jésus existe, les gars, c'est vrai, Il est vivant ! J'ai senti sa présence, c'est une expérience extraordinaire ! Oui, Il nous aime, ce ne sont pas des bobards ! Et maintenant, je suis un homme neuf, et je voulais que vous le sachiez tout de suite !

– Remballe ton sermon, traître ! hurla Scorpion hors de lui. Ou alors, ce n'est pas le sang de Jésus qui va couler, c'est le tien !

Et il se tourna vers les Dragons.

Les kids encerclèrent King. On aurait dit un public de cirque romain, assoiffé de sang.

– Il n'est plus de notre bord, maintenant, il a trahi notre cause, c'est notre ennemi, il fait partie de la bande à Jésus et à ses acolytes ! gronda Scorpion en écumant de rage. On va le saigner à fond !

King ne chercha même pas à répondre à la provocation de son ami ; il se contenta de poser sa main sur l'épaule de son copain.

– Je suis fatigué de me battre, dit-il simplement. Oui, Scorpion, j'en ai assez de haïr, de tuer, de chercher à me venger, j'en ai assez d'exister sous un autre nom, de jouer un rôle en permanence. Tu comprends ?

– Je vais te trouer comme une passoire, Jésus ! Ah, tu vas avaler ton bulletin de naissance, animal ! Tu es passé de l'autre côté, hein ? Eh bien, tu sortiras pas d'ici vivant ! Hé, les gars, on liquide le traître !

Curieusement, aucun Dragon ne bougea, aucun couteau ne sortit ; c'était comme si les garçons étaient pétrifiés. La fureur de Scorpion ne fit que redoubler : ses copains étaient-ils, eux aussi, passés dans le camp de son pire ennemi ?

– Mais vous êtes tous devenus fous, ma parole ! dit-il. Je vais l'expédier moi-même en enfer, votre sorcier !

– Je n'ai plus peur de mourir, Scorpion, je sais que j'ai ma place Là-Haut auprès de Dieu pour l'éternité ! Le Ciel, maintenant, je sais ce que c'est, j'en ai eu un avant-goût ! C'est magnifique ! Et j'ai hâte d'y aller !

– Eh bien, vas-y !

Scorpion enfonça la pointe de sa lame dans la poitrine de King. Le Président des Dragons grimaça de douleur, mais il trouva la force de s'adresser à son copain :

– Je n'ai pas peur de mourir, mon vieux ! Je vais trouver le bonheur Là-Haut, enfin, et le bonheur à perpète, tu entends ?

King fit un nouvel effort :

– Scorpion, mon ami, mon frère, je demande à Jésus de te pardonner comme Il m'a pardonné ! Qu'Il t'apprenne à aimer, toi aussi !

Il y avait des étoiles dans les yeux de King, une paix, un rayonnement, une lumière qui impressionnèrent vivement les Dragons. Jésus avait puissamment imprimé sa marque !

– King ! King !

Scorpion, brusquement, venait de réaliser ce qu'il avait fait : il avait tué son copain, son meilleur ami ! Alors, il se mit à trembler...

King voulut ajouter un mot, mais il n'y parvint pas. Lentement, il s'affaissa.

Alors, plusieurs mains se tendirent spontanément pour ralentir sa chute ; c'étaient des mains chaudes, fraternelles, complices. Terriblement complices !

L'espérance avait jailli dans le gang...

Postface

Cette histoire est inspirée de faits authentiques. Un jour, dans une rue sordide d'un des ghettos new-yorkais, j'ai rencontré Mikaël, âgé de seize ans, qui avait confié sa vie à Dieu un mois plus tôt, juste avant l'extermination de son gang dans un bar lors de l'anniversaire d'un des membres. Tous les garçons avaient été tués les uns après les autres, dans des conditions effroyables.

Cookie Rodriguez, David Wilkerson, Nicky Cruz existent réellement, ainsi que le missionnaire français, René.

On dit que la réalité peut dépasser la fiction. Cette fois, c'est vrai. Les membres des gangs de rues sont des garçons désespérés, à la recherche de n'importe quelle identité, empêtrés dans d'énormes contradictions : tour à tour téméraires et apeurés, audacieux et lâches, violents et apathiques, durs et tendres, pétris de haine et assoiffés d'amour. Ne parvenant pas à sortir de leur misère, ils se réfugient dans de sanglantes chimères, comme si les rues leur appartenaient. D'ailleurs, les kids des ghettos américains sont prêts à s'égorger pour une parcelle de béton, pour un semblant de reconnaissance. En réalité, ce sont des gosses paumés, naïfs, imprévoyants, impulsifs, déconcertants, surtout lorsqu'ils se croient invincibles.

Aux États-Unis, terre des paradoxes, tout est possible, même la rédemption, soudaine et radicale, des êtres promis à de tragiques destins. Et plus dure est la chute, plus belle est la renaissance !